Tammy Luciano

Claro que te amo!

A FELICIDADE PODE CHEGAR QUANDO MAIS ESPERAMOS

Novas Páginas

Copyright © 2013 Editora Novo Conceito
Todos os direitos reservados.

Esta é uma obra de ficção. Os nomes, personagens, lugares e acontecimentos descritos são produto da imaginação da autora. Qualquer semelhança com nomes, datas e acontecimentos reais é mera coincidência.

2ª Impressão - 2013

Produção Editorial:
Equipe Novo Conceito
Impressão e Acabamento Geográfica 151013

Este livro segue as regras da Nova Ortografia da Língua Portuguesa

Dados Internacionais de Catalogação na Publicação (CIP)
(Câmara Brasileira do Livro, SP, Brasil)

Luciano, Tammy
  Claro que te amo! / Tammy Luciano. -- Ribeirão Preto, SP : Novo Conceito Editora, 2013.

  ISBN 978-85-8163-308-4
  1. Ficção brasileira I. Título.

13-06038 CDD-869.93

Índices para catálogo sistemático:
1. Ficção : Literatura brasileira 869.93

Rua Dr. Hugo Fortes, 1885 – Parque Industrial Lagoinha
14095-260 – Ribeirão Preto – SP
www.editoranovoconceito.com.br

Para Luiz e Regina, meus Pais, por serem fundamentais; Shelly Luciano, minha Irmã, gosto de ver o mundo sorrindo na sua direção; e para os meus Leitores, porque não seria tão bom lançar livros se vocês não estivessem aqui.

Capítulo 1

Olhos na realidade

Deixe me apresentar: Eu sou aquela garota que está vivendo o que não queria.

Dando adeus ao passado mesmo que ele nunca tenha sido seu... Eram 19 horas em ponto quando notei que o carro tinha chegado.

Imaginei como ela estava feliz e entendi aquela felicidade como minha. Aquele sentimento tinha muito de mim. "Ei!", eu gritaria. "Desça desse carro, tire esse vestido, me entregue seu sorriso porque essa vida parece ser sua, mas devia ser minha." Se existe roubo de felicidade, eu tinha sido vítima de um. Por que existem garotas que tomam nossa vida sem sequer dar uma satisfação?

A parte boa, se é que havia algo bom naquela história, era que eu aceitara aquela perda. O cara, antes o homem da minha vida, se casaria com outra, e a noiva estava na porta da igreja, prontinha para dar o primeiro passo rumo a seu futuro. E o pior: apesar de a garota ter roubado o meu lugar, nós não nos conhecíamos.

Nunca tive tendência ao masoquismo, mas, quando soube da data, do horário e do local do casamento do meu ex-namorado, decidi comparecer, mesmo sabendo que isso causaria uma tremenda cicatriz na memória; ou alguém assiste ao casamento de um ex, sem receber convite, e acha isso divertidíssimo? Minha condição indispensável para participar do evento era ninguém perceber minha ilustre presença. Não queria ser vista de rímel borrado, estragada e deprimida por quem quer que fosse e encontraria uma maneira de não ser notada, obviamente procurando um esconderijo. Como me sentiria? Não tinha ideia. Costumo chorar em casamentos. Basta a noiva entrar e minhas lágrimas caem como garotas oferecidas, me enchendo de vergonha. Quando estava com André, achava terrível ir a essas cerimônias. Chorava e ele via isso como uma espécie de cobrança para nosso casamento acontecer logo. Agora ele estava se casando, e eu, assistindo. Quanta ironia!... Será que eu choraria? André merecia mais lágrimas minhas?

Esperei uma hora antes de a cerimônia começar, sentada em um toco de árvore. Obviamente, revi em minha mente vários momentos vividos ao lado dele. Depois de tantos acontecimentos, batalhas, anos e anos de namoro, ele estava se casando com outra pessoa.

Como a vida pode ser injusta quando a gente menos espera? Minha falta de sorte provocou um susto em minhas expectativas. Sem maiores explicações, tudo dera muito errado. Depois de anos como titular, agora me sentia a reserva. E me cabia fazer o papel da garota triste, escondida atrás de um muro da igreja, vendo o André de longe, enquanto não tinha perspectiva para o futuro.

Minha mente começou a me pedir para abandonar a operação. Meu neurônio mais poderoso tentava me convencer de que aquilo não daria certo. "Mas preciso viver esse momento", eu argumentava.

Muitas vezes, mesmo que seja dolorido, é necessário assistir ao vivo a situação até o fim para se libertar, para seguir em frente... Para, quem sabe, tomar vergonha!...

Acho que era esse o meu caso.

Meu pai não tinha a menor ideia da minha decisão de comparecer ao casamento do André. Ele nunca foi muito a favor daquele namoro, mas também nunca se colocou contra radicalmente. André tinha o hábito de cometer gafes repetidas em nossa casa: chegava atrasado várias vezes, tentava sorrir para meu pai com um jeito forçado, o que nunca facilitou a aproximação. E, quando começamos a falar em casamento, meu pai achou uma loucura; ele nunca havia confiado muito em meu ex-namorado. Eu tinha 19 anos, a vida começando, e essa foi a única vez que vi meu pai incomodado.

André era um pouco sem-noção, e sempre foi imensamente lunático e sonhador. No começo, embarquei na viagem, mas depois fui percebendo que seus desejos de ser presidente de empresa aos 24 anos estavam um tanto quanto fora do contexto; ele levou alguns "nãos" na tentativa de conseguir um emprego. Se não fosse minha ajuda e insistência, André não teria conseguido um trabalho.

Fiz alguns pedidos antes do início da cerimônia, além do item "controlar o choro". Queria meu coração calmo, nenhuma dor na boca do estômago, o aperto na garganta bem longe, e "não" para o descontrole das pernas. Se uma fada madrinha também pudesse acelerar a cena, eu adoraria... Aproveitaria para pedir que nenhuma música de muito impacto tocasse durante a cerimônia e acabasse com minha estabilidade.

Sentimentos ruins e ódio passavam longe de meu pensamento. Não fazia sentido detestar a noiva que eu sequer conhecia. Torcer contra, quando fui educada para acreditar que o mal desejado retorna para nós... Ou será que eu podia ter desejos nocivos e esperar que a noiva tropeçasse e caísse com a cara no tapete vermelho da entrada da igreja? Se André tinha que se casar, que fosse feliz. Daria adeus para aquela história de uma vez por todas e que a fada dos ex-namoros me fortalecesse. Ou não. Nada disso, depois do que André tinha aprontado comigo, queria mais é que uma abelha metesse um ferrão na cara dele no meio da cerimônia e a vela acesa o incendiasse. Ah! Uma garota furiosa não deve satisfação de seus pensamentos para ninguém!

Como ex, perdi o posto, deixei de ser protagonista no meio da novela e me sentia no corredor de algo inacabado, ridícula diante dos amigos, tendo valorizado um namoro sem grandes acontecimentos.

Os convidados chegavam para a cerimônia. Eu conhecia quase todos. Pedaços de mim pareciam jogados pelo chão onde eles pisavam.

Reconheci as primas e os tios do André, seus amigos... O mundo dele estava ali e seguia placidamente sem mim. Anos antes isso pareceria impossível.

É estranho quando a vida toma um rumo diferente e nos surpreende. Mesmo quando acontece algo que você imaginou. Se algum dia eu pensei no fim da minha relação com André, jamais me imaginei plantada na porta de uma igreja, quase como uma mendiga, pegando o resto que pudesse com o olhar, para confirmar o fim da nossa história de seis longos anos.

Sabe quando você tem certeza de tudo, não desconfia do destino, se vê no controle da situação e, de repente, tudo muda e, além de não ser mais protagonista, você nem parece merecedora do papel de coadjuvante? Todos ali tinham feito parte da minha vida durante anos, participavam da minha rotina e agora eu estava completamente fora do contexto. As pessoas tratam você bem e depois mal lembram de sua existência. Ser alguém querido não significa necessariamente ser imprescindível.

Eu me tornei uma espécie de penetra de parte da minha vida e, além disso, tinha que me esconder sempre que alguém se virava na direção em que eu estava, entre o arbusto e o muro da igreja. Foi o melhor lugar que encontrei para assistir a algum detalhe daquele casamento. E fiquei ali, entre me abaixar, me curvar, quase como um bichinho do mato, fazendo malabarismo um tanto ridículo para fugir de um caçador inexistente, para ver o que já sabia e me ferir com o que era esperado, como um refrão da melancólica Suzanne Vega, cantora por quem meu pai era apaixonado.

Quando a noiva desceu do carro, um frio na espinha me dominou. Não a conhecia, mas aquela imagem me dizia muito. Ela, com um pé na calçada e outro no primeiro degrau da escada da igreja, pedia que arrumassem seu véu; a maquiagem perfeita, unhas parecendo de acrigel, com brilhinhos colados, que, de longe, pude notar. A moça sorria para um fotógrafo e era rodeada por pessoas felizes, animadas e eufóricas. Estava radiante, muito bonita e com o rosto iluminado de quem realiza um sonho. O pai desceu do carro e abraçou a filha. Lembrei-me do meu pai e senti pena de sua expectativa em relação àquele meu namoro.

 Meu pai, apesar de tudo, investira comigo no encontro do homem da minha vida e, só depois de alguns anos, passou a questionar meu relacionamento, querendo saber sobre minha felicidade naquela escolha, perguntando como eu me via no futuro, e questionando as atitudes de André. Tudo de maneira muito doce, o que combina com o ser mais sensível e especial da face da Terra. Como explicar para ele a sensação de tempo perdido? Não conseguia me encaixar naquele namoro construído por mim. Não tinha coragem de assumir, mas meu prazo de validade naquele relacionamento já tinha vencido. Nem eu mesma sabia onde estava me metendo e onde terminaria. Péssimo pensar naquilo tudo. Se tivesse refletido mais, não estaria naquela cena ridícula, assistindo àquele casamento previsível.

 Quando o portal da igreja foi aberto, a noiva alongou a postura, segurou firme o buquê, ficou completamente de costas para a rua. Imaginei seu sorriso, e uma luz intensa ultrapassou os limites do portal da igreja. André... Eu o vi longe... Lá estava ele, aquele que um dia foi meu noivo. Estava ali, casando-se com outra pessoa na igreja sonhada por nós dois. Sim, ele estava fazendo aquilo!

 Desejei que aquela fosse a última tragédia da minha vida. Eu não merecia mais nada de ruim depois de presenciar tudo aquilo. Senti um aperto no coração, as pernas bambas... e tive vontade de me dar parabéns, só que ao contrário. Imagens do André sentado na sala da minha casa, de nós dois saindo de carro, tomando sorvete, brigando, chorando... Tudo na minha cabeça como se fossem pequenas bombas, intercaladas com a imagem viva do casamento.

 A noiva foi dando pequenos passos em direção ao altar, enquanto eu dava pequenos passos para o fundo de mim mesma. O que ela estaria pensando? E ele? Será que em algum momento passou por sua cabeça nosso namoro, nosso noivado, os preparativos do nosso casamento? Por que tudo tinha dado tão errado? Por que ele tinha sido covarde? Por que ela estava tão linda, em um dia em que eu estava tão comum? Por que ele tinha sido evasivo, mentiroso e me decepcionado tanto? Agora estava ali como bom moço, mostrando emoção para sua noiva, para a família, os amigos, como se antes tivesse tido atitudes de um garoto fofo. Até que ponto aquele ritual soava verdadeiro para ele? Por que em alguns momentos a vida é injusta à décima potência? Até que ponto, quando parecemos muito felizes, realmente estamos?

Senti vontade de chorar quando André recebeu a noiva das mãos do sogro. Ele estava lindo... Usava um fraque, enquanto eu estava de calça jeans, tênis com cadarço sujo, camiseta e um casaquinho curto rosa de bolinhas brancas. O sorriso dele não tinha mudado — eu o reconheceria em qualquer parte do planeta. Os dois deram as mãos, ficaram de costas novamente para mim, me excluindo mais uma vez. Fotografei mentalmente aquela cena para usar caso algum dia ainda pensasse em André.

Fui embora enquanto o padre começava a falar do poder do amor verdadeiro e como esse amor é capaz das atitudes mais lindas, da pureza das almas e de uma vida mais doce. Não esperei a pergunta sobre se alguém era contra aquela união. Doía, mas eu estava me libertando de André e não seria contrária à cerimônia.

Ainda houve tempo de ver a minha ex-sogra, feliz, os cabelos em um coque clássico com flores e um vestido verde-petróleo. Nunca entendi bem por que a maioria das mães de noivos usa vestido verde-petróleo. Alguma espécie de pacto? O ex-sogro, de mãos dadas com a nada simpática mãe do André, observava o casamento, pensativo. Ao longo do nosso namoro, ele havia me tratado muito bem, parecia um homem honesto, calmo e educado. Talvez ele pudesse estar se lembrando da ex do filho que perdeu seis anos de sua vida em uma relação furada. Alguma decência alguém tinha que ter naquele casamento...

Na vida real, mocinhas raramente saem correndo pela igreja, arrependidas de se casar. Eu já sabia como aquela noite acabaria. André, agora, já era um assunto resolvido. Depois daquela automutilação de assistir à promessa de amor eterno para outra, nunca mais queria vê-lo. Tive essa certeza, porque fiz um juramento. Caso desse confiança para ele em algum momento futuro, teria que raspar a cabeça. Normalmente, cumpro meus acordos comigo mesma. Entre esquecer André de vez e ficar careca, bem melhor a primeira opção.

Preciso dizer como caminhei pela rua? Ah, preciso. Parecia não sentir nada do joelho para baixo, uma espécie de cãibra do mal, um incômodo que só acontece quando se está só. Meu cadarço desamarrou, pisei nele e quase caí com a cara no chão, como havia pouco desejei que acontecesse com a noiva de André. Dizem que tudo retorna para nós. Estava muito sozinha. Pensei no meu pai e tive vontade de telefonar para ele, mas detestava incomodá-lo com problemas sentimentais. Ele tinha sofrido tanto aquele término de relacionamento comigo!... Melhor deixá-lo livre de novas temporadas da série de terror da minha vida.

Precisava ligar para alguém.

Existe algo pior do que se sentir sozinha e cheia de receio de incomodar as pessoas, mesmo que a legenda seja: "estou morrendo..."?

Exagero... Eu não estava morrendo.

Drê atendeu ao telefone, toda animada. Estava acompanhada de um dos seus ficantes preferidos. "Saco!" Quem mandou o André se casar bem no dia em que minha melhor amiga saiu com o cara dos seus sonhos?

— Ai, Piera, ele é lindo! Tô apaixonada, amiga, e como é cheiroso, o cabelo, delicioso de pegar...

Ouvi aquela declaração pensando: "Choro ou não choro?". Não aguentei.

— Amiga, tô muito, muito, muito, muito mal. O André casou hoje. Que porcaria! Como pode ter casado assim? Perdi anos da minha vida com ele...

— Piera, você não cometeu o crime de ir ao casamento do seu ex, né?

— Cometi e tô aqui sentada quase na rua, destroçada. Sei que não deveria ter ido, mas fui. Nem sei como chego na minha casa.

— Calma! Onde você tá?

— Sentada aqui na Lagoa, sozinha, e não lembro como cheguei até aqui. Tô naquele restaurante que a gente comemorou seu aniversário.

— Não sai daí! Eu tô indo pegar você.

— Mas e o gatinho? Ai, desculpa! Tô ficando horrenda, cheia de todas as rugas do mundo em um só dia, mas não sabia pra quem ligar.

— Para de besteira! O gatinho é supergatinho, mas, se ele for gatinho mesmo, vai entender. Tô aí daqui a pouco. Fica paradinha e me espera. Pede uma água de coco, abaixa a cabeça na mesa e chora. Você é linda. No salto, amiga, no salto!

Desliguei o telefone com as palavras da Drê ecoando na minha cabeça. Não tinha a menor chance de estar preocupada com o que pensariam de mim. Chorei, bebendo água de coco, seguindo a ideia da minha amiga, de abaixar a cabeça, e, aos poucos, os fios do meu cabelo colaram na minha bochecha umedecida, fazendo caminhos estranhos que deformaram meu rosto, colaborando ainda mais para aquela cena terrível. Um casal de velhinhos passou, arregalou os olhos e ambos lamentaram meu estado de drogada. "Pronto. Agora virei drogada!" Por que o choro causa tanta curiosidade nas pessoas? Por que o sofrimento do outro atrai tanto assim?

Minha raiva era porque meu sofrimento parecia ser maior do que quando terminamos, um ano antes. Sim, havia um ano que meu namoro tinha terminado. Meu corpo estranhava o nó na garganta e minha respiração alternava entre respirar fundo e não respirar. Um casal apaixonado passou na minha frente. Ele acariciava a cintura dela, beijando seu pescoço. Acompanhei a cena com a cara mais triste do mundo. O garçom perguntou se estava tudo bem; ele me olhava com olhos de "não está tudo bem", e disse sem maiores autorizações:

— Não sei o que está acontecendo, mas isso vai passar. Quando eu era jovem como você, tudo parecia ser eterno. Depois, a gente simplesmente percebe que tudo acaba. Passam-se os dias mais maravilhosos e os dias mais cruéis, em que duvidamos de nossa própria sobrevivência.

"Meu Deus, de onde esse garçom saiu?" Fiquei olhando aquele senhor barrigudinho, que usava uma roupa cansada de garçom, mas com a sabedoria de um doutor.

— É que meu ex-namorado se casou hoje. Namoramos seis anos. Eu tenho 19, então, vamos combinar que namorei esse cara quase a vida toda! Fiquei um ano vendo o namoro dele com outra, mas não achei que daria em casamento. Deu...

— Mas será que perder esse namorado não foi uma libertação?

— Gostei dessa palavra. É. Libertação é uma boa explicação para o chabu que tô vivendo. O senhor podia ser psicólogo.

— Ah, os médicos de cabeça deviam trabalhar como garçons. Aí, sim, entenderiam da mente humana. Já escutei cada história, você não imagina!... — e deu uma gargalhada.

O simpático garçom saiu pelo restaurante para atender a um pedido, e eu voltei a respirar um pouco mais calma. Ele tinha feito meu choro ir embora. Depois, voltou, gentilmente, me trazendo um montinho de guardanapo. Arrumei meus cabelos e lembrei que André e eu éramos agora passado ultrapassado.

Raiva do destino que simplesmente não facilita quando uma garota está sofrendo. E onde estava meu príncipe que ainda não tinha aparecido? É tão estranho pensar que pode existir alguém realmente especial, capaz de mudar sua vida, mas que você não tem a menor ideia de quem seja ou onde mora. Vai por mim: tem sempre alguém legal para outro alguém. Serei eternamente positiva nesse assunto.

Resolvi me levantar da cadeira e avisei ao garçom, de quem já estava íntima, que olharia a Lagoa. Ele fez um "tudo certo", orientou o caminho com a mão, e caminhei até o deque, onde anos antes eu e André fomos ver a Árvore de Natal da Lagoa. Fiquei observando todos aqueles apartamentos ao longe, a Lagoa silenciosa, quieta, parecendo me observar e querer alguma resposta.

— Ah, desculpa, Lagoa Rodrigo de Freitas, com todo o respeito à sua existência e beleza, não me faça perguntas. Estou nas profundezas de mim.

Sim, falei com a Lagoa e ainda tentei explicar minha condição naquele momento. Mas ela não demonstrou muito interesse. Como eu, ela estava entediada aquele dia.

Voltei para a mesa e fiquei observando as pessoas ao redor.

Eu estava mergulhada em um cenário de amor. Casais bonitos se abraçavam, se beijavam e trocavam carinhos, e eu, a testemunha das cenas, com os olhos marejados. Uma garota parecia me olhar mais que as outras pessoas. Parecia ter notado meu choro anterior e demonstrava piedade.

Não gosto que tenham pena de mim. Tudo bem que eu não estava na minha melhor fase. Depois que André me traiu, imaginei que me casaria antes dele, mas ele me passou a perna. Lembrei-me daqueles dias em que batia a insegurança. Eu questionava André sobre seus sentimentos e escutava um seguro "Claro que te amo!". E lá estava eu me sentindo segura para levar adiante aquele namoro por mais algum tempo. Agora, nada parecia resolvido dentro de mim. Ainda juntava os cacos de um fim de namoro, enquanto André se casava com uma facilidade inacreditável! Não me interessava se eu tinha apenas 19 anos. Namorei André desde os 12 anos e alimentei um ano de solidão depois do fim do namoro.

Enquanto tentava calcular o quanto tinha de decepção, aumentando nisso dores, noites em claro, quilos perdidos e meus sentimentos, Drê, Denise e Renata chegaram, me tiraram daquela cena clichê de mocinha-que-perde-o-namorado-e-quer-morrer. Eu estava salva. Minhas amigas amadas — o esquadrão de salvamento mais bonito de todos — estavam ali e eu me sentia segura. Podia desmaiar, chorar, me sentir acabada que elas me levariam para casa em segurança.

Fomos todas no carro da Renata para o apartamento dela. Ficamos trancadas no quarto, como se estivesse acontecendo a reunião dos países ricos que devoram países pobres. Ninguém entra, ninguém se mete... Todos longe! A mãe dela preparou um lanche para nós.

— Amiga, será que você está mesmo sofrendo pelo André? Ou seria por você? — Drê me perguntou, segurando minha mão, e senti que minha temperatura não estava normal, qualquer que fosse ela.

— Não é a mesma coisa?

— Não! — Renata respondeu enquanto mordia um pedaço enorme de um cachorro-quente. — Sofrer pelo André é sofrer por ele, por causa dele, porque o perdeu. Sofrer por você é porque tá achando que sua vida parou, enquanto a do idiota andou, ou que ele não podia casar antes de você.

— Então tô sofrendo por mim.

— Claro que tá! — Denise e seu bocão não aguentaram ficar calados. — Deus livrou você daquele mala. Mala sem rodinha, mala sem alça, mala igual a tantas que ficam rodando na esteira do aeroporto e mala carregando camarão congelado no verão.

Rimos. Denise fazia a gente rir no meio do choro. Amiga de anos, negra, alta, carioca, cheia de atitude, brincos pomposos, anéis coloridos, faixas descombinando na cabeça e um bocão dominador. Denise, a mulher mais segura de si que um dia, sem mais nem menos, me disse:

— Amiga, isso é um tipo que eu faço. Para passar essa ideia de mulher forte, de poderosa e de integrante de quarteto fantástico. Na verdade, não sou isso, mas sei lá, sempre fui grandona, as pessoas esperavam isso de mim. Nunca tive direito de ser a fraquinha, a romântica ou a frágil do grupo.

O que as pessoas esperavam de mim? O que achavam de mim? Eu não tinha a menor ideia. Costumava sentir um perdão das pessoas, mesmo que eu não fizesse nada de errado. Todos tinham uma dose de pena e de compaixão irritantes para me oferecer. Talvez porque eu não tenho mãe. Meu pai nunca me tratou desse modo, mas as pessoas ao redor, sim. Até mesmo minhas amizades. "Não ofende a Piera, ela não teve mãe!", "Filhinho, divide seu suco com a Piera, ela não tem mãe!", "Piera, quer uma carona? Você não tem mãe...", "Vou beijar sua boca porque você não tem mãe." E daí? E daí que não tive mãe? Não tive, mas, em contrapartida, meu pai é maravilhoso. Então, por favor, não tenha pena de mim. Aí, quando pensei nisso, imaginei meus amigos cheios de dedos comigo e me perguntei o que estariam pensando minhas melhores amigas depois do casório do André. Eu não queria mais piedade dali por diante.

— Meninas, vou ficar bem — disse, tentando expulsar o excesso de zelo, como se estivesse doente.

— Claro que vai! Achei que morreria por uns caras que hoje não significam nada pra mim. O passado é ótimo pra gente olhar e achar patético — disse Renata, terminando de comer o cachorro-quente.

— O André não vai fazer a menor falta.

— Eu sei, Denise, sempre soube...

— Mas a gente é boba e insiste, achando que de um dia para o outro o cara vai começar a fazer as coisas que você está a fim e acertar de vez o passo do relacionamento. — Drê bebeu o copo de refrigerante de uma vez só, estava irritada de me ver tão triste.

— E, vamos combinar, sem ficar se defendendo, a gente muda mais do que eles, que não mudam, e isso me irrita. — Denise ficava engraçada sempre que vestia seu estilo supermulher. — Aliás, eles definitivamente mudam para pior. Os caras têm uma mania de se espalhar que me irrita. No começo, aquele carinho, cuidado, depois o infeliz acha que pode tudo, você vira lutador de MMA e aguenta tudo.

— Só que aquele cara será eternamente um babaca, ele não é e nunca foi príncipe encantado — Renata afirmou e permaneceu me olhando para ver o que eu ia dizer.

— Eu sei. — Foi tudo que saiu de minha boca.

André nunca tinha sido o cara ideal. Nosso relacionamento sequer deixava saudade. Eu realmente sabia. Por que estava tão triste então? Não tinha ideia.

A noite seguiu com as amigas cuidando das minhas feridas, até que a madrugada chegou e estávamos rindo com as histórias de Denise, as conclusões ácidas de Renata e as lindas expectativas de Drê.

— Vocês acham que tenho saudade do Sandro? — perguntou Denise, trazendo do fundo do baú seu namorado mais debochado.

— A gente não sente saudade dele. — Caímos na gargalhada.

— Ah, Denise, vocês viviam brigando... O cara era arrogante. Maltratava garçons, debochou aquela vez do catador de latinhas e ficava contando vantagem sobre quando fazia alguém de idiota. — Renata nunca gostou do Sandro.

— Eu sei. Parecia meio cega.

— Ele deve ser primo distante do André — disse isso pensando honestamente na possibilidade. — Sabe, tô triste de ter ido ao casamento, mas tô me sentindo livre. Minha vida começa agora. Doeu, mas não vou ficar alimentando mais isso. Ele não merece. Arrependimento é um alfinete que não sai do dedo, mas vou superar. Tenho vocês, tenho o meu pai... Agora é com o tempo.

— E em breve você encontra outro amor. Ninguém fica sozinha.

— Ah, isso não tô muito a fim, não. Quero curtir um pouco a vida, o trabalho. Esse último ano. Vocês sabem, minha vida ficou meio parada...

— A gente sabe — as três falaram juntas, como se tivessem ensaiado, e ficaram me olhando docemente.

Fiquei meio sem graça, afinal, minhas melhores amigas estavam descaradamente com pena de mim. E tinham certa razão. Esperei a vida do André tomar o caminho da roça para decidir meus passos. Foi como se precisasse vê-lo seguindo, terminando um ciclo, começando outro, para perceber que era hora de dar um fim na nossa história.

Renata percebeu meu jeito reflexivo e jogou a almofada na minha cara. Acordei! Somente isso, o encontro cheio de apoio com as minhas amigas... Queria guardar essa, a melhor parte daquele dia chato e estranho. Antes de ir embora, tive a certeza de que a gente briga para ser amada, busca respostas, chora, quando na verdade a resposta é uma só: sua vida vai ser muito melhor quando você perder esse jogo. Só é possível entender isso depois, muito depois. E, vamos combinar, agora que estava sem muitas esperanças, talvez, de repente, minha vida fosse dar muito certo.

Capítulo 2

Dias de solidão com pitadas de desencontro

Eu descubro que não sei tudo sobre o mundo e também não sei onde coloquei as chaves da porta de saída.

Em alguns momentos, você só tem a si mesma. E mesmo assim anda numa péssima companhia.

Depois do que contei, você pode achar que virei a esquina, encontrei o cara da minha vida e tudo se resolveu. Afinal, depois de assistir ao início do casamento do meu ex, eu merecia ser feliz.

Merecia, mas quem disse que o destino nos poupa de superar nossos próprios dramas e ter que ressurgir das cinzas, renovada, atualizada, remodelada, de salto agulha e vestido justo?

Queria muito ter saído daquele casamento, virado a esquina e encontrado alguém especial, que me segurasse na hora em que tropecei e senti como se tivesse caído com a cara na lama. Mas, depois daquele evento trágico e de ter sido resgatada por minhas queridas amigas, a única coisa que me restava era chegar em casa. Liguei a TV e dei de cara com o clipe da Amy Winehouse enterrando o próprio coração.

Fiquei assistindo ao velório cinematográfico da falecida cantora. Somos capazes de prever nosso futuro. Amy morreu de amor.

Que tipo de amanhã eu poderia esperar? Queria que uma ideia muito boa surgisse na minha mente, mas o máximo que consegui foi olhar para a pia, observar os estáticos pratos sujos e concluir que eles precisavam de mim.

    Sempre que lavava a louça, me lembrava de quando tinha 5 anos e já fazia essa tarefa. É que, com a ausência de uma mãe, eu e meu pai tivemos que nos virar e aprender juntos como cuidar de uma casa. Durante anos, um dos meus companheiros foi um banco de madeira retangular, com pés escuros e forrado com um tecido creme, que, com o passar dos anos, parecia ter a marca dos meus pés carimbada nele. Ele me deixava alta, com tamanho exato para lavar pratos, copos, panelas e assumir responsabilidades que não tinham o meu tamanho. Quase consigo me ver naquela cena de anos atrás. Uma garotinha que fazia o próprio achocolatado esticava as pernas, alongava os braços e pegava a tigela enorme de salada para lavar. Meu pai não costumava me mandar fazer nada em casa, pois tínhamos faxineira, mas eu sabia que precisava ajudar, até para mostrar a ele que alguém estava a seu lado.

    Enquanto André e sua digníssima esposa viajavam para a lua de mel em algum paraíso do planeta, fiquei lavando pratos e pensando naquele momento de virada. Coisas aconteceriam, eu só não tinha a menor ideia de como seriam. Depois do meu momento dona de casa, me tranquei no quarto e comecei uma faxina profunda no meu armário para tirar qualquer lembrança do mais recém-casado da praça. Faxina física e mental no meu passado. Demorei demais. Terminei o namoro um ano atrás; André organizou sua vida, se casou e eu ainda estava ali, parada, sem movimentar as próprias pernas, rodeada de ursinhos, cartas, anel de noivado, bonecas...

    Foi difícil ver aquelas fotos de sorriso congelado, enquanto tinha certeza da alegria dele com a outra naquele exato instante. Achei uma foto nossa de quando viajamos com amigos para Angra dos Reis. Meu cabelo, na época, estava na cintura, sobressaía. Era sedoso, encorpado, assim como parecia minha vida naquela imagem. A gente no meio daquela natureza, eu tão novinha, tinha uns

16 anos, na primeira viagem sozinha, me sentindo a mais independente das garotas. André me abraçando, sorrindo, animado, os meninos jogando vôlei, a mulherada sentada assistindo, tudo aparentemente perfeito.

Daquele grupo não restou nenhum casal. Todos terminaram, seguiram sua vida, eu e André nos tornamos uma espécie de museu óbvio do que se passara naquele grupo de pessoas. Agora o museu tinha desabado, acabado, encerrado visitação. Uma história com final, a batalha com homens mortos, lágrimas seguidas e lamentos.

Muito ruim ser a garota triste da vez. Volta e meia acontece isto: somos nós os escolhidos para sofrer. O mundo não está nem aí. A gente quer chorar, enquanto os amigos querem marcar uma festa. A gente está decepcionada, enquanto sua amiga comemora ter encontrado o primeiro príncipe encantado da vida. Mas seria um pouco estranho todo mundo sofrendo ao mesmo tempo, todas as garotas sendo abandonadas por seus ex e a vida cheia de mulheres tristes. Então, tudo bem, vamos lá, sou a escolhida na fila do "se ferrou", vou me jogar nisso e assumir ter um ex-namorado traidor, recém-casado, que me deixou a sensação de ter perdido seis anos de minha vida. E, mesmo isso tendo acontecido há um ano, aquele casamento trouxera tudo de novo.

No meio das fotos, um bilhete de André:

Não se preocupe com quem não gosta de você. Às vezes, a pessoa não gosta de si mesma e não gostar de você é extensão dos sentimentos que ela tem por si.

Lembro bem de quando ele escreveu esse recado em um pedaço de guardanapo. Tínhamos pouco tempo de namoro e uma amiga dele, Rubina, sim o nome é esse mesmo, começou a me atacar sem motivos. Perguntou o porquê de tantos sorrisos e se por dentro eu também sorria do mesmo jeito. Continuei sorrindo. Quer irritar alguém? Não perca a calma. Mantenha o comportamento exemplar, como diria meu pai. Mesmo assim, a noite seguiu com a menina me atacando, ela só podia ser muito interessada no André, o que depois consegui confirmar com amigos dele. Um deles ressaltou:

— Ela é uma mal-amada!

Como Rubina jamais conseguiu nada com André, sua única saída se resumia a me odiar. No meio da noite, depois de vários ataques infantis da garota, André escreveu essa frase e me entregou dizendo para ler depois. O recado ecoou na minha mente por um tempo. Depois esqueci essa história. Era curioso reler a mensagem: "Não se preocupe com quem não gosta de você. Às vezes, a pessoa não gosta de si mesma e não gostar de você é extensão dos sentimentos que tem por si".

Naquele momento, surgiu um sentimento de vazio ao olhar aquele pedaço de papel, lembrar de André tentando me acalmar, pensar que a Rubina, a amiga mal-amada, estava no casamento como melhor amiga do noivo e me restava agora ser apenas uma garota enfurnada no quarto, segurando um guardanapo velho.

Mesmo doendo, precisava prosseguir com a faxina dos restos mortais do meu namoro. Separei os ursinhos de pelúcia, as cartas, os bilhetes, perfumes e qualquer outra lembrança. Coloquei tudo em uma caixa e fiquei sentada pensando o que fazer com tanto passado. Não tive coragem de queimar ou jogar no lixo, mas tive certeza de que precisava me afastar daqueles objetos. Depois de quase uma hora, meu pai me ajudou a dar um rumo à minha "caixa de ontem".

— Piera, minha filha, quer uma ideia para guardar essas coisas? — ele perguntou como se fosse a coisa mais simples do mundo.

— Vou alugar um depósito e colocar essa caixa sozinha lá, no meio do nada, com um foco de luz em cima e muito vazio ao redor. — Meu pai sorriu e continuou: — Vamos fazer assim. Guardo isso no escritório. Quando você quiser, se quiser ver, me pede que eu pego. Na hora certa, você vai jogar isso fora. Nossa vida precisa caminhar adiante e tenho certeza de que em breve tudo estará melhor. Confie nas reinvenções da vida, nas coisas positivas que acontecem todos os dias. O que hoje está valorizado daqui a algum tempo não terá tanta importância.

— É, podia ser pior, né, pai?

Foi assim que excluí aquela caixa, vendo meu pai andar pelo corredor carregando para longe minha história com André, ajudando, como sempre, a me separar de algum mundo que ele não queria para mim.

Depois daquele dia, fiquei três meses sem saber exatamente o que seria. Não tinha vontade de fazer nada, o desânimo como única certeza. Acordava, ia para a faculdade de arquitetura, observava meus amigos de turma animados e sentia vontade de chorar no meio da sala de aula, enquanto algum professor falava sem parar. Dentro de mim, o silêncio dominava, enquanto o mundo todo parecia querer conversar animadamente sobre algum acontecimento maravilhoso. Ao longe, escutava a voz das pessoas. Preferia ficar calada. Nada especial para expressar meu momento. Acho que nem um chá da tarde com Oscar Niemeyer me animaria. Eu me sentia só mais uma e naquele período devo ter sido mesmo, só mais uma, andando como um zumbi pela faculdade, rindo atrasada da piada dos amigos e me recusando a ir a festas.

Denise, Drê e Renata, incansáveis, continuavam me dando o maior apoio. Renata dizia que eu estava com sarampo sentimental, que isso passaria; Drê me mandou flores dizendo que tudo ficaria bem; e Denise, com seu jeito totalmente *drag*, exagerando nos movimentos, abrindo um bocão, cantava "Stronger", da Kelly Clarkson, para mim, sempre que eu parecia desanimar. Eu gargalhava com o desempenho da minha *best* e me animava, fingindo segurar um microfone, fechar os olhos, igual à cantora no clipe.

A letra é realmente uma injeção de ânimo e acabou se tornando um mantra que repetia enquanto dirigia até a faculdade ou tinha que encontrar meu pai no escritório e não podia deixar transparecer o desânimo. Meu pai não merecia me ver sofrer, ele foi tudo o que tive na vida. Minha referência, meu amparo, um porto seguro que andava e eu o seguia.

Demorei naquele marasmo. Como podemos conhecer alguém de maneira tão inocente e essa pessoa nos deixar marcas desagradáveis? Adoro festas e eventos, mas não me imaginava no meio de alguma badalação. Queria dormir. Fazia isso sem culpa, passando dias no escuro, com a missão de sentir o tempo passar.

O mais curioso é que as pessoas não têm certeza de seu total afundamento emocional, elas apenas desconfiam, mas jamais têm clareza disso. Eu não estava bem mesmo, mas não queria assumir uma depressão para os mais próximos. Fazia o maior esforço para sorrir para meu pai e demonstrar sinais de melhora. Ele me olhava meio de lado, desconfiando. "Onde será que essa menina meteu a alegria de viver?" Eu fingia não reparar em seu olhar desconfiado, tentando decifrar as sinapses dos meus neurônios. Carregava dentro de mim tristeza, decepção, vazio e, estranhamente, uma pequena esperança de melhora. Mas ainda chorava antes de dormir.

No meio de tanto vazio pessoal, eu vivia intensamente na minha imaginação a vida do André com a esposa. Imaginava o casal frequentando festas, passeando no shopping, tomando sorvete, viajando, encontrando amigos, revendo aquela confusa da Rubina — que não se decidia entre ser amiga ou apaixonada pelo amigo. Tortura total! Cheguei a acordar suando frio depois de sonhar com André me deixando no altar, correndo em direção à entrada da igreja, beijando sua esposa apaixonadamente e me dizendo: "É ela que eu quero. Ela, entendeu bem? É ela! Porque ela é a minha vida e você nunca existiu para mim". Sabe esses sonhos super-reais? Epa!, esse noivo é meu, minha filha! E me atracava com uma bruaca que nem de longe lembrava a bonita e verdadeira noiva do dia do casamento de André.

Em momento nenhum, achei que meu ex-namorado se casaria. Éramos os dois novos: eu, 19 anos; ele, 21. Imaginei a vontade de casar sendo apenas minha, já que nosso namoro durou seis anos e André dizia que ainda éramos jovens para uma união. Já sei, namorei muito tempo. Dizem que nunca dá certo namorar muitos anos. Também acho. Ou, pelo menos, agora acho, ou tenho certeza. Quando terminei, imaginei meu ex curtindo a vida, solteiro, ficando com várias garotas e evitando compromisso sério. Quando soube do casamento, pela Denise, a sensação de abandono foi ainda maior. Como ele podia se casar com outra depois de namorar por longos e marcantes anos comigo?

Passei seis anos sendo a metade de um casal considerado perfeito, ambos feitos um para o outro, ninguém nos imaginava separados. Eu mesma acreditava nessa enorme expectativa alheia e esquecia as diferenças no relacionamento. Para alguns, não tinha como dar errado. Impossível André não ser o homem da minha vida. Depois de tanto tempo, eu tinha gastado minha adolescência, aprendido a ser grande de mãos dadas com aquele cara, seguido anos e anos a seu lado, cursado os primeiros e mais importantes períodos da faculdade namorando a mesma pessoa. Agora, *c'est fini*. Acabou, e todos esperavam que eu seguisse ótima, linda, cheirosa, feliz, como se nada tivesse acontecido. Vários pensamentos e sonhos foram por água abaixo. Eu pensava no futuro, em me refazer, mas seria preciso um tempo antes de André não ser um sangue quente jorrando por minha pele, logo depois de um corte profundo.

O pior de tudo era a obrigação de escutar o discurso desenfreado dos familiares que destruíam nossa reputação em declarações horríveis do tipo: "Nunca prestou, cafajeste! Não mereceu o carinho que a família lhe deu! Não vale nada, insuportável... Você também tem culpa, por que namorou tanto tempo se tinha dúvidas?". Devastadora aquela repetição do coro, sem dó nem piedade. Um tio chegou a cogitar abrir um processo contra André, o que, para meu alívio, foi negado por meu coerente pai.

Família é algo bom, mas, quando todos perdem a razão ao mesmo tempo, fica difícil administrar. A raiva em relação a André assumiu um nível maior do que o amor deles por mim. Passavam horas combinando como odiá-lo ainda mais por sua traição e eu me sentia jogada no canto da sala, sendo obrigada a ver minha vida dilacerada e escancarada por meus tios, primos, avó e a tia Soraia.

Minha avó, Jozinha, que, aliás, tantas vezes abraçou André e dizia considerá-lo um neto, tremia ao falar dele. Estava traumatizada a velhinha mais fofa de todas:

— No meu tempo, não se fazia isso. Moleque! No meu tempo, um homem honrava seu nome. Como ele foi capaz de enrolar você tantos anos para depois desistir do relacionamento e ainda mais trair você, que ajudou aquele sem-vergonha a arrumar emprego e melhorar de vida? E por que você seguiu com esse namoro se não queria mais? Como você não gostava tanto dele, Piera, se vivia grudada no imprestável?

Eu sabia de tudo aquilo. Tinha, sim, batalhado para André conseguir um emprego como advogado em um escritório enorme, chiquérrimo, no centro do Rio de Janeiro. Antes mesmo de se formar, ele já estava maravilhosamente empregado. Honestamente, isso não me incomodava. Não me arrependeria de ter ajudado a encontrar, entre os contatos do meu pai, a oportunidade de ouro para o meu ex-namorado.

— Vó, as coisas não são simples de explicar.

— Como não? Quando seu avô me conheceu, nós namoramos seis meses, casamos e vivemos quarenta e oito anos de casamento. Só acabou porque ele morreu.

— Mas vó, nem sempre é assim. Teve muito desencontro na minha história com o André.

— Desencontro é uma palavra que antigamente não existia. Aliás, só pode ser essa internet. Antes, os computadores não mandavam na gente, a gente não tinha essa dependência de uma máquina. A gente não precisava avisar os amigos de que ia tomar banho, de que acabou de chegar em casa, de que ia sair. Vocês estão destruindo o mundo, Piera! A gente se comunicava, vocês se informam. Isso é triste demais! Quem não queria, não se encontrava, e quem queria se encontrava. A vida acontecia com mais encontros. Hoje, até namoram sem gostar. Sabem da vida de um ex-namorado como se ele ainda precisasse fazer parte da sua vida...

Minha avó tinha razão. Pelo menos naquele instante o mundo todo me parecia muito bobo, muito sem sentido. Quantas fotos vi de André com a noiva na internet... E para quê? Aonde me levaria saber dos passos de uma pessoa tão decepcionante?

Um dia antes de o meu namoro explodir oficialmente, ganhei duas toalhas lindas da mãe do meu pai, sonhando vê-las penduradas no banheiro da minha casa com meu marido, o André. Foi estranho olhar aquelas toalhas, com o pacote de presente ainda amassado sobre a cama, André sentado ao lado, olhando para a parede e anunciando aquilo tudo.

— Eu descobri que não amo mais você. De tarde volto aqui.

Acredite. Foi assim que ele terminou nossa história de seis anos. Nada disse antes e nada disse depois. Não voltou no final da tarde como prometeu. Esperei. Ou pelo menos fingi esperar. Ele não me amava mais e de tarde voltaria. Terminou assim como quem diz: meu time perdeu, nosso namoro acabou, esse juiz é um idiota! E, depois da fala, ainda beberia um longo gole de cerveja.

Nós nos vimos alguns dias depois, eu perdida, sem saber qual bicho estranho o tinha picado. Estava vestida de branco, acabada por dentro, por fora, por todos os poros, caminhando curvada como uma perdedora, o cabelo desarrumado e sem saber o que André me diria naquela noite. Foi o dia em que me senti mais feia na vida.

O encontro serviu apenas para formalizar o óbvio, o término, o "Eu descobri que não amo mais você. De tarde volto aqui". Por que cargas d'água ele disse aquele maldito "de tarde volto aqui"? Que código infeliz era aquele, capaz de me deixar meses pensando que "tarde" seria aquela, o que faltava dizer e por que voltar, se ele estava indo? Por que não disse apenas "Descobri que não amo mais você"? Onde tinha parado o "Claro que te amo!", que ele tinha mania de falar?

Nosso namoro tinha mesmo acabado, ele precisava ficar sozinho, sentia muito, lamentava, sabia que eu estava péssima... Ele parecia ótimo. Eu, oca, com aquela sensação enorme de vazio constante. Ele demonstrava certa animação, apesar de claramente tentar me convencer de que aquele momento poderia ser triste e difícil para ele também. Como tinha conseguido guardar o mistério de um fim que também me pertencia?

Por um segundo pensei em perguntar por que ele disse que voltaria "de tarde". Mas, para ele, aquilo parecia irrelevante. Em mim, ficaria uma marca. Talvez nunca mais as tardes da minha vida fossem as mesmas. Continuaria a pensar na tarde que nunca chegou, na volta que não aconteceu para me dizer algo mais, de um cara com quem eu tinha me relacionado por seis longos anos.

Durante a conversa, ele ressaltou como tínhamos nos arrastado no último ano de namoro. Eu sabia bem o que ele estava dizendo quando comentou nossos desencontros, dizendo da dificuldade de compreendermos um ao outro, manter o carinho, não brigar tanto e ter vontade de estar junto.

Tinha que concordar. No último ano, nossa vida ficou opaca. Minhas poucas vontades, além de me sentar no sofá, se resumiam a comer chocolate e ver filmes. Nesses momentos, tínhamos o tédio em comum. Buscava os românticos, André queria ver aquelas histórias do cara do bem, mas que os outros personagens o veem como vilão, filmes com longas cenas de perseguição, explosões, policiais, caras feias e mortes... No meio do caminho, o personagem encontrava uma mocinha, os dois se beijavam, corriam e escapavam de ser presos. Ou, na reta final, fugiam em uma lancha, se escondiam em um buraco e as cenas de ação se intensificavam — muitos carros, ambulância, polícia e um homem de terno bacana que apertaria a mão do mocinho, não mais visto como vilão pelas autoridades... O casal dava um beijo, e fim. O filme acabava sem ter desenvolvido direito a história de amor. Eu detestava esses filmes. E mais ainda quando as mocinhas morriam no começo do filme e o restante da história mostrava aquele cara amargurado, viúvo, matando os criminosos do seu amor.

No último ano, além de assistir a filmes e mais filmes, o máximo do nosso namoro acontecia nas festas de família, onde parecíamos ser bem resolvidos e felizes. Agíamos como dois senhores casados na década de 1950, e tudo certo.

Depois de um imenso reviver de cenas anteriores, concordei com André. O problema não estava na análise fria do que não existia mais, mas a maneira como o fim do namoro se concretizou. A conversa não podia ter sido antes? Por que terminou com uma frase superficial, não dando mais explicações e me deixando de maneira tão seca?

As respostas chegariam lentamente, como a agulha entrando na veia. Uma semana depois, ele assumiria um namoro com a filha da amiga da mãe dele. Detalhe que eu só soube depois. Quando nos encontramos pela última vez, ele não teve coragem de assumir ter alguém; se fez de coitado, falando até da solidão como um refrão de "Vento no litoral", do Legião Urbana.

— Vou sentir sua falta, Piera, mas a gente não estava feliz.
— Sei disso, mas você terminou de repente, do nada, André.
— Você sabe que não foi do nada.
— Já entendi. Fico triste por nós, porque me joguei nesse namoro, mas também não estava tão feliz.
— Piera, tenho certeza de que nosso namoro durou o tempo certo e nossa história deu muito certo enquanto durou.
— Posso perguntar uma coisa para você?
— Claro!
— Você não tem outra pessoa, tem?
— Não, não. Lógico que não!

Como odeio pessoas que dizem "lógico que não!", quando é "lógico que sim!".

— Eu só não estava feliz. Sei lá. Ficou difícil... Achei que não dava mais para continuar. Quero que você entenda, Piera, claro que te amo, mas não te amo mais como deveria.
— Só não sei ainda o que vou fazer com tudo o que a gente viveu.

André não pediu desculpas, não chorou, não desabou de culpa e não contou que me traiu. Apenas declarou não dar mais. Sentia muito, foi mal e tchau. Entendi, não o veria mais.

Eu parecia a vítima de um acidente. Seria preciso muita busca para superar que meu príncipe encantado tinha se tornado, na verdade, a bruxa que entregou a maçã para a Branca de Neve. Além disso, algo me incomodava muito: o desprezo de André depois de tantos anos juntos. Fui tratada como um nada da noite para o dia. Detesto me fazer de coitada, mas fui coitada, e que raiva por isso! Algo tinha acontecido, mas de imediato não sabia.

Por mais fortes que tivessem sido as tentativas de ser do bem, de agir honestamente, se a pessoa mentiu, a verdade surge de lá do fundo. No meu caso foi difícil engolir a decepção: André não queria mais o namoro, se apaixonara novamente pela filha da amiga da sua mãe, os dois tinham namorado na adolescência, e depois de quase dois meses namorando as duas, pelo menos, teve a decência de se arrepender, ou cansou de mim e terminou o namoro fugindo, me deixando com a aliança de noivado no dedo e a sensação de que meus fins de semana seriam trágicos e infernais durante um bom tempo. E foram.

Para a história ter uma pitada shakespeariana, a família do meu digníssimo, pessoas com quem eu mantinha um relacionamento de anos, sabiam da traição, participaram de toda a mentira, ajudaram nas desculpas e atenderam meus telefonemas contando histórias, confirmando suas saídas emergenciais, seus compromissos intensos com o trabalho, quando, na verdade, ele estava apenas ocupado com seu segundo namoro. Gente do tipo que devia fazer teatro, uma turma inteira de caráter duvidoso, afinal, atuaram dois meses na peça de me pregar uma peça, de enganar a namorada traída.

O mais duro de alguns momentos de nossa vida é ser a última a saber. Você fica ali na fila, o segredo passando, as pessoas sabendo, menos você! É de perder a calma saber que uma família inteira é capaz de mentir e se passar por boas pessoas, quando tentam enrolar você para ajudar o ente querido cafajeste. Meu pai jamais seria conivente caso eu tentasse fazer o mesmo com André. É, seu Alberto costuma ser rígido em várias questões, e dignidade foi assunto importante tratado na mesa do jantar. A linda monstra da minha ex-sogra apoiou as mentiras de André, segundo ela, para o meu bem. "Obrigada, ex-sogra querida, que a vida lhe devolva esse seu carinho!"

Enquanto os devaneios mentais me chamavam de um lado, o mundo real me chamava de outro. A ausência de minha mãe me punha diante de situações que eu tinha de enfrentar, com problemas a resolver...

Cedo, assumi tarefas importantes na casa. Aos 10 anos, já tinha que pedir à faxineira que passasse melhor as roupas do meu pai e limpasse a geladeira. Mais tarde, além dos deveres domésticos, tinha minhas ocupações no trabalho. Apesar de o meu emprego ser no escritório do meu pai, o melhor arquiteto de todos, eu ralava muito. Aos 14 anos, comecei a trabalhar. Meu pai tinha medo de que algo acontecesse com ele e me colocou para participar da labuta que nos sustentava. Ia da escola para o trabalho e, lógico, acabei escolhendo o curso de Arquitetura porque estava no sangue. Agora, no primeiro período da faculdade, deixava de lado as questões mais administrativas e já atendia alguns clientes, quando o assunto não envolvia uma decisão técnica.

Poucos dias depois do casamento de André, um dos meus compromissos profissionais foi medir o apartamento de um casal recém-casado. Os dois tinham voltado da lua de mel, estavam hospedados em um *flat*, enquanto a obra no apartamento herdado pela esposa ficava pronta. Acho que, se meu pai tivesse sido informado da visita, teria me dado dia de folga. O apartamento antigo em uma rua bucólica do Jardim Botânico estava sendo reformado pelo escritório, preservando a ideia original do lugar, abusando da restauração e trazendo um ar moderno aos cômodos que não possuíam detalhes que necessitavam de preservação. A dona do apartamento, herdeira de uma marca de roupas, muito simpática, foi logo me pegando pela mão e me passando suas observações. O marido também era muito gentil e alto-astral, e os dois demonstraram imediatamente muita sintonia. Tentei olhar o menos possível para ele e me reportar mais a ela, como diria o vocabulário do meu pai. O rapaz tinha uma empresa de montagem de palco e estrutura para grandes *shows* — nível Madonna — e seu telefone tocava sem parar. Impressionante como essas pessoas do mundo artístico têm a vida mais acelerada que a nossa. Os dois pareciam bem tranquilos. Estavam felizes. Fiquei ali medindo o que precisava, fingindo não perceber as cenas de casal feliz e tentando me desligar dos beijos fofinhos dos dois, da maneira como ele segurava a mão dela e fazia carinho, e do momento em que ela disse:

— Eu sou a mulher mais feliz do mundo por ter encontrado meu príncipe!

— Que legal! — respondi.

— E por isso estamos animados para ver logo a casa com a nossa carinha...

— É?... Acho que vocês vão gostar das mudanças que meu pai fez na sala. Aqui no quarto, ele pediu para confirmar essas medidas. A planta da mudança que pediram do banheiro já está pronta. Trouxe para vocês avaliarem.

— Podemos sentar na varanda. É o único lugar onde temos uma mesa com cadeiras.

— Por pouco tempo — eu disse, sorrindo para os dois e vendo o casal dar aquele abraço que nos lembra que a vida pode, sim, ter contos de fada.

Saí da visita imaginando se aquela esposa tinha demorado a encontrar o homem da sua vida ou tinha vivido alguma decepção semelhante à minha. Se tinha, estava ótima e nem devia lembrar que sofreu. Não existe nada mais justo do que uma vida feliz para todos nós.

Denise me ligou assim que entrei no carro para ir para casa.

— Como você tá, bonitona?

— Bonitona!

— É isso aí! Que bom! Já estava na hora de melhorar, Piera. Deixa te contar uma coisa: comprei um vestido na linha Adele, amiga, eu tô fina!

— Ah, é? Quando vou te ver com o vestido?

— Não sei. Porque não dá para sair com ele para uma "nightzinha" qualquer. É de parar, tô com corpo de sereia no meu manequim 48...

Denise era um mulherão. Nas fotos de criança, aparecia mais alta que os coleguinhas da escola e com um sorrisão invejável.

— Mas vou de calça *jeans*. A gente pode se encontrar em meia hora no Baixo Gávea.

— Combinado. Tô chegando ao Jardim Botânico. Chego antes de você e pego uma mesinha pra gente.

— Vou tentar catar as meninas. Vamos falar besteira hoje. Isso dignifica a mulherada...

Desligamos o telefone e fui rindo enquanto dirigia. Tinha subido um grau do meu humor na escala das emoções. Era como se as questões internas finalmente estivessem se acalmando.

O astral do barzinho e a música animada do Seu Jorge me fizeram entrar leve no lugar e procurar uma mesa com ventilação e localização estratégica. Denise chegou gargalhando e querendo me contar algo muito importante:

— Amiga, sabe quem acabei de ver?

— Ai, quem? — Pensei no pior, mas o meu pior estava em lua de mel.

— Aquele carinha que falei que é primo da minha amiga de faculdade e que me ligou. Fiquei de ligar pra ele. Achei ele mais gatinho hoje.

— Se você estivesse com seu vestido Adele aqui, o cara ia gamar.

— Eu vou ser a versão Adele negra... Puro luxo!

Denise se sentou. Ela tinha energia sobrando, adorava falar gesticulando horrores e sempre, sempre contando algo engraçado.

— Vem cá. Eu contei pra você? Meu chefe me convidou pra sair. E é sério!

— E você?

— Disse "não", claro! Ele não faz meu tipo e preciso mais do emprego do que dele. E você? Tô te achando melhor.

— Eu tô, sim. Acordei, né? Parece que estava esperando o André casar para largar de vez essa história ridícula.

— Pô, até que enfim... Por isso vai ganhar chocolate. — Denise tirou uma barra de chocolate da bolsa. — Você pode engordar no meu lugar.

Ficamos umas duas horas jogando papo furado. Eu tinha em Denise minha amiga mais divertida, além de ser uma pessoa querida, incapaz de ferir alguém e muito otimista com a vida. Isso nós tínhamos em comum. Sua vida nada tinha de fácil, ela e a mãe lutavam muito e eu me identificava com ela ao contrário, já que eu e meu pai éramos minha grande família.

Saímos do bar dando gargalhadas, descalças e lembrando meu último aniversário em que fomos tomar banho de mar em Ipanema, depois de uma noite inteira dançando.

— Precisamos repetir aquele dia com a galera. Foi demais!

— É ridículo repetir isso, mas a vida foi feita para viver. A gente vai deixando passar, mas não pode.

— Ainda bem que você sabe, Piera.

Minha amiga me deu um abraço e nos despedimos. No dia seguinte, eu acordaria cedo para uma reunião no escritório. Meu pai fechara a reforma de um andar inteiro e eu queria aprender escutando as decisões da reunião com os funcionários do escritório. Mente ocupada, pensamento correndo e bastante agitada para não ficar no ócio, mergulhada em tristeza.

Capítulo 3

Outra roubada

Adeus para o que nunca foi verdade.

Alguns dias, eu me perguntava se todas as garotas tinham vivido alguma relação falida, assim como eu. Apesar de ter apenas 19 anos, me sentia vivendo o término de uma relação desgastada, finalizada de maneira sórdida. Queria ter sido como algumas garotas que conheciam o primeiro namorado e se casavam em poucos meses. Pronto! Tudo resolvido, simples assim. Isso não aconteceu comigo.

Antes de completar 12 anos, tive dois namorados terríveis antes do André. Esses namoros foram de pouquíssimos, mas marcantes meses.

O primeiro, um garoto de boa família, mas totalmente do mal, péssimo exemplo, vivia envolvido em trambiques. Ele tinha 16 anos e se achava um adulto. A inocência juvenil me impedia de ver a realidade e cheguei a me sentir poderosa, achando o máximo ser a namorada do cara que mais aprontava no quarteirão. Ele mais parecia um pequeno criminoso e minhas doces ilusões não tinham ideia do mau elemento que ele se tornaria quando adulto. Até que um dia escutei uma conversa com amigos e entendi que eles tinham invadido uma casa e pegado coisas do local. Um assalto. Sim, ele tinha participado de um assalto. Meu Deus! Foi tão sem sentido escutar aquilo! Ele tinha tudo que desejava, até viagens, um carro só para ele, mesmo sendo menor de idade. Aquela família criara um monstro. Saí fora antes que me tornasse cúmplice da quadrilha.

O segundo namorado me fazia chorar da maneira mais rápida. Dizia absurdos, mostrava-se um covarde e tinha a capacidade de acabar com o meu dia. Lembro-me das grosserias gratuitas, das frases ofensivas e das ameaças absurdas de alguém que não tinha nenhum poder sobre a minha vida, mas parecia ser dono de mim. Apesar da pouca idade, a influência do pai alcoólatra fazia desse menino um péssimo ser humano. E me diminuir lhe fazia muito bem, parecendo ser sua maneira de ficar por cima. Ele fazia me sentir um lixo e ficava feliz com isso. Quando o namoro acabou, o alívio ocupou a vaga de qualquer possível lágrima e saudade.

Meu pai soube dessas minhas duas péssimas experiências anos depois. Quantas coisas aprendemos com a vida e delas nossos pais nem tomam conhecimento? Hoje sei que não é o certo. Seja qual for o tamanho da bronca, ninguém me protegeu mais ou me trouxe a melhor solução do que meu pai.

Quando conheci André, ressaltando a minha experiência ruim com namoros, me vi com um bilhete premiado de loteria. Esbarrar com um cara aparentemente especial logo fez meu coração bater. Estava fragilizada, querendo acertar.

Normalmente, a gente erra quando quer muito acertar e acerta quando pouco liga se tudo der errado.

Eu o conheci de maneira despretensiosa, quando acompanhei uma conhecida na casa de um amigo. Meus olhos pararam quando ele abriu a porta sorrindo. Nunca mais desgrudamos, e o relacionamento se tornou uma espécie de tudo na minha vida. Minha conhecida acabou se afastando e entendi que sentia algo por André. Ela se decepcionou ao confirmar nosso relacionamento. Em menos de uma semana, a gente se conheceu, começou a namorar e grudou por seis anos.

Se eu um dia conheceria alguém especial? Honestamente me achava ocupante do time das sem sorte. Por mais legal que o cara parecesse, um dia conheceria um lado diferente dele muito ruim. Não fazia muitos planos quanto a conhecer o homem da minha vida, quanto a um dia descobrir o verdadeiro amor e ser feliz para sempre. Enquanto metade de mim agradecia ter perdido André, a outra metade tentava entender por que ele dera certo com outra garota.

Aos poucos, para minha felicidade, passei a pensar cada dia menos nele. Em outros dias, minha mente parecia ter encontrado André sem que soubesse. Agora o via como um ex-namorado. Parágrafos e vírgulas em respiração ofegante, minutos e mais minutos de uma tristeza pontual, chegando ao fim de tarde, ou no meio da madrugada. O hiato nisso sobressaía no trabalho, na rua, correndo para lá e para cá, medindo casas, tirando fotos de tetos, anotando descrições de cozinhas, o tempo passava melhor.

É claro que minhas amigas não me queriam naquele estado. Iam à minha casa, ligavam e queriam me apresentar a pessoas. A pior solidão é quando você se sente só mesmo rodeado de pessoas. Drê, Denise e Renata continuavam as mais queridas de todas, mas, mesmo assim, não as alcançava na alegria. Entre uma risada e outra, uma tristeza gigante me envolvia e me mordia o pescoço como um desses vampiros de literatura fantástica.

Mais ou menos quatro meses depois do fim do relacionamento, resolvi aceitar a ideia da minha amiga Denise e conheci Guilherme. Ele, mais velho, 32 anos, aparentemente perfeito, gato, gente boa, vida estável, querido e solteiro. Denise achou que tínhamos tudo a ver. Aprendi nessa experiência que o amigo fofo pode ser um péssimo candidato a namorado. Mas, naquele instante, lembrar que conheci André por meio de uma amiga me fez aceitar conhecer Guilherme. Lá fui eu dizer "sim" para o amigo fofo da Denise. O destino podia estar se repetindo, dessa vez de maneira ainda mais certeira. Por que nós, garotas, já queremos namorar sério caras que sequer conhecemos? Imaginação fértil e sonhadora essa nossa! De início, Guilherme parecia legal. Realmente legal. Como André fora um marco na minha vida, as comparações aconteciam inevitavelmente. Tentei não pensar no melhor do meu ex-namorado e inicialmente achei Guilherme gente boa. Mais velho, esse foi o ponto que mais me encantou. André carregava uma infantilidade irritante. Como podia agir como se tivesse 8 anos de idade? Guilherme parecia ter a compreensão na palma da mão. Seguro de si, resolvido, determinado, experiente, adulto, muito adulto, e veio com várias histórias interessantes para contar.

Eu, 19 anos, e ele já conhecia a doçura dos 30.

Encontramo-nos em um restaurante japonês da Avenida Érico Veríssimo, em uma noite de sábado. Guilherme morava na Barra, eu, na Gávea, mas um amigo do meu pai morava naquela mesma rua e nessa noite daria uma festa em sua casa. Eu poderia ficar por ali mesmo e me encontrar com meu pai mais tarde. De cara, gostei do encontro. Guilherme pareceu simpático, educado, falou da vida de maneira leve e demonstrou carinho por mim. Divertida sua maneira de me tratar como uma princesa, como se nada existisse ao nosso redor.

Em uma hora, percebi que algo estava errado, porque mal o conhecia e já existia um relacionamento. Eu me tornara sua namorada depois de trinta e cinco frases. A conversa seguiu acelerada, causando certo mal-estar, e Guilherme já estava organizando nossos eventos do fim de semana. Segundo ele, adoraria sua irmã, dona de uma loja de bolsas, que criava peças lindas. E o sobrinho dele? Um fofo. Em pouco tempo, ele dizia ao garçom que eu escolheria os pratos, porque seria responsável por suas escolhas. Amor? Ser mimada não é pecado, gostava de me sentir especial, mas intimidade forçada é algo que sempre me incomodou.

Só que esse sentimento todo de amabilidade e o carinho comigo depois de duas semanas de relacionamento foram mudando. Deveria ter acabado a história no dia do restaurante, quando ele inventou uma viagem para nós logo que me conheceu. Mas achei-o maduro nos planos, nos passos, e resolvi aceitar sair novamente, e mais uma vez, e mais uma... Passou um mês, passaram dois meses, e a ficha foi caindo sobre o Guilherme, o amigo fofo da Denise. A maturidade do meu ficante, que se declarava meu namorado, tinha um preço e me mostrava as feridas internas e todo um câncer que um cara de 100 anos nem merecia ter. No início, ele se podou para falar da ex-mulher, mas, aos poucos, aquele ódio foi deixando de ser transparente e tomando cores e formas horríveis de se observar. Guilherme odiava a ex-mulher e, depois do primeiro mês de namoro, abriu o verbo contra a mãe de sua única filha. Ali entendi como é chato sermos repetitivos em relação a nosso passado.

As duas moravam em Belo Horizonte, ele raramente encontrava a menina, mas sobrava nos xingamentos, lamentos e torturas consigo mesmo sobre o casamento infernal, como a mulher não valia nada e estava interessada apenas em seu dinheiro, em ferrar sua vida, encher a cabeça da filha com mentiras e sugar tudo seu.

Além dos ataques de Guilherme contra sua ex-mulher, passei a reparar no que dizia nas entrelinhas. Minha tia Soraia costumava dizer: "Conheça alguém pelo que ele diz quando conta algo que nada tem a ver com você".

Um dia, sem mais nem menos, meu namorado maduro contou que, antes de me conhecer, viajou para Brasília e, sozinho no hotel, resolveu ligar para um *delivery* de prostituta, pedindo uma acompanhante. Ficou contando detalhes do jantar com a desconhecida.

— Muito bonita ela. — Sim, acredite, tive que escutar isso.

— Hum...

— Você tá com ciúme?

— Não, nem conhecia você! Só acho estranho pagar por uma pessoa, porque lembra trabalho escravo. Acho antigo você pagar para alguém sair com você. Atitude feia. E, se você fez isso, acho horrível me contar.

— Querida, desde que o mundo é mundo, a prostituição existe. Isso é tão normal...

— Hum...

André costumava dizer que o meu pior comentário começava quando falava "Hum"... Quando digo "hum..." é que estou me sentindo acuada ou infeliz. Guilherme ali falando da prostituta me fez pensar apenas em "hum...".

Para piorar a situação, naquela semana, saímos com Renata e seu ficante Victor. Guilherme abriu o verbo e declarou ter feito sexo virtual como jamais imaginou com uma garota de Manaus que conhecera na internet. Fiquei sem ação. Minha melhor amiga ali escutando aquela barbaridade e eu sorrindo com cara de "Que legal! Meu namorado fez sexo virtual com uma moça de Manaus. Que fino!". Guilherme tinha uns tesões encubados que nada tinham a ver comigo. Na verdade, me senti péssima com a animação do meu quase namorado, querendo contaminar o casal de amigos com os momentos de sexo virtual que viveu com a tal mulher e, pior do que isso, tentando explicar as diversas possibilidades de a coisa toda funcionar e ser interessante. Eu me senti exposta, queria enterrar minha cabeça em um buraco e só não pedi desculpa porque os relatos intensos não davam brecha no discurso desenfreado. Pensei em sair da mesa, mas me sentia congelada. Pensei também em arquitetar um desvio na conversa e mudar de assunto. Quem disse que conseguia? Guilherme se mostrava o próprio garanhão da hora, cheio de atitude, se vangloriando de ficar provavelmente se masturbando, enquanto uma mulher mostrava os seios, a língua e o que mais fosse através da tela. Os detalhes sórdidos me faziam sentir a garota mais patética do planeta Terra.

Acredite se quiser, não terminei com Guilherme. É um pouco vergonhoso dizer isso, porque aquele comportamento merecia meu desprezo e abandono imediato. Minha fragilidade impediu atitudes radicais e óbvias. De alguma forma, aquele péssimo relacionamento parecia melhor do que nada. Mesmo assim, por que não terminei? A resposta é: não sabia e até hoje não sei a razão. Não sabia como dizer "não quero mais". Achava que deveria, sim, mandar Guilherme sumir da minha frente, mas quando o encontrava a voz falhava e adiava o fim.

Não sei terminar relacionamentos e preferia tomar um enorme pé no traseiro, me ferrar de chorar, mas depois não achar que tinha culpa de nada, tudo tinha sido decidido por ele, pelo destino. Assim, o arrependimento não pousava nas minhas costas e, quando o outro não queria, me sentia sem outra opção que não fosse seguir minha vida e caminhar adiante. No final das contas, essa decisão me fazia sofrer mais. Se tivesse terminado com André, não me sentiria tão pequena. Se tivesse terminado com Guilherme, não me sentiria tão superficial.

Minha autoestima estava por baixo, acho até que o olfato andava afetado, a vista, embaçada, e seguiria aquele relacionamento ridículo por mais tempo, mesmo reparando certa, ou total, infelicidade no ar. Tava na cara, sua busca por novas aventuras havia apitado e, agora, eu passara a ser figura repetida no álbum. Os galanteios diminuíram de frequência e, óbvio, Guilherme tinha encerrado seu tempo comigo. Deixei de ser a bonequinha preferida. Ele queria mais. Um mais além de mim, com uma próxima garota.

Terminamos nosso namoro sem maiores despedidas, depois de um dia de sol, voltando da praia. Educadamente, ele me elogiou como pessoa e pela facilidade de convivência. Ao que parece, é de praxe elogiar o outro quando vamos terminar. Fiquei observando a maneira como ele me avaliava. Legal, bacana, gente boa, animada, sorridente... Uau!... Eu, uma pessoa bem legal! Enquanto pensava que mais uma vez estaria terminando um namoro, ele disse:

— Falta algo para nós dois.

— É... Hum...

Aquele meu "hum..." irritou. Por que não dizia algo além daquele simples e furtivo "hum..."? Um fuzuê começou a sacudir minha cabeça com pensamentos intensos, indicando o fim de mais um namoro. O coração começou a bater mais rápido. Só podia ter um anjo de asas negras parasitário da minha sombra.

— Não tô feliz.

— Acho que também não.

Estava patética, sendo levada pela mão dele, sentada no barco, aceitando a previsão de uma enorme cachoeira, consciente de que mergulharia de uma altura bastante incômoda. Respirei fundo e me joguei no pensamento sincero: doeria, mas era preciso. Depois de adiar o término do meu namoro com André e tomar um pé no traseiro homérico, tinha aprendido a lição.

— A gente não tem coração batendo. — Foi a primeira frase que me veio à cabeça para dizer a ele.

— É isso, isso mesmo, Piera! Quero sentir, sabe. Quero ter a chance de sentir meu coração bater, de ver como é isso. Olho você, gosto do seu jeito, do seu cabelo, do sorriso, seu olhar marcante, mas não sinto meu coração disparado.

Enquanto Guilherme falava, a vista foi ficando nublada e imaginei o que teria ocorrido com a prostituta em Brasília e depois me veio na mente o sexo virtual com a "cybernamoradinha" de Manaus. Será mesmo que ele queria viver o grande amor? Olhando Guilherme ali, percebi como ele se mostrava infantil e bobo, querendo na verdade viver apenas as pequenas paixões efêmeras. Eu tinha tido a capacidade de achar um cara mais bobo que André, mas com jeito de modelo avançado. Descaradamente fui traída pela propaganda. Nossa, que mira certeira para escolhas degradáveis eu tinha! Eu me senti ainda mais distante daquele cara, como se nada que fosse dito a partir daquele momento mudasse nosso destino de desencontro. Em vez de "hum...", fui definitiva:

— Tá tudo certo. A gente é diferente. Isso não daria certo.

Desejei coisas boas para Guilherme e nos despedimos sem promessas ou expectativas. Fim. Era o adeus para algo que nunca havia sido verdade. Liguei para Denise assim que cheguei em casa. Agradeci-lhe. Ela tinha sido querida e precisava saber. Minha amiga já tinha entendido a furada com que me presenteara. Desliguei o telefone e fui dormir.

Eu estava sozinha mais uma vez.

No dia seguinte, quando acordei, senti algo inexplicável: Guilherme nada deixara em mim. Foi tudo tão superficial! Poucas lembranças, nenhuma saudade, memória furtiva de dias bem banais, passageiros. Levantei da cama e estava bem. Confesso que na noite anterior eu tinha chorado, mas depois estava bem... André doía mais em mim do que Guilherme.

Agora você pode perguntar: tá, mas e depois disso, você encontrou um cara maravilhoso? Foram meses sozinha, até aquele momento tenso de assistir ao casamento do meu ex. O encontro com Guilherme foi a única coisa mais ou menos que aconteceu nesse último ano da minha vida. Não tinha vontade de namorar, e os caras que conheci eram tão interessantes como um desses que sobem ao palco para contar piadas, mas não são engraçados. Impressionante como eu atraía gente sem graça, caras metidos, que achavam que dizer a marca do carro, das roupas e seu endereço me deixaria apaixonada.

Eu diria que minha vida deu uma enorme volta para que, acima de tudo, soubesse quem sou e o que quero. Quem sabe não seria uma garota sem príncipe encantado, me apaixonando pela própria vida e tendo comigo mesma uma linda história de amor? Se há uma coisa que dá voltas, é a vida. Queria me resolver, me encontrar, comemorar quem sou, mas não estava sendo fácil saber como recomeçar e que caminho seguir. Eu vivia fragmentos, pedaços do dia, no restante ligava uma espécie de automático. Quanto tempo duraria isso? Não tinha a menor ideia.

Nesse período, a melhora da vida girava no meu lado profissional. A arquitetura finalmente entrara na minha rotina e eu estava bem feliz por isso. Com meu pai, dividíamos bons momentos no escritório, e ele me ensinava muito sobre plantas, desenhos, ideias e vida. Enquanto trabalhava na planta de um apartamento, ele contava histórias inacreditáveis.

O relacionamento com meu pai ajudava a preencher o vazio em minha vida. Costumava chegar em casa primeiro e fazer um jantar especial para nós dois. Bem, não sou lá muito boa na cozinha, mas dava um jeito de proporcionar uma comidinha razoável para o meu paizão.

Uma noite, resolvi fazer uma lasanha. Era a primeira vez, não tinha receita e me meti a fazer o prato com minha imaginação. Lembrava das camadas com massa, queijo, presunto, molho... Então, vamos lá! Não tinha muito tempo. Meu pai chegaria em uma hora. Corri para o fogão. A massa pré-pronta não precisava colocar na água. Ai, isso daria certo? Tia Soraia tinha me indicado uma massa, ressaltando a praticidade. Vamos lá, Piera, capriche, seu pai merece!

Como o molho seria o ponto alto da receita, comprei o melhor molho pronto possível. Como fazer um molho? Não tinha a menor ideia. Então comprei pronto e segui umas regrinhas para acrescentar um gostinho ainda mais delicioso. Não foi difícil montar a estrutura da lasanha, colocando molho, massa, molho, presunto, queijo, massa, molho, presunto, queijo... Meu pai chegou cantarolando, sempre alegre e contagiante.

— Que cheiro bom é esse?

— Fiz lasanha pra nós dois. Tentei. Vamos ver se aprovamos.

— Claro que seu pai vai aprovar — ele respondeu, sempre gentil.

Enquanto meu pai tomou banho, o jantar ficou pronto. Na primeira garfada, ele comemorou. Se acertei na minha criação, jamais saberei, mas ele aprovou com louvor, apesar de ser suspeito...

— Bem, posso dizer que você já é uma *chef* de cozinha.

— Pai!

— Ah, sou sua feliz cobaia.

— Eu sei, pai. Você provou macarronada com cara de sopa e arroz com visual de amendoim.

Rimos. Realmente tinha feito comidas ruins e ele provara todas elas sem reclamar. Algumas vezes, chegou a elogiar:

— É, sua tia Soraia ficará orgulhosa de você.

— E ela, quando volta dos Estados Unidos?

— Ah, ela adora Miami. Acho que fica lá mais uns seis meses. Sábado, vou para Búzios olhar a casa dela e ver se está tudo bem.

Essa irmã do meu pai era muito animada. Mesmo depois de uma viuvez precoce, decidiu tirar férias para sempre. Vivia entre Búzios, onde tinha uma casa, e Miami, onde tinha um apartamento, desenhado por meu pai, aproveitando todos os espaços e tendo as ideias copiadas pelas pessoas do prédio.

Terminamos a noite da primeira lasanha que fiz lembrando o jeito de falar de minha tia, que depois de tanto sofrimento reconquistara seu lugar no mundo, aproveitando a vida com amigas queridas e voltando a ser a Soraia alegre de antes.

De repente, paramos de rir, meu pai me olhou e comentou:

— Estou sentindo que você está melhor...

— Passou, paizão! Ainda vou pensar no que vivi, mas vou seguir a vida.

— Claro que vai! E tenho certeza de que esse posicionamento diante dos dias trará coisas boas pra você. Vamos fazer um brinde!

Brindamos e prometemos amar nosso cotidiano, estar sempre juntos e superar tudo lado a lado. Eu não podia reclamar: não tinha muita sorte com namorados, mas tinha o melhor pai de todos.

Capítulo 4

Também tenho mãe

Quando as coisas mais óbvias e simples são verdadeiros escândalos.

Bem, chegou a hora de contar a parte negra da minha vida. É, tem mais. Meus desencontros amorosos são fichinha perto das profundezas secretas que envolvem minha existência.

Não falo da minha mãe. Não falo porque ela simplesmente existiu como um cometa que passou na minha vida e depois a perdi de vista. Não apenas André me abandonou. Minha mãe também faz parte do time "largue a Piera". Eu deveria ter alguma espécie de desafio com situações de abandono. Como compreender que tinha uma mãe, mas não tinha uma mãe?

Meu nascimento teve um quê de desconhecido, cercado de mistérios irritantes, com frases ditas pela metade, olhares perdidos de meus familiares, falas indecifráveis de minha tia, deixando claro apenas a péssima mulher escolhida por meu pai para ser sua esposa e ter com ele uma filha.

Do resumo dessa ópera conto o que sei: meus pais namoraram anos, curiosamente o mesmo período do meu namoro com André. Longos seis anos — deve ser uma espécie de carma. Meu pai, cego de amor, vivera todos esses anos pensando em ter uma vida em comum, ter filhos e ser feliz da maneira mais simples, enquanto minha mãe ia se distanciando emocionalmente, saindo discretamente como quem sai de uma festa quando todos estão falando ao mesmo tempo; a animação é enorme e, se um copo quebrar no meio da sala, ninguém notará. Meu pai costuma ser doce e tem um jeito carismático de demonstrar que gratidão, leveza e os sentimentos mais puros são a base de sua vida. De minha mãe eu sabia pouco. Imaginava o restante. Faltavam características, observações e explicações quando o assunto era a mulher que me colocou no mundo.

Meu pai, às vezes, parecia ter ficado sozinho, abandonado em um espaço qualquer com uma pérola rara nas mãos — uma filha, que não sabia trocar as próprias fraldas. Apesar disso, ele não falava mal dela e dizia que era preciso compreender as escolhas de minha mãe. Ele a perdoara desde as primeiras decepções; impossível entender tanta placidez, principalmente quando eu imaginava não ter sido desejada.

Uma filha de um amigo do meu pai, consideram quase como uma prima, muito venenosa, me puxou num canto quando éramos crianças e detalhou a maneira como minha mãe detestou estar grávida:

— Minha mãe disse que sua mãe queria tirar você quando estava grávida, mas seu pai não deixou. Seu pai chorava porque todo dia ela falava que ia a um médico mau-caráter arrancar você.

Imagina que delícia escutar isso? Não entendia principalmente a parte do arrancar. Eu me sentia frágil como uma pequena planta, sendo arrancada com raiz e tudo e jogada no asfalto, feito mato sem qualidade. Seria tirada da barriga como um bebê do tamanho do Pequeno Polegar? Ainda pequena, eu tinha muita identificação com o Pequeno Polegar. Devia ser por isso, porque fora completamente apaixonada pela história do pequeno, indefeso, o filho menorzinho de uma família de sete crianças. Frágil apenas pelo tamanho, mas amor e coragem enormes morando dentro de si.

Eu me sentia um Pequeno Polegar no relacionamento de meus pais. O fato é que existiam dois namoros. O relacionamento de meu pai com minha mãe e da minha mãe com meu pai. Para ele, estava tudo bem, os dois tinham se encontrado e viveriam felizes para sempre. Mas, de acordo com minhas pesquisas, ela teve muitos questionamentos sobre sua existência, dúvidas sobre a felicidade e não aceitava viver qualquer situação. O mais lindo dos mundos não bastava para ela, que queria o grande amor, e meu pai não completava seus sonhos. Ela buscava algo muito além da vida, uma felicidade dessas de cinema, uma alegria intensa que não existe em lugar nenhum... Então, entendi que minha mãe alimentava sentimentos inexplicáveis em sua alma, uma vontade enorme de sorrir, quando desejava mesmo chorar. Assim, eu desenhava no pensamento a mãe com quem praticamente nunca convivi.

Já nasci emocionando toda a família, depois de uma gravidez problemática, idas e vindas ao hospital, uma série de quase abortos espontâneos e minha mãe revoltada de ter que pôr as pernas para o alto. Como se ouvisse: "Você não quer que eu nasça? Melhor não nascer mesmo!". Mas alguém, além de nós, queria essa gravidez, e vim ao mundo em 19 de janeiro, mesmo com uma possível preguiça de encarar o mundo real.

Minha mãe não chegou a me amamentar. Dizia não ter leite, ela não queria... Chorei muito nos primeiros dias, até que uma boa alma, amiga da tia Soraia, com leite para dar e vender, passou a me alimentar com um amor que me acalmou os brônquios por quatro meses.

Nas minhas fotos de bebê, percebo como meu pai assumiu as rédeas do meu primeiro ano de vida. Nessas fotos, muito miudinha, prematura, costumava ser colocada de fraldinha no peito do meu pai. Seu coração junto do meu me fazia relaxar e dormir placidamente encontrando uma paz que não tive nos sete meses em que estive no útero de minha mãe. Ao fundo, nas fotos, imagens perdidas de minha mãe. Ora sua mão aparecia no canto direito, ora suas pernas magras em um pequeno *shorts* e um pedaço de uma camisa aparecendo. Vez por outra, metade do rosto, um sorriso amarelo, o olhar perdido ao longe, parecendo sonhar com o quase inalcançável.

Tudo que tive de minha mãe nesse início de vida foram os pedaços fotográficos de seu corpo. Quando completei 15 anos, decidi que aqueles pedaços de gente nas fotos precisavam fazer sentido para mim. Passei a tarde cortando e colando miniaturas do corpo da minha mãe nas fotos, para entender o formato das suas pernas, procurando saber de sua fisionomia, se esguia ou não, e se eu tinha algo parecido com ela. Claro, minha mãe ficou parecendo um Frankenstein e aquela colagem, uma imagem deformada, se tornou a mais clara de quem havia me parido. Minha tentativa de foto de uma mãe ficou escondida dentro de um porta-retratos.

Quando sentia saudade do que jamais tive, pegava o porta-retratos e ficava tentando lembrar os fatos jamais ocorridos.

Olhando as fotos daquela época, me assusta pensar que, quando completei um mês de vida, minha mãe arrumou as malas de madrugada e partiu. Penso então no dia seguinte, no vazio do meu pai ao descobrir sua mulher, mal recuperada do parto da filha, abandonando os dois. Passamos a ser uma família de dois nas fotos, nas imagens e lembranças. As fotos pós-abandono mostram um pai sem muita força no sorriso, com uma filha de quem cuidaria a vida toda. Fui um bebê sem noção da família manca e dos sentimentos de dor presentes em nossa vida.

Antes que perguntem: sim, meu pai é um homem bonito em todos os sentidos. Além de humano, gentil, trabalhador, simples e carinhoso, tem olhos cor de mel, cabelos habitualmente cortados, um sorriso encantador e roupas que combinam perfeitamente com seu jeito descontraído. Eu pareço com a minha mãe, segundo dizem: cabelos longos e pretos, pele clara, olhos pretos expressivos, boca desenhada e um nariz nem grande nem pequeno.

No ano em que minha mãe nos abandonou, meu pai ficou extremamente deprimido. Ele passou então a usar barba, mas continuou bonito e atraente.

Nunca entendi bem como ela não foi capaz de se apaixonar e amar profundamente aquele homem tão bom. Mas quem entende as decisões do coração? Hoje, talvez, eu entenda melhor isso, apesar de não apoiar a maneira cruel como ela decidiu nosso futuro.

    Enquanto ela desaparecia de nossa vida, muitas mulheres se ofereciam ao cargo de mãe. Meu pai permaneceu sozinho por anos e decidiu que qualquer pessoa poderia sofrer com sua tristeza, mau humor e silêncio, menos sua filha. Tive ao longo de todos os meus 19 anos um mimo e um zelo enormes. Eu o considerava o homem mais especial do mundo. Ele agia perfeitamente quando o assunto recaía no tema preencher os vazios da garotinha sem mãe.

    Achava ruim meu pai nunca mais ter se apaixonado publicamente por nenhuma mulher. Se ele teve alguém, aconteceu discretamente e sem maiores calores. Quando seu celular tocava, do outro lado da linha falavam amigos, parentes ou colegas de trabalho. Meu pai transformou seu amor pela arquitetura e os cuidados comigo em sua maior distração.

    Minha mãe parecia ter sido uma espécie de trauma definitivo, assim dizia meu pai. Depois dos sofrimentos vividos com o término de meus namoros, não ter ninguém, ficar olhando da varanda a natureza atrás do nosso apartamento, sem preocupações, parecia ter sido uma escolha de vida. Mesmo assim, deixava claro que gostaria de vê-lo acompanhado. Nunca pensei que ele merecia ser escravo de sentimentos não correspondidos depois de tantos anos. Agi assim desde muito nova, com uma maturidade absurda, capaz de aos 7 anos exigir que ele tirasse férias de mim e fosse cuidar um pouco de sua vida. Apesar da pouca idade, meu pedido foi exatamente dessa maneira. Algumas vezes, senti pena daquele destino de abandono de quem eu mais amava. Por que meu pai tinha tido sorte no jogo e azar no amor?

    Não sei bem explicar o rosto pálido quando ele entrou no meu quarto aquele dia, assim que desliguei o telefone depois de rir com minha amiga Denise.

— Filha, podemos conversar?

— Claro, né, paizão! Com você, sempre.

— Queria falar uma coisa...

— Tudo bem? — Ali percebi que algo sério tinha acontecido.

— Não vou fazer rodeio. Piera, acho que teremos momentos de surpresa pelos próximos meses.

— Surpresa?

— Mais uma vez não vou demorar com introduções. Recebi notícias da sua mãe.

— De quem?

— Filha, sua mãe.

— Com dezenove anos de atraso?

— Também não sei o que pensar.

— Desculpa, pai. Você é a pessoa que menos merece receber acusações, mas vamos combinar que ela está um pouquinho atrasada pra me procurar. O que ela quer?

— Recebi uma carta de uma clínica de repouso aqui do Rio de Janeiro. Sua mãe está em tratamento. Veio de São Paulo, onde estava morando. Parece que, conversando com a terapeuta, ela deu nosso nome. A médica primeiro achou você no Facebook, mas sua mãe se lembrava do endereço do escritório. Recebi uma carta, avisando sobre a questão.

Tentei repetir mentalmente. Meu pai não merecia que eu jogasse qualquer mágoa, muito menos raiva, para cima dele. Naquela altura, a pessoa mais sofrida e que continuaria convivendo com o sofrimento tinha cuidado de mim o tempo todo, sem pedir nada em troca, durante uma vida inteira e sequer aceitou meu conselho de férias quando eu o fiz aos sete anos.

— E como você está se sentindo? — perguntei, reparando na tensão em seu olhar.

— Não sei ao certo. Esses anos todos esperei esse retorno. Agora ela voltou, mas não sei o que estou sentindo. — Meu pai parecia um menino falando.

— Também não sei, pai. Muitas vezes desejei isso. Sonhei com ela, pedi com vontade que tivéssemos um reencontro, se é que algum dia tivemos um encontro. Agora ela aparece, mas não recebo essa notícia comemorando. E o que aconteceu todos esses anos? Por onde ela andou?

— Parece que sua mãe se casou com um homem bom, bem mais velho que ela, tiveram um casamento sólido e feliz. Ela diz que precisa encontrar você.

Tudo irônico demais. Quando mais precisei, não tive sua presença. Fui abandonada com um mês de vida. Agora precisava me vestir e sair correndo para acudir uma mãe?

Sentei na cama e chorei. Meu pai também chorou. Ficamos ali os dois, indefesos, como se tivéssemos recebido a notícia de uma guerra. Os inimigos estavam invadindo nossa paz. Ele segurou minha mão, beijou-a e eu dei um "ai" tão dolorido que nós dois sentimos. Confesso que fiquei com a sensação de escutar uma música triste no fundo de mim, uma melodia de adeus, como se minha estrutura com meu pai fosse sofrer algum abalo. Depois do choro, um silêncio. Nenhum dos dois tinha vontade de dizer nada. Então meu pai disse:

— Filha, se você quiser conhecer sua mãe, vou estar do seu lado e vamos enfrentar isso juntos, como foi desde o seu nascimento. Sua mãe casou de novo, não teve filhos, ficou viúva, está só e precisando de você. Mas só vamos enfrentar isso se você quiser.

Então agora eu tinha uma mãe? Depois de anos engasgando para explicar como, com um mês de vida, fiquei sem ela, mesmo tendo uma, agora pluft, ganhei uma mãe! Podia sair gritando para todos os amiguinhos venenosos da escola, para um ex-namorado idiota e as garotas más que debocharam de mim pelo fato de não ter mãe, que agora eu tinha! Não a conhecia, não tinha noção de sua vida até ali, de seus desejos, o que gostava de comer, qual a sua rotina, seu perfume... Mas, enfim, eu tinha mãe!

— Piera, minha filha, no que está pensando?

— Não sei explicar. É estranho... Agora, sem mais nem menos, aparece minha mãe. Isso me causa um choque. Pena que ela voltou tarde demais para o seu posto.

— Acho que ela não voltou exatamente para o posto de mãe.

— Não?

Meu pai fez um ar de tristeza e olhou para baixo.

— Sua mãe nunca foi feliz. Nunca. Pelo menos comigo, não. Tentei ajudar em tudo, estive ao lado dela no tempo em que ela quis estar ao meu lado. Amei-a muito. Mas ela quis algo além do que ela mesma conseguia desejar. Queria que a vida a surpreendesse.

Senti certo medo quando meu pai disse isso. Fiquei pensando se tinha herdado da minha mãe aquela insatisfação com a vida e uma vontade de ir embora para algum lugar longe da realidade.

— Você está querendo dizer que minha mãe não está bem?

— Ela vai precisar muito da sua ajuda. Quando digo que você talvez não tenha sua mãe de volta é porque talvez ela não esteja bem emocionalmente e precise muito de você.

Será que aguentaria viver isso tudo? Eu havia passado tantos anos sonhando com a minha mãe e, agora, ela não voltava pronta para o nosso encontro e necessitando da minha ajuda? Era uma desconhecida para mim. Como em um passe de mágica, teria que amá-la?

— Onde ela está exatamente?

— Está em uma casa de repouso em Vargem Grande. As visitas podem ser agendadas.

Interessante. Agora eu tinha mãe e podia até marcar hora com ela.

Meu pai estendeu a mão, me deu um papel onde estava escrito Clínica de Repouso Conteúdo. Achei o nome curioso. Uma clínica de repouso deveria se chamar Paz, Tranquilidade, Descanso Feliz. "Conteúdo"? Muito estranho imaginar meu passado ao alcance das mãos. Bastava eu vestir uma roupa, ir até a Clínica de Repouso Conteúdo e olhar minha mãe cara a cara. A falta de coragem e um enorme medo de ser renegada mais uma vez me fizeram ficar pensando no assunto durante três dias.

Então, uma noite depois, enquanto meu pai desenhava uma planta, me sentei ao seu lado e puxei conversa:

— Pai, esse lugar onde minha mãe está é uma clínica para pessoas com problemas mentais?

— É uma clínica de repouso que cuida de pessoas com depressão, que estão em crise... Sua mãe foi levada por uma amiga, depois de uma crise nervosa. Ela não mora no Rio, se casou em São Paulo. Parece que veio ao Rio para encontrar você e não se sentiu bem.

— Ela tem uma amiga? — Notei meu pai com um semblante deprimido. Minha mãe tinha uma amiga, mas não fora amiga da própria filha?

— Ilma é o nome da amiga. Ela veio para o Rio, acompanhando sua mãe, mas já retornou para São Paulo. Conversamos por telefone. Cecília falou muito de você para Ilma e do arrependimento... Herdou muito dinheiro do marido, um industrial da área têxtil. Ano passado, ficou viúva e passou a sofrer crises de desorientação. Recentemente registrou um documento em que declara que não quer todo o dinheiro e deixou bens pra você, que se tornou herdeira de muita coisa em São Paulo.

— Quer dizer que ela não morreu, mas já fez uma espécie de testamento? Eu quis receber outras coisas que o dinheiro não compra.

— Diria que é bastante dinheiro. Mas claro que entendo você. O mais importante está ligado ao seu bem-estar. Sua mãe voltou e agora nós precisamos compreender isso da melhor maneira.

Olhei para o meu pai. Senti um leve aperto no coração ao imaginar que ele podia ainda amar aquela mulher, e que ela nunca deixou de ser minha mãe. O sonho da gente, às vezes, se realiza, mas na hora e no dia errados e da maneira que não esperamos...

Terminei de contar o novo capítulo da minha vida para minhas amigas Drê, Denise e Renata, literalmente de boca aberta.

— Amiga, numa boa, não tinha nenhuma historinha mais leve para contar não? — disse Denise e levantou-se da cama, passada.

— Como assim? Primeiro você assiste ao casamento de um ex-bobão e aí, quando a gente pensa que sua vida vai acalmar, sua mãe, que a gente durante toda a vida achou que nunca mais apareceria, surge assim do nada? — perguntou Renata, olhando para Drê e Denise.

Elas pareciam mais zonzas do que eu.

— Também achei que André tinha sido a bomba da minha vida, mas agora minha mãe voltou. É pior do que o André se casar.

— Amiga, talvez ela seja tudo que você sonhou durante toda a sua infância! — Drê tentou trazer uma mensagem positiva.

— Ah, Drê, uma pessoa que sumiu por dezenove anos não é bem o que a Piera sonhou...

— Eu penso o mesmo, Denise. Poxa, passei muita barra sem ela, tive vários problemas que minha mãe não tem nem noção. E ainda tem essa história da grana que falei. Não quero o dinheiro dela. Queria um monte de coisas antes disso...

— A gente está com você nisso. As quatro juntas, como costuma ser. Fortes para o que der e vier.

— Tive que ser uma pessoa sem mãe. Desde pequena me virando, muitas vezes cuidando do meu pai, quando ele tinha certeza que estava cuidando de mim.

— Amiga, você é uma linda, cresceu, amadureceu, trabalha, rala pra caramba... — Drê sempre dava um jeito de nos colocar para cima.

— Sou a garota que mede os espaços. Vivo medindo o piso dos lugares, ela não sabe nada de mim, do meu trabalho, do que eu penso, dos meus sonhos...

— E sua mãe não tem ideia da garota do bem que você virou. Enquanto estava dormindo, você lavava o banheiro, enquanto eu estava vendo TV, você lavava louça. Eu, com tudo na mão, e minha melhor amiga ralando para ter uma vida digna com seu pai. Às vezes, tenho vergonha de não ter feito mais por mim mesma e ter sido acomodada, esperando que as pessoas fizessem as coisas por mim.

Renata nunca tinha dito isso antes.

— Fico feliz de dividir isso com vocês.

— A gente só espera que você não fique deprimida.

— Tô legal. Não é fácil ganhar a mãe de volta depois de tanto tempo, mas tô segura e forte. Vai acontecer o melhor. E o melhor inclui meu pai.

— Isso aí, porque uma coisa é certa: o melhor pai do mundo é o seu. E olha que o meu é bem legal!

Drê tinha um pai presente, ao contrário de Denise, que só tinha a mãe, e Renata, que tinha pai e mãe, mas vivia a vida de maneira tão à parte, que mais parecia uma órfã. Seu contato com a família era de "Oi! Tô chegando" e "Tchau! Tô saindo". Renata, em uma análise fria, parecia um tanto quanto seca e superficial. Apenas uma defesa para não se envolver profundamente com ninguém. Também fazia assim com os rapazes. Nós, suas amigas, vivíamos o máximo da sua intimidade e a compreendíamos muito mais do que o mundo inteiro.

— Quando você vai encontrá-la? — Renata perguntou demonstrando preocupação.

— Acho que ainda esta semana. Não vou fugir.

— Isso aí. Escuta tudo o que ela tem pra dizer, reflete, espera, pensa. Dá uma pausa, mas não briga.

— Eu sei. Sabe, não tenho ideia de como vai ser, como ela vai se comportar, o que vai dizer, mas é minha mãe, eu a quero bem, mesmo sem ter nenhum motivo para isso. Ela me deu a vida, não acho que tenha sido a coisa mais divertida para ela, mas me trouxe até aqui.

Minhas amigas ficaram com os olhos cheios de lágrimas da maneira emocionada que falei.

— O que eu disse foi tão profundo assim?

— Foi. Sabe, eu, a Denise e a Rê, agradecemos muito por você ter aparecido na nossa vida. Você é uma pessoa que, apesar dos problemas, consegue superar e seguir. O André perdeu uma grande pessoa, que podia ter iluminado a vida dele, mas a gente sabe que você ainda será muito feliz. Quem sabe a chegada da sua mãe não faz sua vida melhorar?

— Vou acreditar nisso. Para comemorar esse momento, que tal se a gente fosse dar uma volta, tomar um suco e aproveitar o fim de tarde?

— Voto que sim. Tô precisando ver uns gatos! Sério, se eu contar para vocês o que aconteceu comigo... Com essa bomba da Piera nem deu para comentar, mas saí com um amigo do meu primo e foi um desastre.

— Por quê? Ai, tenho medo das histórias da Denise.

— Pô, gente, sério, não dou sorte, vou virar freira. Saí com o cara ontem, a gente deu um beijo, dois, um papinho bom e do nada ele pega o celular e começa a futucar?

— E você queria que ele futucasse você, né, Denise!? — Renata perdia a amiga, mas a piada, jamais.

Caímos na gargalhada.

— Gente, é sério. O cara grudou no celular, eu com aquela sensação de traída e ele lá... Aí mandei: "Ei, eu tô aqui!". E ele, teclando no celular, disse que sabia. Fiquei quietinha uns minutos e mandei: "Mas a gente está aqui!". E ele: "Olha, a gente já ficou, foi bom, mas agora vou ficar um pouco no Face!".

— Mentira? — Drê perguntou, horrorizada.

— Sério! O cara preferiu o Facebook, o Twitter, achei que ele começaria a construir um *site* ali mesmo...

— E o que você fez?

— Ah, Renata, fui para o Twitter também! Foi quando te mandei aquele *tweet* dizendo: "Rapadura é doce, mas não é mole não...".

Capítulo 5

Olhos verdes quase azuis

Qual o sinônimo para "fiquei sem ar"?

A aparição fantasmagórica da minha mãe me fez esquecer um pouco os assuntos desconfortáveis do coração. Quem pode garantir que os "para sempre" duram uma vida toda? Talvez a graça da eternidade seja apenas a expectativa. Eu tentava não me contaminar com meus próprios pensamentos ruins. De olhos fechados, minha vida aparecia com suas cenas mais densas.

Tentava elevar o pensamento, colocava uma música animada e não deixava a tristeza entrar. Uma das músicas que adorava cantar pela casa foi meu pai que me apresentou: "Girls just want to have fun", de Cyndi Lauper.

Desde que escutei essa cantora me apaixonei. Depois, vendo o clipe, passei a imitá-la, caminhando e cantando como ela faz no vídeo. Eu fazia isso e ria muito. Em alguns dias, meu pai chegava em casa e lá estava eu cantando: "Girls just wanna...". Me divertir me fazia deixar de lado a maré densa e trazer uma espécie de trégua e não me culpar. Tentar entender os últimos acontecimentos da vida, ficar revirando atitudes, o que fiz ou não fiz de errado e o que podia ter sido feito me deixava exausta e não me fazia chegar a lugar nenhum.

No meio disso, Guilherme tinha sido apenas uma poeira incômoda. Passou e nunca mais nos falamos. Simplesmente sumiu. Ainda bem, porque um cara que me namora para falar mal da ex-mulher não me interessa mesmo.

Voltei a respirar. Continuava distraindo meus pensamentos com o trabalho. Realmente gostava de criar espaços, principalmente quando tinha a chance de dar palpites na área de decoração. Amava a transformação de um lugar feio depois de ideias criativas na combinação de móveis e objetos com a cara do dono da casa. Estávamos reformando uma casa na Gávea e eu passava lá para observar a obra. Um detalhe que chamava a atenção: em vez de derrubar uma árvore, foi feito um buraco na parede, na churrasqueira, para que a árvore passasse e não fosse arrancada. Ficou tudo tão lindo! Impressionante como ideias podem mudar uma casa para melhor.

Na cabeça, também já tinha meus pequenos projetos. Fui responsável por criar o novo quarto da minha amiga Denise, cheio de estilo e todo "trabalhado" — como dizia ela — no rosa. Denise era apaixonada por essa cor. Claro que tentei pegar leve nos seus desejos para não ficar brega. Meu quarto também tinha mudado: coloquei uma parede cinza atrás da cama e um enorme quadro com um coração vermelho, cheio de desenhos abstratos e palavras apaixonadas. Definitivamente eu queria seguir os passos do meu pai e da tia Soraia, decoradora dessas bem chiques, com uma lista de clientes famosos e gente importante. Foi com eles que me apaixonei de uma vez por todas pela arquitetura. Meu pai também estava envolvido em um projeto de um ricaço da Lagoa. No caso desse projeto, a ideia incluía derrubar paredes e ampliar os ambientes. Tudo estava sendo comprado sem economias. Nunca imaginei que houvesse tantos tipos de tecido, em tantas cores. Fiquei impressionada com o tamanho das luminárias e a quantidade de detalhes tecnológicos em um único cômodo. Deu para notar como decoração me atrai? Meu trabalho estava sendo direcionado para esse caminho de finalização da obra e dos detalhes. Eu amava os acabamentos da casa, as possibilidades de inovar e como as mudanças podiam melhorar a vida das pessoas.

Pelo menos o trabalho me distraía. Dava boas gargalhadas com os pedidos dos clientes. Ri muito com meu pai tentando convencer o dono de um apartamento a não fazer uma sala para seu cachorro dentro da sala de estar. Ele prometeu um quarto de sonhos para o *yorkshire* chamado Gusmão Teodoro, um ser de 28 centímetros, em um cômodo ao lado da área de serviço. Ele demorou a aceitar, mas depois dos argumentos de melhorar a circulação de ar e a possibilidade de Gusmão Teodoro ter até uma parede com fotos especiais, o proprietário se rendeu.

Denise, Drê e Renata ligavam querendo saber de mim, preocupadas com meus sentimentos, desejando minha melhora. Nos fins de semana, saía com elas ou ficava com meu pai vendo filmes e, inevitavelmente, pensando no retorno da minha mãe.

Meu luto interior parecia que tinha acabado. E até meu pai andava saindo e aproveitando mais a vida. Para minha surpresa, depois de tanto tempo solteiro, estava desconfiada da presença de uma namorada em sua vida. Alguns dias, ele saía para encontros misteriosos e eu ficava em casa, naquela condição: pijama, caixa de chocolate no chão da sala, mostrando que eu poderia ser digna de capa da revista *Tédio total*. Nesses dias, o lado mais agitado da minha vida estava nas cenas de ficção dos filmes que eu assistia, ou o barulho de um carro em alta velocidade na Gávea. Meu pai tentava me animar, mas nem todo dia eu queria descer para caminhar ou jantar fora. Apesar de ele ser a melhor companhia e contar cada dia uma história diferente e divertida, às vezes eu não queria mesmo fazer nada além de ficar jogada no sofá da sala. Se um dia fosse imensamente feliz e alguém me invejasse, no pacote do que me tornaria estariam os dias de dores que eu tivera na vida.

Duas semanas depois da notícia do retorno da minha mãe, entrei no escritório do meu pai. Ele anotava algo em um caderno de couro. Fiquei olhando a Baía de Guanabara, a beleza da água espelhada, o sol batendo nela, refletindo ainda mais luminosidade. Fácil entender por que meu avô comprou as salas daquele prédio no bairro de Botafogo para montar aquele enorme escritório de arquitetura.

Meu pai me olhou, deu um sorriso e interrompeu o que estava fazendo. Gostava de vê-lo naquele ambiente organizado, a mesa cheia de documentos. Ele me conhecia bem e pelo meu olhar sabia que eu tinha algo importante a declarar. Decisões mudam diariamente a vida da gente. Quando entrei no escritório, não tinha ideia de abrir uma porta para minha vida inteira de uma vez só.

— Quando podemos ir?

Não precisei explicar muito. Meu pai imediatamente entendeu.

— O dia que você quiser. Ligo para a Clínica e agendo. Falei com o Marcelo, que está dedicado a ajudar sua mãe e acompanhando o caso de perto.

— Hum...

— Piera, não fique assim. Imagino como você está. Primeiro o rompimento com o André, depois o idiota do Guilherme, agora sua mãe aparece depois de tantos anos... Seja forte, viva esse momento como se ele fosse se transformar lá na frente em algo muito bom. A vida não acontece como nos sonhos. A realidade existe e o nosso desafio é vencer as dores, superar os obstáculos e persistir. E, minha filha, torço tanto por sua felicidade!... Quando fui pai, não tinha ideia de que amaria você de uma maneira tão forte e que sua felicidade seria a minha. Mas é assim hoje. Não aguento ficar assistindo você jogada na sala de casa, deprimida. Prefiro os dias que você sai com suas amigas, passeia ou fica aqui animada no escritório, mas sei que tudo isso é um processo...

— Quando penso na sua decepção, pai, minha mãe indo embora, você e eu sozinhos, admiro você ainda mais...

— Quando penso na minha decepção, filha, sua mãe indo embora, penso em todo o amadurecimento, em cada dia e cada noite que eu e você passamos juntos. Se fosse o contrário, você também cuidaria de mim.

Eu sorri. Só meu pai para falar de um jeito tão doce em meio a tantas tragédias.

— Preciso perguntar para minha mãe por que ela foi embora.

— Porque nunca esteve aqui. Imagino que a resposta seja essa. Você precisa se preparar para a possibilidade da sua mãe não estar preparada para suas perguntas.

— Ela destruiu sua vida, pai, e me isso incomoda mais do que não ter tido mãe. Na verdade, não tenho a menor ideia de como é ter o cuidado de mãe mesmo. Tenho curiosidade para conhecê-la, mas não a amo como minha mãe.

— Quem disse? Quem disse que tive a vida destruída? Ela teria acabado comigo se tivesse levado você ou tivesse continuado nosso casamento sem me amar. Tinha um quê de dolorido viver na mesma casa que sua mãe sem que ela me olhasse profundamente, não daquela maneira superficial, como se eu fosse mais um objeto na casa.

— Você podia ter outra mulher, estar casado hoje.

— Minha filha, sua mãe me deu o maior presente, que é você. Não tenho nada para lamentar, é uma filha maravilhosa, querida, responsável... É claro que gostaria de um casamento sólido, mas ganhei uma garotinha capaz de ofuscar todas as outras mulheres. Nunca me senti um coitado, com a vida destruída. Foi uma opção não ter outra pessoa marcante na minha rotina. Quis criar você e isso foi mais importante que qualquer prédio do qual fui responsável pela construção. Tive mulheres ao longo desses anos, mas nenhuma foi mais importante. Agora que você está criada, quem sabe não arranjo uma namorada?

— Pai, como assim? Você conheceu alguém?

— Acho que sim. No aniversário do Cardoso, conheci uma amiga da esposa dele. Separada, boa pessoa, divertida, e me interessei.

— Pai! — dei um grito de felicidade.

Nunca imaginei meu pai interessado em outra mulher além do fantasma da minha mãe. A sensação do retorno da minha mãe se comparava a encontrar um corpo desaparecido. Agora ele podia terminar o longo luto de quase vinte anos.

— Sua mãe nunca me amou. Quero ter a chance de ser amado.

Eu ficava impressionada com a transparência daqueles sentimentos. Ele dizia seus pensamentos sem qualquer vergonha ou medo.

Minha intuição indicava que minha mãe era completamente diferente dele. Viveu camuflando incômodos, enganando comportamentos contrários e levando uma vida longe da sua verdadeira vontade.

— Pai, minha mãe amou você, sim. Sei lá, acho que sim.

— Ela casou comigo por pressão. Vivia um inferno em casa, os pais, terríveis, cobravam sua solteirice e o fato de ainda não ter formado uma família. Apesar de nova, a família avaliava que ao passar dos 20 a mulher começava a ficar velha para casar. Ela também se achava velha para ser mãe, queria um filho. Hoje em dia, mulheres de 45 anos são mães e está tudo bem. Há vinte anos, convivíamos com outras cobranças. Hoje, cobra-se muito mais estabilidade financeira, uma vida com bens materiais, poder nas mãos. As mulheres solteiras não são julgadas como antigamente e ser solteira não é mais um estado de transição, mas, muitas vezes, opção.

— Ainda bem. Depois da decepção com o André, não me vejo casando tão cedo.

— Claro que vai casar. Na hora certa e com uma pessoa muito melhor que ele.

Eu já tinha gastado minha vontade de falar de André. Melhor mudar de assunto.

— Ela queria ser mãe? Acho que se tem alguém com instinto maternal zero é minha mãe.

— Ela foi fraca. Tinha muitos sonhos. Às vezes, estávamos juntos e ela olhava ao longe. Sua grande busca na vida, a gravidez, não a tornou a mulher mais feliz do mundo. Como marido, era difícil compreender aquele comportamento. Precisei de vinte anos pensando nisso para entender. Mas sua mãe não me deve nada. Foi fraca, errou, mas me deu vida. Nunca foi uma pessoa ruim; ela somente errou. Mesmo assim, não preciso perdoá-la. A maneira errada de ela agir me proporcionou muitas felicidades com uma filha que amo muito.

— Ô, paizão, claro que também te amo. Muito. Mas ela agora está aqui e não sei o que vou dizer e como agir. A parte boa no meio disso tudo me parece ser você ter conhecido outra pessoa. Se essa pessoa não fizer você feliz, nem sei do que sou capaz.

— Você vai gostar dela.

— Quero olhar nos olhos de quem fez o coração do meu pai bater depois de tanto tempo!...

— Posso marcar a visita para amanhã?

— Com a sua namorada? Claro!

— Não. Com sua mãe.

Um minuto de silêncio. Estranho pensar que, para conhecer uma paixão do meu pai, eu não hesitava, mas, para olhar nos olhos de quem me colocou no mundo, precisava respirar fundo.

— Pode. Tive dezenove anos para pensar se um dia ia querer estar com ela. Quero vê-la.

— Vai ser bom para todos nós.

— Eu sei. Essa história é muito mal resolvida.

Se minha vida fosse um filme, nesse momento a câmera ficaria mostrando eu e meu pai nos olhando, dando a ideia de longos e silenciosos minutos. A emoção do carinho de um pelo outro no ar. Meu pai querendo me proteger ainda mais. James Morrison começaria a cantar "You give me something", tudo a ver com o que eu gostaria de dizer para minha mãe, aquele trecho que fala algo assim: "Porque você me dá algo que me faz sentir medo. Isso poderia não ser nada, mas estou disposto a tentar. Por favor, me dê algum sinal para que algum dia eu possa conhecer meu coração". Meu olhar denunciaria minha dificuldade quando o assunto envolvia meu passado. E a câmera mudaria o foco e direcionaria a lente para a Baía de Guanabara e nossa imagem ficaria refletida no vidro da sala. Fim da cena.

Alguns dias, realmente, queria que minha vida fosse lindos *takes* de um roteiro inteligente.

No dia seguinte, depois do almoço, iríamos para a Clínica de Repouso Conteúdo. Marcelo, responsável pela clínica, nos receberia para uma conversa preliminar. Eu conversaria sobre minha mãe, a mulher responsável por me colocar no mundo, mas de quem eu não sabia nada.

Algumas vezes nossa vida vira ao contrário e perdemos o rumo de tudo, não sabemos nem como nos comportar. Demonstrava felicidade? Sorria? Dizia pouco, contava todos os meus dramas pessoais e deixava claro como aquela ausência tinha me feito sofrer ao longo de tantos anos? Elogiava todos os esforços do meu pai até aquele instante? Tentava focar mais nos dias em que ter mãe deixou realmente de ser relevante? Será que não ter tido seu convívio me causara cicatrizes profundas, que não eram vistas a olho nu, mas que minha alma sentia a cada minuto? Eu precisava de uma *"personal* dor" para saber como me comportar naquela situação. Tentei ensaiar um comportamento mais simples, mas, no final, sabia que tudo daria errado. O otimismo tinha tirado férias.

Na clínica, a primeira impressão trouxe um bom impacto. Um casarão antigo, com janelas grandes, brancas, clássicas, com arcos na parte superior, uma varanda arredondada no segundo andar e um gramado de fazer inveja a um jogador de futebol. O jardineiro parecia cuidadoso: tinha feito uma decoração linda, alternando grama com pedras brancas em jardim encantador e calmante de rosas brancas. Fui caminhando, respirando fundo. Eu encontraria minha mãe depois de tantos anos de ausência. Cogitei perguntar como achava que eu tinha me virado esses anos todos com explicações sobre por que meninas brincam de panelinha e meninos, de carrinho, por que meninas gostam de rosa e os meninos adoram futebol, qual a razão de as meninas serem apaixonadas por sapatos e um dia passarem a perder sangue mensalmente e os seios crescerem, e por que, um dia, eles, os homens, nos namoram por seis anos e vão embora sem nenhum tipo de explicação...

Meu pai bem que tentou me dizer as coisas que só as mulheres sabem. Comprava livros que ensinavam a uma menina como se tornar mulher, escondia embaixo da cama e tentava explicar as coisas do seu jeito. Imagina como é um moço explicar para sua filha como é ser uma mocinha menstruada? Pois é, acabamos superando juntos essas dificuldades. Quando meus seios começaram a crescer, ele notou e me presenteou com dois bonitos sutiãs, um rosa e outro de bolinhas. Um bom gosto capaz de fazer inveja a qualquer mãe. O rosa tinha um singelo bordadinho dourado de flor, que me fez sentir definitivamente gente grande. Assim, não somente as palavras, mas principalmente os cuidados imensamente responsáveis nos aproximavam ainda mais.

Nunca tive conversas olhos nos olhos com a minha mãe; nada lembro de ter vivido ao lado da mulher de quem recortei fotos para guardar e descobrir como seria seu interior. Nunca escutei conselhos sobre autovalorização, acreditar em mim e ser forte. Algumas frases meu pai nunca disse por simplesmente desconhecer os meandros da mente feminina. Ali, na Clínica Conteúdo, antes até de encontrar minha mãe, me senti fraca, pequena, pressionada e com uma enorme vontade de chorar.

— Filha, não fique assim...
— Pai, tô me sentindo desorientada.
— Se você não quiser encontrá-la hoje, não tem problema. A gente vai embora. Podemos apenas encontrar os médicos, conversar. Só vai acontecer o que você quiser.

Respirei fundo, apertei a mão do meu pai, movimentei meus olhos, na maneira de dizer "sim" que só nós dois compreendíamos.

Entramos.

Bonita a recepção, o piso com enormes placas avermelhadas, formando mosaicos com desenhos em um tom amarelado, tudo muito bem decorado, um balcão de atendimento largo, de mármore bege e duas mulheres bem maquiadas, com cara de comissárias de bordo. Sentei-me no sofá branco, enquanto meu pai caminhou até as moças que sorriam levemente em uma sincronia curiosa. Uma delas usava pequenos brincos de caveira, contrastando com toda aquela seriedade.

Olhei o teto do lugar, com detalhes em *art déco* e fiquei calculando a época da construção daquela casa. Arquitetos são obcecados por tempo, espaço e construções.

Olhando o acabamento trabalhado ao redor da janela, refleti sobre minha mãe ter coragem de abandonar meu pai, um casamento e principalmente uma filha recém-nascida. Lá estava ele, calmo, bonito, bem vestido em uma calça jeans clara, uma camisa salmão para fora da calça, com as mangas dobradas e um sapatênis de lona discreto, bege-claro. Meu pai estava muito estiloso. Usava um relógio que combinava bem com seu corpo magro, esguio e o cabelo sutilmente grisalho. Estava no auge da beleza, um senhor cinquentão e simpático. Tá, difícil acreditar na imparcialidade por ser sua filha, mas enquanto ele falava e gesticulava, eu pensava:

— Minha mãe foi uma burra, uma idiota, e estou aqui para visitá-la como se nada tivesse acontecido.

— O que você disse, filha?

— Nada. Tava pensando alto.

— Já avisei que chegamos. O Marcelo, que é o administrador da clínica, vai nos receber já, já.

Confesso que não estava muito animada para conhecer ninguém. A leve ideia de conhecer minha mãe me fazia descer alguns degraus do amadurecimento e me sentir uma menininha muito chatinha. Não queria conhecer administrador nenhum e imaginei que entraria na sala um homem com cara tão maluca quanto a dos pacientes daquele lugar. O tal senhor Marcelo seria um desses gordões, com óculos fundo de garrafa engraçados e com jaleco sem fechar na altura da barriga. Eu responderia com meu coque no alto da cabeça, enormes óculos escuros e uma roupa básica com camiseta branca, calça jeans skinny e uma sapatilha que tinha dúvida se era prateada ou dourada. Nos pensamentos, imaginei que quem trabalha em hospital ou clínica fosse mais afetado mentalmente que os próprios pacientes e fiquei na sala de mãos dadas com meu pai, aguardando a entrada do indivíduo.

O senhor Marcelo, o administrador, entrou na recepção sorrindo e ali, olhando aquele homem totalmente desconhecido, esqueci pelos próximos segundos todos os meus problemas até aquele dia. Fiquei calada observando cada passo daquele desconhecido. O sorriso continuava ali e meu coração ficou ainda mais apreensivo, como um urso polar sendo colocado em uma praia do Ceará. Depois de observar os dentes, dei de cara com um par de olhos verdes quase azuis, os olhos mais terríveis de olhar. Não são somente verdes. Também não são azuis. São olhos verdes que chegam perto do azul e voltam para o verde, indo mais uma vez no azul e... Por que estávamos ali e qual era o problema da minha vida mesmo?

Ele apertou a mão do meu pai, depois a minha, e começou a conversa:

— Que bom que vocês vieram! Sou o administrador da Clínica Conteúdo. Queiram me acompanhar, por favor.

Ele nos indicou um corredor. Fomos caminhando em passos leves, delicados. Ele passou à frente para nos levar a uma sala e não pude deixar de reparar no cabelo bem cortado e batido na sua nuca.

Marcelo abriu a porta e entramos em uma sala muito bonita, com uma enorme mesa de vidro e uma cadeira preta de couro. A sala tinha um laptop ligado, uma estante com muitos livros, em sua maioria da área médica, e um sofá também preto.

— Bem, como disse, meu nome é Marcelo, administro esta clínica para o meu pai. Ele não mora mais no Brasil e eu cuido da instituição desde que ele se ausentou.

— Você parece bem moço! E isso é um elogio — meu pai disse, enquanto eu não tinha coragem de dizer absolutamente nada.

— É... Mas, embora eu seja jovem, trabalho aqui há cinco anos. Curso Medicina e pretendo ser um psiquiatra. Bem, acompanho o caso da senhora Cecília desde que ela deu entrada aqui. A doutora Cristina é a médica psiquiatra responsável por ela. Você é a filha da dona Cecília, a Piera!

Ele não perguntou meu nome, mas afirmou parecendo ser muito conhecedor da minha condição de filha da "dona Cecília". Eu estava meio chocada com a presença daquele cara.

— Sua mãe está recebendo todo o apoio, medicação e atendimento para sair da depressão profunda em que se encontra nesse momento.

— Depressão?

— Sim. Quando a senhora Ilma trouxe sua mãe para cá, ela tinha tido uma crise muito séria e tomado remédio em excesso. Fizemos uma lavagem estomacal e desde então está internada.

— Você tá querendo dizer que minha mãe está maluca e tentou se matar?

— Bem, vou tentar explicar a situação de uma maneira bem simples. A senhora Cecília tem o diagnóstico de depressão profunda. Ela sofre de vários sentimentos que envolvem tristeza, perda de prazer em atividades, rotina, uma enorme sensação de vazio, falta de energia, desânimo, perda da esperança, pensamentos negativos repetitivos, autodesvalorização, dificuldade para concentração. Sua mãe não dorme bem, tem perda do apetite, ansiedade, dores no corpo e dores de cabeça constantes... O tratamento da depressão se faz atualmente com a combinação de medicamentos antidepressivos e psicoterapia. A doutora Cristina coordena as terapias que envolvem a melhora da sua mãe. Os medicamentos permitem uma recuperação gradual da depressão, além de afastar as crises depressivas. Claro, estamos fazendo o possível para reverter todo esse quadro. Mesmo que sua mãe precise de medicamentos que devam ser administrados por muito tempo, acreditamos na sua melhora e estabilidade.

— Ela tem chances de realmente melhorar? — meu pai perguntou com o olhar emocionado.

— Claro! Ela pode superar esse momento com o acompanhamento.

— Eu não conheço minha mãe.

— Nós sabemos. Sinto muito. Acho importante que vocês se encontrem. Imagino que você tenha curiosidade de conhecê-la.

— Não sei. Sempre quis muito, mas tô aqui e vou tentar ajudar no que for possível.

— Que bom! Conte comigo.

Sempre tive reservas com psiquiatras. Como se qualquer atitude minha pudesse fazê-lo descobrir algo medonho a meu respeito. E agora eu estava ali e imaginava a possibilidade de o futuro médico me avaliar, fazendo cálculos para me dar uma nota de zero a dez.

Sei que estava em um momento crucial da vida e tudo parecia errado, mas não podia deixar de reparar como o tal Marcelo era de uma beleza contundente... Deus me perdoe por ter um pensamento tão raso quando minha mãe tinha enfiado goela abaixo sua vontade de viver e estava no fundo do poço, mas que gato! Moreno, olhos verdes quase azuis, impossível não olhar para seus olhos com curiosidade, e um corpo que mesmo com o jaleco dava para perceber que deveria ser um atleta anônimo.

Fiquei com certo medo de meu pai e aquele moço repararem que eu olhava para ele. Tentei fazer cara de paisagem, de fila de banco, de caminhando no supermercado ou de quem olha para um brócolis... Não existe lugar em que pessoas estão com mais cara de nada do que supermercado.

Ele falava tão calmo que a doença da minha mãe parecia algo como um machucadinho no canto da mão, do tipo acordei e tá curado.

Fiquei pensando longe, em como seria a vida daquele candidato a médico: Casado? Filhos? Morava onde? Qual a sua rotina?

Fui viajando no pensamento, longe, sorrindo por dentro, quando me deparei com meu pai e ele me olhando.

— Então, filha, o que você acha?

— Desculpa, estava distraída.

— Reparamos.

Será que eles também notaram meu total encantamento pelo administrador? Com todos os meus mais sinceros e desesperados neurônios, espero que não.

— Importa muito que vocês compreendam que não podemos trabalhar com prazos. Pode ser um mês, ou um ano. Tudo vai depender das respostas ao tratamento.

Pronto. Agora o futuro médico me acharia uma idiota que não conseguia se concentrar em uma conversa. Comecei a surtar em pensamentos idiotas. Será que ele imaginou que eu teria puxado à minha mãe? "Piera, para de pensar idiotices." Parecendo ler meu pensamento, Marcelo sorriu e disse:

— Você se parece muito com a sua mãe.

Soava estranho escutar isso, sem ter ideia da aparência da minha mãe.

— Não sei bem como ela é.

— Você é tão bonita quanto a Cecília — afirmou meu pai, muito suspeito para opinar.

Tinha amado minha mãe mais tempo do que eu podia imaginar e me amava mais do que eu tinha noção.

— Sim, ela é tão linda quanto a mãe, se me permite dizer.

Ah, meu pai permitia, sim. Ai dele, se não permitisse... Quando dei por mim, estava ali parada naquele olhar verde-azul e um sorriso perfeito de dentes brancos e uma pele morena. O futuro doutor Marcelo continuou falando do tratamento da minha mãe, mas eu não conseguia mais prestar atenção em nada. Ele me encantava com sua beleza e comecei a pensar que ter ido àquela clínica foi a melhor coisa que tinha me acontecido nos últimos tempos.

Olhei discretamente para a mão do administrador. Nenhuma aliança — então não era casado. Ou não gostava de usar aliança. Tinha filhos? O que faria fora daquele hospital? Tinha uma família grande, cheia de primos? De repente, me imaginei podendo fazer qualquer pergunta para aquele homem: "Você é feliz? Tem mãe? Tem filhos? Sua esposa é legal? Por que escolheu a medicina? Tem noção da sua beleza?" E, ainda por cima, inteligente, simpático e educado? Ai, tem coisa pior do que se apaixonar no lugar errado e na hora errada?

— Peço a vocês que tenham paciência. Vai dar tudo certo.

Me senti muito idiota ao fugir do real objetivo daquele encontro. Não estava ali para um encontro amoroso. Tentei me concentrar.

— Posso vir aqui todo dia? Vou poder ver minha mãe hoje?

Juro que nesse momento eu não estava pensando em nada além de realmente voltar a ter uma mãe.

— Eu e minha mãe nunca nos vimos, quer dizer nos vimos, mas, como você deve imaginar, não me lembro.

— Sinto muito que tenha acontecido assim para vocês duas. Esse encontro não será fácil. Ela carrega muita culpa por não ter sido sua mãe. Esse passado com vocês é o endereço de grande parte dos problemas. Não será fácil. Você precisa estar preparada. Talvez sua mãe esteja longe das suas expectativas.

— Vou ajudá-la no que for preciso.

Meu pai segurou minha mão e eu senti vontade de desabar em um choro descontrolado. Derramei apenas uma lágrima e consegui me segurar.

— Piera, todos estamos aqui para ajudar. Vamos fazer o possível para esse encontro ser positivo. Não podemos prever. Vamos acreditar no melhor.

— Eu sei. É que já tinha aceitado a ausência dela, isso já estava quase resolvido dentro de mim, porque resolvido mesmo nunca fica. Agora estou tendo que juntar de novo os cacos das partes do corpo da minha mãe nas fotos pra tentar saber quem ela é.

— Como? — perguntou Marcelo, sem entender o que eu estava dizendo.

— Como nunca vi minha mãe ao vivo, passei a cortar as fotos, os pedaços do corpo dela, tentando juntar em uma mesma imagem.

Meu pai me olhou. Nunca tinha contado aquilo para ele.

— É? Mas você vai poder olhar sua mãe e ela agora será real.

O administrador Marcelo me olhou mais profundamente desde o início daquela conversa. Um silêncio ficou entre nós dois. Seu olhar plácido me trouxe uma imensidão que me invadiu. Não queria que aquele momento terminasse. Alguém precisava fazer algo ou a cena congelaria. Meu pai nos fez voltar ao ritmo normal da conversa.

— Amanhã a Piera pode encontrar a mãe dela?

— Claro! Estarei aqui amanhã.

— Acho melhor ela vir sozinha. Não quero atrapalhar o encontro. Eu e a Cecília somos separados. Não acho que vou ajudar nessa aproximação.

Olhei meu pai, ele estava emocionado como se sentisse ser demais e atrapalhasse meu entendimento com a minha mãe. Apertei sua mão e beijei-a. Marcelo entendeu a importância do meu pai para mim. Fosse quem fosse minha mãe, ela nunca ocuparia o seu lugar naquilo que construímos juntos. Também não acho que meu pai tivesse nenhum tipo de medo. Se existia alguma certeza em nossa vida dizia respeito ao laço intenso entre nós dois.

Quando fomos embora, Marcelo ficou esperando gentilmente nossa saída. Do carro, vi seu leve sorriso. Meu pai acenou com a mão e partimos.

Ainda no caminho enviei tantos torpedos para Drê que, ao chegar em casa, ela estava na portaria do meu prédio. Nós nos trancamos no meu quarto e só faltei berrar:

— Amiga, não entendi nada nos torpedos. Você não encontrou sua mãe?

— Você não vai acreditar. Tô em choque.

— O que aconteceu?

— O administrador da clínica, ele é estudante de Medicina...

— O que tem ele?

— Não sei dizer direito. Pô, fui naquele lugar pra resolver algo terrível da minha vida. Você sabe como a história com a minha mãe é mal resolvida...

— Tá, mas o que esse cara fez? Aconteceu algo?

— Fiquei olhando para ele e de repente não estava mais pensando na minha mãe. Tive que focar... Sabe, foco? Foco, Piera, foco.

— Mentira? Como ele é?

— Lindo. Sabe, lindo? E é todo educado, fala devagar, nos tratou tão bem...

— E ele te olhou?

— Uma hora achei que olhou, mas poxa, eu estava lá por algo sério. Nem para o meu pai tive coragem de contar.

— Ah, amiga, essas coisas acontecem!...

— Acontecem? Ah, sim, sim, um dia sua mãe depois de anos sumida aparece e você vai encontrá-la e dá de cara com um projeto de médico lindo e perfeito.

— Não estou vendo nada de anormal no que você me disse. Quando você volta lá?

— Amanhã.

— Então, vamos arrumar seu cabelo.

E caímos na gargalhada.

— Eu tava com esse coque horroroso!?

— Melhor assim, ele já te conheceu na linha básica...

Corremos para o banheiro e de longe meu pai deve ter escutado nossa bagunça. Tem horas que uma amiga é tudo que a gente precisa para deixar de pesar o pensamento e achar graça da realidade.

Capítulo 6

Primeiro encontro

Meu passado estava sentado em uma poltrona enorme, dessas que parecem abraçar a pessoa.

Deitei-me pensando nas novidades que tinham invadido meu mundo. Sentia-me abandonando uma história e começando outra. Martelei tanto a história com o André e agora, cada minuto que passava, ele fazia menos sentido para mim. Sim, carregaria a culpa de ter perdido um ano pensando nele, esperando-o resolver sua vida para então eu entender que não estávamos mais conectados. Agora, a vida parecia me trazer um novo frescor, minha respiração estava levemente diferente e meu passado parecia ter se despedido de mim e me deixado em paz.

Quando me dei conta, estava sorrindo. Pensando em quê? No olhar, na leveza, na maneira de falar e no comportamento do futuro doutor Marcelo. Apenas um primeiro momento e tinha me apaixonado pelo administrador da clínica onde minha mãe estava internada.

Aquela noite demorei mais que o normal para dormir. Fiquei olhando o coração na parede do meu quarto e abracei meu urso de cara melancólica — olhinhos caídos, um fofo que eu chamava sem maiores explicações de Foo Fighters.

A mesa do computador ficava na outra parede. O laptop rosa e cinza combinava com um trio de porta-retratos cinza com cristais. Uma foto minha mostrava um dia feliz no sítio da Renata, uma foto do meu pai desenhando — onde atrás dela eu escondia a colagem que fiz com imagens da minha mãe — e o terceiro porta-retratos estava vazio, depois que arranquei minha foto com o André. Meu namoro com o Guilherme durou tão pouco tempo que, quando pensei em colocar uma foto nossa, acabou.

Por que alguns momentos na nossa vida existem sem a menor necessidade de terem existido? Será mesmo que são assim tão sem sentido quanto parecem? Ou existe motivo até nas experiências rasas e nos encontros fúteis?

Ali, deitada, olhando o teto, pensei em dar o porta-retratos para dona Ivone, a faxineira da nossa casa, que ia três vezes por semana. Olhando novamente o teto do meu quarto, onde havia estrelas pintadas de prateado, lembrei-me de Marcelo.

Bonito, educado, tinha um ar de pessoa com a vida resolvida, não do lado financeiro, mas existencial, e, o melhor de tudo, parecia ser feliz. Seu sorriso estava iluminado na minha mente e se repetia, como um eco em formato de imagem do bem. Apesar do trabalho obviamente difícil, repleto de pessoas que precisavam de ajuda, ele parecia um cara feliz. Fechei os olhos, animada porque o encontraria no dia seguinte, quando também encontraria minha mãe.

Quando amanheceu, fui à faculdade para entregar um trabalho. Encontrei Denise e fomos à cafeteria. Minha amiga mais louca e animada foi logo perguntando:

— E aí? Preparada para dar de cara com o médico bonitão? A Drê já adiantou o relatório.

No nosso grupo funcionava assim. O segredo de uma pertencia a todas, mas não saía dali. Nós sabíamos, mais ninguém além de nós podia saber.

— Ele ainda não é médico, está estudando.

— Que diferença faz? Tá, vou reformular a pergunta: preparada para dar de cara com o bonitão que está estudando Medicina e um dia será um médico?

— Amiga, o foco não pode ser o médico. Imagina, acho que vou encontrar minha mãe depois de anos e anos!...

— Eu sei. Mas vamos combinar que um cara legal é sempre um cara legal. Se ele é legal, gato, simpático, educado... Amiga, nem sua mãe voltando depois de dezenove anos causa tanta surpresa.

Gargalhamos no mesmo instante em que a moça da cafeteria nos trouxe um chocolate quente. Eu estava nervosa sem saber qual dos dois assuntos me afligia mais: o retorno da minha mãe ou o surgimento de um cara com jeito de perfeito.

Por que a gente tem mania de ver nos homens que a gente admira tanta perfeição?

Coloquei o pé no freio. Estava totalmente fora de questão viver outra decepção. Eu precisava no mínimo de um tempo entre um sofrimento e outro. Tentei organizar o pensamento:

— Hoje vou na Clínica pensando na minha mãe e só nela.

— Eu sei, amiga. A gente brinca, mas você precisa mesmo é resolver essa questão materna.

— O doutor Marcelo disse que minha mãe não está lá muito bem.

— A Drê comentou comigo... Que chato!...

— É a coisa mais estranha do mundo ter minha mãe por perto hoje. Cansei de achar que ela tinha morrido. Agora está viva e vou encontrá-la. Por que a vida não segue os caminhos mais simples?

— Porque aí não seria vida.

Denise e eu nos olhamos. Minha amiga tinha ótimas frases e costumava dar uma resposta interessante para fazer pensar.

Despedi-me de Denise, preocupada para não chegar atrasada na Clínica. Da PUC para Vargem Grande demoraria uma hora e alguns bons minutos, se o trânsito do Rio colaborasse. Enquanto dirigia, pensava em como minha vida mudara até ali. Questões pacatas desapareceram; eu não me sentia mais sentada no sofá em pleno domingo tomando conhecimento de que a segunda-feira chegaria.

Algumas pessoas marcam nossa vida e definem acontecimentos em nossos dias. Aquele futuro médico retirara um pouco do peso da minha ida à Clínica.

Mesmo assim, por menos que quisesse, meu coração estava pequenininho. Ia rever minha mãe. Reencontraria meu passado, que eu tanto tentava adormecer. Estranho. Quase como um poema, ele estava a alguns minutos... Tudo poderia mudar a partir de então.

Meu pai me liberou do trabalho aquele dia. Aliás, me liberou para não ir ao escritório tão cedo, ou enquanto tivesse que resolver minha história com a minha mãe. Aceitei, pois não havia nenhum projeto para ser resolvido com urgência. Minha dedicação seria para resolver minha vida para o bem da minha mãe. Faria o possível para dar certo, o possível para que tivéssemos uma chance honesta de nos entender, aonde quer que isso fosse nos levar.

Meu coração estava com medo dos próximos dias, das próximas semanas, dos próximos meses...

Como seria meu futuro?

Às vezes, o difícil é necessário. É quase como achar que terá que mergulhar com uma venda nos olhos para fugir de tubarões. Mesmo com o apoio do meu pai, a solidão vinda de todos os lados me rondava.

Cheguei à Clínica Conteúdo e fui avisada de que a doutora Cristina não me receberia. Alguns minutos depois, Marcelo se aproximou. No balcão da recepção, apenas um projeto de comissária de bordo observava minhas reações na conversa com ele.

Lá estava o mesmo sorriso do dia anterior, e eu pensando que aquele não era o lugar para ficar pensando em outra coisa que não fosse minha mãe. Mas como não reparar que diante de mim estava um homem que tinha abalado as minhas estruturas sentimentais e parecia ainda mais gentil do que no dia anterior?

— Olá, moça Piera, como passou a noite?

"Moça Piera"? Ele me chamou de "Moça Piera"? Ninguém nunca me chamara daquele jeito e me soou algo familiar, como se eu tivesse escutado esse chamamento a vida inteira. Achei tão especial e simpático que sorri. Ele riu de volta. Impressão minha, ou ele me olhava além de um simples sorriso? Claro que eu alternava entre a certeza e me sentir ridícula.

— Quer tomar um café antes de encontrar sua mãe?
— Claro! Vamos!

Eu estava gostando de estar ali. Dois acontecimentos históricos: encontrar minha mãe depois de dezenove anos e conhecer um homem diferente dos caras comuns. Ele tinha mexido comigo.

Caminhamos pelo corredor da Clínica. Tudo pelo caminho era muito bonito e organizado. Era triste constatar que o dinheiro não conseguira resolver nada na vida da minha mãe.

Dinheiro nunca foi o mais importante para mim. Os sentimentos que envolviam minha dor de não ter tido mãe sobrepujaram muito qualquer falta material que tivesse tido na vida.

A cafeteria da Clínica mais parecia um bistrô chique, com cadeirinhas diferentes, paredes bege-claro, com um fundo caramelo atrás do balcão. Depois de tomar café da manhã com meu pai, chocolate quente com a Denise, aquela seria a terceira vez que teria uma pequena xícara em minhas mãos. Um casal de médicos conversava, dois outros senhores, um deles de bengala na mão, tomavam chá no canto da sala.

— Piera, café, *cappuccino* ou chocolate quente?
— Adoro tudo o que diz respeito a chocolate.
— Eu preciso tomar café. Não dormi muito essa noite. Minha rotina tem sido intensa.
— Quero agradecer sua atenção.
— Imagina! Sei o que você sente. Minha mãe faleceu e a ausência dela me traz muita tristeza...
— Muitos dias foram difíceis, mas sobrevivemos. Não estou aqui para reclamar com a minha mãe, mas não sei como será quando eu estiver diante dela. Tenho medo de questionar os anos de sua ausência. Tento entender, mas alguns dias...
— Eu vou com você.

O jeito de ele falar essa frase parecia ter uma profundidade maior do que realmente tinha. "Eu vou com você" deveria ser apenas "Eu vou com você até o local onde ela está", mas a maneira de falar, com um olhar incômodo de tão belo, parecia algo como "Eu vou com você para onde você quiser!", "Podemos fugir?"...

Meu Deus! O que eu estava pensando? Patético imaginar uma paixão pelo futuro médico que acompanhava os problemas de minha mãe, que eu sequer conhecia. Senti-me ridícula pela décima vez. Não queria acreditar que estava me envolvendo com ele. Sempre achei tolo demais cair de amores por alguém que não está envolvido com você. Isso só podia ser uma bela crise de ausência de namorado.

Acabei me lembrando do André. O pior fim de namoro de todos os tempos: "Descobri que não amo mais você. De tarde, eu volto aqui". Como esquecer aquele discurso totalmente covarde? Não queria me sentir patética de novo. Antes que pudesse perceber, imaginava uma cena em que Marcelo dizia:

— Foi tudo coisa da sua cabeça... Eu estava apenas sendo gentil!...

A leve ideia de escutar isso me fez voltar para a realidade:

— Agradeço seu apoio — respondi.

— É meu papel ajudar as famílias dos pacientes, orientar. Sua mãe sofre de uma doença grave que durante muitos anos não foi levada a sério. Ela tem dificuldade de controlar os pensamentos. Você e seu pai são pessoas boas. Estamos juntos nisso. Sabe, nunca fui pai, mas, se um dia tiver uma filha, gostaria que ela me tratasse como você trata seu pai. Reparei seu carinho por ele e gostaria de ter uma relação como a de vocês dois.

Ele não tinha filhos! Seria muito patético perguntar se ele e a esposa queriam filhos? Seria, né? Então me calei. Fiquei sem saber seu estado civil. Não podia vasculhar intimidades na segunda vez que o via. Piera, menos, menos pensamentos! Tudo bem. A informação de não ter filhos considerei reconfortante.

— Vamos lá conhecer sua mãe? — ele falou.

— É, vou conhecer minha mãe. Não tenho ideia de quem ela seja.

— Preparada? Talvez ela não diga o que você espera. A doença dela alterna momentos de muita euforia e de muita tristeza.

— E agora ela está em que momento?

— Andou muito triste, mas está melhorando.

Como seria um muito triste melhorando? Dessa vez, ele pareceu ler meu pensamento e explicou:

— Sua mãe sofreu uma crise há uma semana, mas está melhor. Falou muito de você, da necessidade de reencontrar a filha.

— Tudo bem. Podemos ir.

Eu estava pronta. Gostaria que meu pai estivesse comigo, mas compreendia seu afastamento. Minha mãe tinha feito muito mal àquele homem. Ele parecia não querer mais sofrer a mesma dor. Depois de ter feito tanto por mim, meu pai tinha o direito de me deixar enfrentar esse momento sozinha. Lembrava-me de todas as vezes em que escutei histórias antes de dormir, em que fui levada a festinhas, ganhei presente de Natal ou caímos na gargalhada, enquanto fazíamos pastel de madrugada na cozinha. Ele, o melhor pai do mundo. Eu não o obrigaria a voltar a seu passado infernal.

— Sua mãe sabe que você já chegou. Posso abrir a porta? — Eu mal tinha sentido o trajeto da cafeteria até a porta do quarto, onde ela estava.

— Pode.

Respirei fundo, pensei em Deus e pedi que desse tudo certo.

Marcelo abriu a porta.

Uma mulher estava sentada em uma poltrona enorme, dessas que parecem abraçar a pessoa. O quarto tinha a cama arrumada, com uma coberta verde-clara. Via-se um armário embutido branco cheio de bolinhas vazadas na parte superior para circulação de ar. Na mesa de cabeceira, um livro de Danielle Steel, um abajur pequeno e um copo de água. O quarto parecia ser o de um hotel de praia — nada combinava com uma clínica de repouso. Deveria ser proposital, pensei.

Ela vestia uma calça branca e uma camiseta bege e calçava um chinelinho rosa-claro. Usava dois anéis bonitos de ouro, suas unhas eram bem tratadas e indicavam uma mulher elegante.

Nada sentimos quando nos olhamos, apesar da evidente semelhança física. Eu tinha muito dela na maneira de olhar, no repousar das mãos e no formato das unhas. Uma senhora bonita, com a pele clara, cabelos longos e negros, um olhar marcante, nariz afilado e boca desenhada. Realmente nos parecíamos. Descobri que eu devia a ela meus cílios alongados e pretos. Tinha o rosto mais delicado que o meu. Possuíamos o mesmo sangue, apesar de uma vida inteira distantes uma da outra.

Dona Cecília olhava para baixo. Marcelo segurou minha mão e foi me levando até ela, que retribuiu com um olhar sincero. Estava com o nariz vermelho. O sentimento imediato foi de pena. Sentei-me na cadeira a seu lado.

— Dona Cecília, esta é a Piera.

— Ela é a minha filha?

A senhora diante de mim me observou nos mínimos detalhes.

— Sim. Esta moça linda é sua filha.

Eu estava tão nervosa que não consegui prestar atenção no que dizia o quase médico lindo, educado e simpático, que eu conhecera nas últimas horas... Pula essa parte.

— Eu sou sua filha, dona Cecília.

— Como você é bonita!... Nunca imaginaria que aquela garotinha tão pequena se transformaria nessa mulher linda!

— Pelo que conversamos, dona Cecília, ela não é só bonita. É educada, gentil e especial.

Estava difícil manter a concentração com aquele moço me elogiando.

— Fico feliz de ver que você está bem, mesmo eu não tendo ajudado em nada.

— Tudo bem.

Falei isso, quando na verdade queria dizer: "Não tenho raiva. Você é minha mãe. Se puder ajudar, vou fazê-lo".

— O doutor Marcelo explicou sobre a minha doença? Não sou totalmente boa da cabeça...

— Quem é totalmente bom da cabeça? — perguntei, sorrindo para ela.

— Acho que nunca fui, mas pelo menos hoje tenho consciência disso. Quando me casei com seu pai, eu ouvia vozes, perdia a noção do real, mas não entendia o que podia ser.

— Isso mesmo, dona Cecília. E agora você entende. Estamos do seu lado para subir degrau por degrau.

Marcelo segurou a mão da minha mãe e eu me senti mais segura para enfrentar aquele momento tão significativo com a ajuda de quem entendia o que estava acontecendo. Como alguém quase desconhecido tinha o poder de acalmar a minha alma daquela maneira?

— Filha... Posso te chamar de filha?

— Pode. Você não é a minha mãe?

Ela não respondeu. E um minuto de silêncio pareceu durar horas. Ela não se sentia minha mãe na igual proporção em que eu não me sentia sua filha.

— Bem, vou deixar vocês sozinhas para que possam conversar. Acho que é óbvio que têm muito que dizer uma à outra. Piera, depois pode me procurar.

Assenti com a cabeça. Assim que Marcelo saiu, a senhora Cecília começou a falar:

— Me desculpa. Me desculpa por tudo.

— Olha, você não me deve nada. Senti sua falta, sim, mas nunca soubemos de sua doença. Meu pai nunca falou mal de você.

— Eu sei. Seu pai é um homem muito íntegro, um cavalheiro. Talvez o tivesse amado se na época compreendesse melhor minhas dificuldades.

— Queria que você tivesse amado meu pai.

— Quando saí de casa, estava sufocada. Não tinha para onde ir. Viajei para São Paulo sem conhecer ninguém lá. Por sorte, conheci meu segundo marido, enquanto andava por um centro comercial. Fazia dois dias que eu estava sem comer e, por incrível que pareça, ele me estendeu a mão, sem me conhecer, e foi o responsável por descobrir que havia algo de errado comigo. Jamais se aproveitou de mim. Imagina... Uma pessoa encontra uma faminta caminhando por lojas, dá-lhe comida, ajuda e não pede nada em troca. Só trocamos um beijo singelo quatro meses depois. Ele foi um homem muito bom e cuidou de mim como nem eu mesma sei fazer.

— Nunca quiseram filhos?

— Eu não queria. Tinha abandonado você e carregava muita culpa. Engravidei uma vez, mas o bebê nasceu morto e vi aquilo como uma espécie de castigo. Meu marido queria adotar, mas víamos a cada dia que minha doença impedia que tivéssemos um filho. Imagina todo o dinheiro do mundo e nada dentro de mim? Quando conheci Rubens, não tinha ideia da sua riqueza. Tive ao longo desses anos muito mais dinheiro do que imaginei. Estive nas melhores festas de São Paulo, morei em uma casa lindíssima no Morumbi, ganhava todo ano um carro novo — escolhia sempre os conversíveis —, viajávamos o mundo todo quando a cabeça permitia. Tentei fazer o meu marido feliz, agradecendo tudo que ele fez por mim. E, antes que você pense, sempre me lembrei de você. Fui vê-la uma vez na sua escola, quando você tinha 4 anos e na sua festa de aniversário de 7 anos. Lembro de ter ficado no carro, olhando a entrada dos convidados. Depois, percebi que não adiantava me informar sobre o seu dia a dia. Eu não sabia mais o caminho de volta.

Não imaginei escutar isso da minha mãe. Sentia como se tivesse um buraco no meio do estômago. Doía em mim ouvi-la explicar como tinha me deixado para trás. Ela não estava dando desculpas do tipo "fui comprar leite e esqueci o caminho de volta". Ao contrário, durante todos aqueles anos ela sabia onde eu estava, simplesmente não quis me ver. Sentia-se culpada, mas meu passado não seria modificado. Não teria meu cotidiano familiar recuperado por causa disso. Tinha sido uma menina sem mãe, criada por um pai perfeito, um homem digno, coerente, humano e determinado, que foi capaz de aprender do que as meninas gostam para me ensinar em primeira mão, foi capaz de dizer que a Magali costumava ser mais legal que o Cebolinha, só para eu ficar feliz. O zelo e a doação dele me ajudaram a não odiar minha mãe.

— Você pode vir aqui me ver. Agora que meu marido morreu, não tenho mais família. Não faço parte da sua família e também não sei ao certo como uma mãe deve se comportar. Não quero mais virar as costas para você. Quero tentar, mas não sei se serei capaz. Estou aqui. Você vai receber uma boa quantia em dinheiro e, se quiser, podemos nos ver.

— Não acho que mereça seu dinheiro. A gente não teve vida em comum. Sou sua filha, sem nunca ter sido. Esse dinheiro...

— É o único meio de me desculpar, explicar o quanto fui fraca. Tem uma quantia em uma conta em seu nome. Quando você precisar, pode usar o dinheiro. Está tudo explicado e documentado nesta pasta. — Ela pegou uma pasta que estava entre sua coxa e o braço da poltrona. — Depois que eu morrer, você vai herdar uma fábrica têxtil. Meu marido não teve filhos de outros relacionamentos. Tudo ficou para mim e tudo será seu.

Pronto. Agora eu estava recebendo de herança uma fábrica milionária em São Paulo, sem ter feito esforço nenhum. Pensei em dizer não estar à venda — e não estava mesmo —, mas não parecia ser aquela a intenção dela. Resolvi ficar calada. Tinha meus planos para quando ganhasse dinheiro, inclusive montar uma escola de desenho para jovens carentes.

— Vamos deixar o tempo resolver. Não vim aqui interessada em dinheiro.

— Eu sei. Você deve ter muita coisa do seu pai e deve ser simples como ele. Ele nunca foi pobre, mas não se deixou envolver por dinheiro ou pelo sucesso familiar no mundo da arquitetura. Eu fui envolvida pelo luxo. Rubens ter dinheiro foi um alívio. Depois de abandonar a família, não imaginei que teria alguém de poder a meu lado, mas não posso negar que gostei. Hoje em dia, não ligo tanto. Consegui muito mais do que lutei para obter. Pessoas trabalham a vida toda e nada conseguem. Com a minha doença, entendi muito sobre o que o dinheiro não compra.

Concordei com a cabeça. Minha mãe tinha sido interesseira. Quando menina, imaginava-a bonita, simples, com bons sentimentos.

— Seu pai soube do meu caráter, dos meus sonhos grandiosos. Eu estava longe de ser a moça doce imaginada no início do nosso namoro. Quando engravidei, não queria mais aquela vida e não queria mais você.

Foi assim que descobri que não tinha sido desejada. Fazer o quê, né? Agora estava ali, uma garota vencedora, jamais dera trabalho para meu pai, cursava Arquitetura na PUC, elogiada e reconhecida como boa profissional no trabalho... Quando percebi, estava chorando.

— Não estou dizendo tudo isso para ferir você. Quero ser sincera...

As piores feridas são aquelas abertas sem querer, em um ato de desamor que o outro carrega sem culpa. Minha dor tinha forma e tamanho, doía muito, incomodava, e nada, absolutamente nada se resolveria em pouco tempo.

— Tudo bem. Preciso ir, tá? Estou enrolada com a faculdade, tenho um trabalho importante pra fazer...

Inventei aquela desculpa para encerrar aquele momento. Queria sair dali. Ao longo da vida, sonhei em ter uma mãe, mas claro que sonhar soava bem diferente de vê-la na minha frente, existente no mundo real, decepcionando todas as minhas esperanças, me prometendo dinheiro, mas não me oferecendo nada do que o dinheiro não pode comprar.

Ao fechar a porta do quarto, vi aquela mulher me dirigir um olhar parado e desinteressado. Parecia que para ela tanto fazia se eu fosse embora ou ficasse. Somente me restava a tristeza. Respirei fundo no corredor. Sentia uma pressão enorme na garganta. Um pé estava pesado, cambaleando, não me dando muita chance de seguir.

Uma sala de espera surgiu na minha frente e vi naquele local vazio uma chance de me recompor. Sentei-me no sofá e refiz toda a cena do encontro com minha mãe.

Eu esperei tanto por aquele momento! Impossível não lembrar como tinha sido duro até ali aquela ausência, os dias em que sonhei com o abraço dela, seu carinho no meu rosto, palavras de incentivo. O que eu diria para o meu pai? Que o encontro com a minha mãe tinha sido completamente raso, sem maiores surpresas e que não tínhamos vivido um encontro de amor? Talvez ele, com todo seu amadurecimento, soubesse que seria assim, mas tivesse alguma esperança de o encontro não ser tão terrível.

Fiquei bastante confusa por minha mãe falar tanto em dinheiro, achar que valores comprariam os dias em que esteve desaparecida. Definitivamente, eu valia mais do que aquilo. Eu e meu pai tivéramos dias em que o dinheiro não tinha importância em nosso convívio. Pelo contrário, saíamos de bicicleta, tomávamos água de coco na Lagoa, olhávamos o sol, falávamos da vida sem ficar pensando que precisávamos de dinheiro e do poder que ele pode trazer. Meu pai me criou para ser feliz e, apesar de me lembrar da necessidade de estudar e ter minhas conquistas, para ele a conta bancária não era importante para ser alguém.

Quando meu avô paterno faleceu, os problemas foram bem maiores do que qualquer preocupação com o dinheiro herdado. A amizade entre meu pai e meu avô resultou em ensinamentos importantes que foram muito bem aproveitados por meu pai. Sofremos com o falecimento do meu avô sem jamais pensar no dinheiro que restara para nós e tia Soraia. Meu pai continuou tocando o escritório de arquitetura como se o patriarca da família ainda estivesse ali. A sala do diretor continuou da mesma maneira e só depois de um ano passou a ser usada como sala de reunião, mas nada foi retirado ou modificado. Quando meu pai precisava reunir a equipe, definir questões importantes, o grupo usava aquela sala, onde havia uma mesa cheia de porta-retratos com fotos de família.

Eu precisava ser forte para aceitar que não receberia amor de todos os lados. Minha mãe tinha voltado depois de muitos anos de constantes pedidos meus para que isso acontecesse. Se eu me deitava na cama, pedia ao céu que a trouxesse de volta, eu a queria por perto e buscava em orações a chance de algum contato. A vida inteira pedi que minha mãe me segurasse pelas mãos e me abraçasse. Nada disso tinha acontecido naquele encontro. Muitos dias a desejei abrindo a porta de casa, colocando a mala no chão, explicando ter perdido o caminho de volta para casa, pedindo desculpas como se tivesse passado somente alguns minutos fora.

Passei a mão na nuca, abaixei a cabeça, me sentia como se tivesse contraído uma doença contagiosa, mal conseguia me levantar daquele sofá. O mais assustador depois do distanciamento, da propina emocional, foi perceber como meu rosto tem uma incrível semelhança com o dela. Eu não parecia com meu pai, nada tinha de suas feições. Ele sempre dizia "você é a cara da sua mãe" e agora eu entendia exatamente o que ele queria dizer. Eu parecia com ela décadas antes. Os nossos cabelos tinham o tom semelhante. A pele clara com sardas no rosto, o olhar que parecia delineado com lápis e os enormes cílios. Essas semelhanças me fariam pará-la na rua e questionar se ela havia me colocado no mundo. O jeito de passar a mão nos cabelos, dobrar os dedos, fechar a boca, o formato dos dentes, o tamanho da orelha e os pés... Aqueles pés só podiam ser meus e eu não sabia por onde eles tinham caminhado...

Levantei-me do sofá, sonhando estar no meu quarto. Como eu não tinha poderes mágicos e vivia em um mundo bem real, teria que caminhar até o carro e encarar um belo de um engarrafamento para retornar à Gávea. Hora de sair do crepúsculo mental e encarar a maior verdade da minha vida: talvez eu não tivesse sido escolhida para ter mãe.

Capítulo 7

Rapaz bonito

Triste, descabelada, chorando... Dou de cara com ele!

Assim que acelerei os passos no corredor, pensei no futuro doutor Marcelo, que me pedira para que o procurasse antes de sair.

Apesar da tentativa de me acalmar, ao levantar, meu corpo processou algo estranho e o encontro com a minha mãe voltou com força total. Eu queria chorar, mas não diante de alguém. Andei até o estacionamento, me lembrando de André, da maneira como nosso namoro acabou, de como foram doloridos os dias seguintes, horas e mais horas deitada, sem vontade de fazer nada, um sentimento infeliz que só os abandonados pelo amor podem sentir, com o meu laptop na cama, olhando sem parar minhas redes sociais, meu e-mail, achando que, em algum momento, ele se arrependeria e me procuraria.

Por mais que seja ruim, por mais que você saiba, por mais que seja melhor, sempre é pior. Minhas amigas me deram força e demonstraram paciência com meu excesso de lágrimas. A gente sabe que terminar o namoro dos outros é fácil, mas o nosso...

Agora lá estava eu passando por outro desafio sentimental. Terminar um relacionamento, imagino que seja uma das piores coisas que podem acontecer. E então, o que representava o encontro com minha mãe? Um reatar de relacionamento que nunca seria?

Voltei a focar meu pensamento na caminhada até o carro. A vista estava mais embaçada, os pés, meio mancos, lágrimas severas mergulhavam em direção ao chão, eu não queria estar em lugar nenhum. Meu carro parecia estacionado do outro lado do planeta. Fui andando de cabeça baixa para não chamar a atenção com o choro e sonhando em me tornar transparente naquele momento. Quando estava quase colocando a mão na porta do carro para abri-la, escutei uma voz congelando minha espinha.

— Moça Piera!

Marcelo estava atrás de mim. Virei-me, tentando manter a calma, respirando fundo, mas, quando dei de cara com aqueles olhos verdes, desabei.

— Desculpa, eu tô muito mal. Por anos sonhei rever minha mãe, mas não estava nos meus planos encontrá-la com problemas mentais, dizendo não me querer, me oferecendo dinheiro. Acho que não merecia isso. Tenho um histórico de abandonos. Parece que resolveram me testar para saber como me comporto quando vão embora...

Não deveria ter falado daquele jeito, mas, quando vi, minha boca tinha pronunciado meu pensamento.

— Imagino não ser fácil. Você tinha todo direito de conhecer sua mãe, fosse ela quem fosse.

— Não vou aguentar isso. Está sendo duro demais! Ela falou comigo como se eu fosse uma vendedora de cosméticos desconhecida. Por mais que tivesse culpa, não tinha nenhuma emoção no olhar, uma frieza ao falar do nosso passado, como se fosse um relato de argumentos, explicações em formato de manual.

— Fique calma. Quero ajudar você.

— Preciso ir embora.

— Você não pode ir assim. Vamos até a cafeteria, você se acalma e depois vai.

Marcelo me olhou, sorriu e eu senti uma enorme calma com flores de camomila brotando na minha alma e o perfume inebriante me acalmando. O choro se deu conta de estar a mais na conversa e foi controlado com um fecho éclair imaginário.

— Venha. Vamos. Você não pode dirigir assim.

Eu estava com a chave do carro na mão. Olhei Marcelo nos olhos e só me lembro de caminhar em direção à clínica.

Estava mais calma. Tinha respirado fundo várias vezes, feito um Feng Shui mental e urgente, colocando os objetos psíquicos no lugar em segundos, e me acalmado definitivamente com o olhar de Marcelo, o que não era a primeira vez que acontecia. Dei passos tentando organizar o pensamento e me sentindo melhor com o apoio dele. Estava horrorosa, com os olhos quase caindo no colo e sentia meu couro cabeludo suar. Mais um momento da série "Por que coisas ótimas acontecem quando estamos descabeladas?".

Agora ali, olhando aqueles olhos verdes, quase azuis, entendi que alguns encantamentos da vida podem acontecer depois de grandes tragédias. Já tinha sofrido bastante para alguém da minha idade, mas tentava me lembrar da história do patinho feio que, na verdade, podia ser visto como um lindo cisne negro.

— Está melhor?

— Sim. Desculpa ter desabado na sua frente.

— Tudo bem. Sei que não é fácil. Estranho dizer, mas estou acostumado a ver pessoas chorarem aqui. Algumas vezes é difícil para mim também. No seu caso, sei que não é fácil porque também não tive o instinto materno me protegendo dos males do mundo. E eles não são poucos, não é?

— Muito obrigada, Marcelo. Você tem sido muito gentil comigo.

— Foi bom conhecer você e seu pai. Farei o que for possível para ajudá-los.

— Esse último ano não tem sido fácil.

— Por quê?

— Um monte de coisas.

— Me diz cinco — ele sorriu.

Correspondi. Cinco coisas difíceis? André valia certamente por cinco decepções.

— Terminei um noivado. Achava que daria certo, mas, resumindo, fui traída e a história acabou quando achei que ela estava começando. Hoje sei que foi melhor, mas até o coração entender que, às vezes, ser abandonada pode ser um presente demora...

— Quem foi o maluco que deixou você? — Ele sorriu novamente.

Seu rosto mostrava o típico exemplo de beleza bem combinada com simpatia, docilidade e bom astral.

— Obrigada. Foi difícil, mas sobrevivi.

— É, mas, de longe, penso que esse seu ex-noivo foi um desmiolado.

— Você já foi noivo? — Foi a pergunta que veio à minha mente depois do que ele disse.

— Não. Fui namorado muitos anos, morei junto, mas ela não podia ter filhos e também não queria. Depois de alguns anos, a gente terminou. Foi triste, mas necessário.

— Costumo dizer que às vezes o difícil é necessário.

— Ótima frase. Às vezes tem que ser assim. Quero ser pai, e para ela a maternidade não estava nos planos. Não podia, não queria, nunca teve vontade e demorou a me contar.

— Você é novo para já ter sido casado. Sinto muito. Tem muito tempo?

— Faz três anos que nos separamos. Não namorei depois. Conheci pessoas, mas, como vocês, mulheres, dizem, meu mundo não parou.

— Você é divertido!

— Isso é um elogio? — perguntou sorrindo.

— Sim! Divertido na medida certa! Algumas vezes parecia que nunca mais conseguiria sorrir. Hoje vejo que fui salva do pior. Porque, se o cara não presta e casou, quem deu sorte fui eu, né?

— Com certeza! Se livrou, isso sim. No meu caso, achava minha ex-mulher uma pessoa bacana, mas não deu. Isso ficou mais claro depois. Nossa convivência foi ficando insuportável. Ela reclamava de tudo, o dia todo, e comecei a culpá-la até quando a culpa devia ser minha. Desgaste de relacionamento. Os problemas não envolviam nossas discórdias da rotina, mas sim a mágoa que eu tinha de imaginar que jamais seria pai. A união se arrastou, se tornou insustentável e acabou quando nada restava naquele convívio.

— Hum...

Pela primeira vez na vida, odiei com todas as minhas forças aquele meu "Hum...". Marcelo não merecia aquele meu termo usado quando eu não tinha algo a dizer, ou quando me sentia acuada, ou quando queria dizer um monte de coisas ou nada. Tentei melhorar aquele "Hum..."

— Imagino que não tenha sido fácil.

— Não foi, mas a gente não pode viver só de crise. É preciso ser forte para não ter medo da solidão, para ter coragem quando acabar, de chorar um pouco, de passar uns dias triste, mas renascer para a vida. Sei que vou me casar novamente, ter minha família, ser pai...

Naquele instante a conversa com minha mãe parecia ter acontecido fazia anos... Eu me sentia naquele instante curada das dores do desprezo materno e sem vontade de repensar a vida inteira. Em minutos minha alma caminhara do choro ao sorriso...

Ficamos em silêncio nos olhando. Estava óbvia a alegria do encontro e havia no ar certa emoção por nos lembrarmos da possibilidade de um recomeço. Eu poderia estar louca, o Marcelo ser apenas educado, gentil, e por uma espécie de caridade conversar comigo, me elogiar para que me sentisse melhor, mas, antes de me diminuir mentalmente, ele perguntou:

— Estava pensando aqui... Bem... Não sei se é ousadia, mas você me deixaria te fazer um convite? — Ele soltou assim, meio sem graça.

— Acho que sim.

— Hoje vai ter uma reuniãozinha na casa de um casal de amigos. Eles são divertidos, cozinhamos juntos, o clima na casa deles é bem animado. Você vai adorar nosso "momento culinária". Eles moram em um lugar bacana no Joá. São proprietários de uma casa de *shows* na Lapa, mas são caseiros, adoram esses encontros com os amigos. Você gostaria de conhecê-los? Vai ser uma noite agradável...

Meu Deus! Ele estava me convidando para sair!? Será que dava para notar que meu pensamento estava dando pulinhos comemorativos e patéticos, perdendo a compostura e virando cambalhotas? Ainda bem que os pensamentos são ao menos invisíveis... Aquele cara maravilhoso me queria como sua acompanhante em uma reuniãozinha de amigos?

— Não sei se sou uma boa companhia hoje. Mas, se você quiser aturar uma moça um pouco melancólica, podemos ir...

— Sei que pode não ser ético convidar a filha de uma paciente para sair, mas, como você ainda não é minha paciente e eu não me formei em medicina, acho que tudo bem. Você vai se divertir... Se não gostar dos meus amigos, se o encontro for péssimo, seu dinheiro será devolvido!

Gostei do jeito dele de falar e demonstrei um imenso "sim" com o olhar brilhante. Ele teve certeza de que me agradara.

— Tá vendo como você já não está tão melancólica?

É, a mocinha estava descaradamente mostrando ao mocinho que gostava da sua companhia. "Piera, comporte-se! Você não pode demonstrar tanto que gostou do moço!"

— E então? Aceita ser minha convidada especial?

— Acho que vai ser divertido.

— Preciso do seu endereço. Você mora com seu pai?

— Isso, na Gávea, rua das Acácias.

— Não acredito que você é minha vizinha! Como a Gávea é pequena, somos vizinhos, moro na rua dos Oitis!

— Nossa! Moramos pertinho mesmo!

— Posso passar às sete?

— Tá ótimo.

— Escreve seu endereço e telefone aqui. Pode ir bem descontraída, meus amigos são sem-cerimônia e animados. Você vai rir bastante com o Sobral.

— Acho que vou gostar, então. Bom, agora preciso ir...

Ainda estava processando o convite de Marcelo para sairmos e precisava me refazer da conversa com minha mãe para me sentir melhor.

— Fique bem, Piera. Qualquer coisa me ligue. Aqui está o meu celular... — Ele anotou o número de seu telefone em um guardanapo e me entregou.

Voltei para casa com duas Pieras dentro de mim. Uma queria chorar por ter encontrado a mãe e ter sido tão duro confirmar não ser uma filha amada, a outra estava maravilhada com a possibilidade de estar conhecendo um cara muito especial. Voltei para casa sentindo meu coração bater pela primeira vez de uma maneira diferente.

Meu pai estava sentado na sala, certamente apreensivo, esperando que eu desabasse em um choro compulsivo. O passado sofrido, o amor perdido, minha mão abrindo a porta e entrando na sala uma Piera descaradamente envolvida com um rapaz que eu mal conhecia. Um suspiro de felicidade fechou a porta. Corri o olhar até meu pai. Ele imediatamente percebeu aquela felicidade.

— Parece que o encontro com sua mãe foi maravilhoso!

— Não, não foi, pai. Queria muito, mas não foi...

— Mas você parece feliz.

— Vou contar, pai. Minha cabeça está girando... Tenho muito a falar sobre a minha mãe e outra notícia que não sei se você vai gostar.

— Filha, quero escutar tudo o que você tem a me dizer.

Sentei no sofá ao lado dele e expliquei desde o meu nervosismo no carro até a chegada à Clínica, o encontro com a minha mãe que novamente me emocionou.

— Esperei muito por esse dia, pai. Foi difícil. Ela fala demais em dinheiro, me olha de um jeito distante, frio...

— Não julgue o encontro de vocês. Foi um pequeno encontro, mas quem sabe depois vocês não se entendem? Ela tem muitas coisas lindas para descobrir sobre você.

— Foi estranho, pai. Ela não quis saber nada de mim, não me perguntou o que tinha acontecido até hoje. Passei dezenove anos sem ela e só escutei o que ela viveu. E, depois, falou como se eu estivesse pedindo dinheiro emprestado, querendo me pagar, achando que sua ausência pode ser contabilizada financeiramente.

Minha mãe tinha algo de incomum. Estranho dizer isso. Meu pai sabia de suas diferenças e do quanto sua ex-mulher se colocara distante ao longo de tantos anos, e do quanto incomodava aquele encontro comigo.

— O encontro com a sua mãe teve algo de bom?
— Nesse, não.
— Como não? Teve outro?

Meu sorriso de lado e sem graça me entregava. Resolvi ser franca com meu pai e, sem esconder nada, relatei minha conversa com Marcelo da maneira que aconteceu e como me senti surpreendida. Meu pai teve uma reação calma. Não viu nada demais e torcia pela minha felicidade. Depois comentou sua simpatia pelo rapaz, a maneira como nos tratou e deu uma gargalhada quando falei sobre o conselho de ética.

— Minha filha, esse país tem mais com o que se preocupar no que diz respeito à ética!...
— É que eu...
— Você nada. O rapaz não convidou você para sair? Já está atrasada!
— Você me ajuda a escolher uma roupa?
— Claro, filha!

Enquanto procurava no armário uma roupa que combinasse com um jantar entre amigos, gesticulei muito, contando mais detalhes sobre minha conversa com Marcelo.

Estava tudo fresco na minha mente e mal podia acreditar que, em poucas horas, o veria novamente. Era muito bom perceber como meu pai ficava feliz com minhas pequenas felicidades, tão frágeis como uma asinha de borboleta. Ele tinha reparado algo no ar, desde aquele segundo de silêncio durante nossa conversa na clínica. Se aquela sensação de bem-estar podia parecer uma defesa do encontro com a minha mãe, não sabia, mas que eu estava feliz, estava.

Escolhemos um vestido tomara que caia azul e uma rasteirinha. A sandália tinha uma fivela de cristais na parte da frente. Decidi colocar no cabelo uma pequena fivela com pequenos brilhos e paetês costurados. Na mão, um anel cheio de bolinhas brilhantes, e coloquei pequenos brincos de bolinhas brilhantes combinando.

Quando me olhei no espelho, adorei o resultado. Estava chique, discreta, com aquele tipo de roupa difícil de alguém detestar. Eu me senti bem demais com aquele visual sutil e ao mesmo tempo bem feminino. No ar, eu tinha uma sensação de recomeço, mesmo que aquela história não fosse longe.

Meu pai me deu um dos seus abraços queridos.

— Olho para você e a vejo com 8 anos lavando seu uniforme da escola. Desde pequena sempre me ajudando a tocar essa casa. Agora, 19 anos, praticamente uma adulta, que só me dá alegria. Não fique martelando as coisas que ouviu. Tudo vai se ajeitar, minha filha. Tudo. Estou feliz por você sair com o Marcelo. Nunca fui contra seu namoro com o André, mas também não era a favor. Devia ser meu instinto... materno... — e deu uma gargalhada — já que sou seu pai e sempre fui um pouco sua mãe...

— O André ficou pra trás, pai. Lamento demais o que passei por ele. Não foi culpa minha. Quem perdeu foi ele. Sei quem fui e o que vivemos.

— Isso! E você vai ser muito feliz!

— Mesmo que a minha felicidade demore a chegar... Tem algo que nunca contei pra você, pai. Quando o André estava noivo, um dia nos falamos por mensagem. Ele pediu que eu fosse até a casa dele, estava com saudade. Não fui... Em parte, acho que a esposa dele entrou na furada que eu não caí. André nunca vai endireitar. Mesmo que tenha se casado na igreja, mesmo com pose de moço casado.

— Gostei do Marcelo. Quem sabe vou vê-la feliz mais rápido do que pensamos?

Meus sonhos pareciam ressurgir a partir de meus pesadelos. Depois de muitos dias de nuvens negras, eu tinha vontade de seguir em frente. A decepção com André tinha sido grande. Em certos momentos, achava que não fosse dar conta de me readaptar e enfrentar a solidão. Outras vezes, via o momento como castigo. Eu deveria merecer ter sido abandonada, só podia ser isso. Mas também me sentia pagando o que nem sabia, para poder enfim encontrar a felicidade ao lado de alguém.

Denise comentava sempre sobre os casamentos: "Tem muita mulher casada que não é feliz. Quanta gente já casou e separou pouco tempo depois? Casar não quer dizer absolutamente nada...".

Eu sabia disso, mas nunca me vi mais velha e solteira. Sempre tive vontade de me casar nova, ter filhos logo e ser feliz com meu grande amor sem muitos ensaios com quem não interessava.

Assim que terminei de passar o batom e virei para que meu pai me olhasse, ele disse:

— Você está linda!

— E nervosa. Ai, será que ele vai gostar?

— Só não vai gostar se for um bobo.

— Esqueceu que atraio os bobos? Na verdade, acho que, nesse caso, ele não é. Ele perguntou quem foi o maluco que não se casou comigo...

— Maluco mesmo! Uma moça linda como você!... Mas essas coisas não se explicam e é hora de deixar seu passado para trás. Quando coisas ruins acontecem, nós devemos viver novos momentos, pensando: dessa vez vai ser diferente e melhor. É nossa obrigação no pacto do bem com a vida.

— Eu sei, pai, você costuma falar isso e juro que estou determinada a ser feliz. Prometo!

Meu pai me abraçou e fiquei me perguntando como seria a vida sem ele. Sabia como aquele homem tinha me escondido detalhes de suas inseguranças e enormes medos para me passar um mundo simplesmente inexistente, mas, de certo modo, melhor do que a realidade. Quantas vezes o vi na sala, olhando ao longe e bastava que eu surgisse para vê-lo abrir um sorriso, como se jamais tivesse sido apresentado ao sentimento de vazio? Quantas vezes ele disse que estava tudo ótimo, quando tudo estava perto de um desastre? Ele me pegava no colo, cansado, e brincava comigo enquanto atendia clientes ao telefone. Outros dias, ficávamos em casa, a chuva lá fora, a TV desligada, ele lendo e eu desenhando por horas. Quando o olhava, parecia que não tirava os olhos de mim. Nunca desenhei minha mãe. Nossa família tinha duas pessoas. Se na escola alguém perguntava pela minha mãe, ao notar sua ausência no desenho, eu explicava que ela tinha saído da folha de papel, porque estava viajando.

Uma época, meu pai decidiu estudar flores para me contar os nomes das plantas mais bonitas. Com 8 para 9 anos, comecei a receber aulas com nomes e desenhos feitos pelo meu pai das flores mais lindas existentes no planeta. Assim, muito pequena, sabia a diferença de uma amarílis para uma angélica. Alguns nomes, eu achava lindos, como cerejeira e chuva-de-prata. Outros, eu não entendia bem a relação que tinham com a planta que denominavam, como boca-de-leão e cravina. Meu pai não só me mostrava os nomes, as fotos, como me explicava para que entendesse a beleza das flores como uma missão. Aprendi, por exemplo, que a gardênia, além de muito perfumada, trazia o significado de agradecimento.

Nesse período, ele comprou livros de jardinagem e passou a fazer comigo pequenos vasos. Dizia que, depois de treinarmos no papel, tinha chegado a hora de colocar em prática nosso aprendizado. Com 9 anos, eu já era uma exímia plantadora de flores, chegando a presentear familiares com pequenos vasinhos de amor-perfeito, sempre informando que era uma das poucas flores totalmente comestíveis. Assim, meu pai me fazia ser amorosa, amar as pequenas coisas e certamente me distrair dos questionamentos em relação a minha mãe.

As flores passaram a açucarar nossos dias. Quando as rosas brancas brotaram, ele me chamou para ver e foi quase como comemorar o nascimento de um bebê. Nessa mesma época, me apaixonei por girassóis. E descobri no pequeno jardim criado na varanda do nosso apartamento que meu pai mantinha um diálogo com as plantas, conversando com elas e desejando que florescessem lindas.

Terminei de pentear o cabelo com um sentimento bom dentro de mim. O passado tinha voltado à minha memória para me encher de sentimentos positivos.

Estava pronta para encontrar o doutor Marcelo.

Eu sei, soava ridículo chamá-lo de "doutor", mas, ainda que ele fosse um estudante de Medicina, só me lembrava dele com seu jaleco... Respirei fundo. "Marcelo"... Tentaria chamá-lo assim. Teria que ensaiar muito. Sua voz ecoou dentro de mim. Se Denise estivesse dentro do meu pensamento, diria: "Amiga, se joga naquele jaleco!". Não tenho como negar que estava entusiasmada com o encontro e, se acontecesse algo a mais, não sei se conseguiria me segurar. Não tinha motivo nenhum para achar que Marcelo tinha alguma coisa do André.

O celular começou a tocar em cima da cama. Caminhei com medo de ouvir a voz do outro lado, até que li no visor: "Renata". Minhas amigas já tinham sido devidamente informadas dos últimos acontecimentos bombásticos e estavam logicamente na torcida. Atendi correndo:

— Amiga, tô nervosa!

— Nada. Vai dar tudo certo. Pensa comigo, o cara é gato, você é gata, ele é do bem, você também, o mundo conspira a favor.

— E o friozinho na barriga, Rê? Não está fácil, mas vou sobreviver...

— Claro que vai! Vou torcer para o gatinho beijar bem.

— Ai, para! Não estou pretendendo beijar ninguém. É o nosso primeiro encontro.

— Mas é o seu primeiro encontro depois de tempos, você merece ser feliz!

— Sei, sei... Tô animada, mal o conheço, mas gostei do moço.

— Bateu, né? Pelo que conheço você, seu coração demora dez anos para bater. Logo, esse cara tem algo que te fisgou.

— Ai, não me faz análise emocional da cena, porque vou acabar desistindo...

— Ah, tão romântico!... Ele é médico da sua mãe desaparecida, olha que enredo perfeito!

— Rê, ele ainda não se formou, somente acompanha a minha mãe, porque é o administrador da clínica. Vou bater em você! E tchau, preciso terminar de me arrumar.

Eu já estava pronta, mas a Rê, como grande amiga, tinha por responsabilidade me sacudir. Alguns dias, o resultado disso causava espasmos musculares. Ela tinha muita força interior, falava o que pensava na cara de quem quer que fosse. Ninguém ganhava a Renata no berro. Fiquei rindo. Era divertido depois de tanto tempo me arrumar para um encontro.

O telefone tocou de novo. E agora era ele, o Marcelo. Não pensei muito e atendi. Essa coisa de ficar ensaiando nunca dá certo e, mesmo que o primeiro telefonema com o cara de quem você gostou pareça uma caminhada a pé da Gávea ao Arpoador, o melhor é respirar fundo e atender logo.

— Oi!

"Oi!"? Sim, atendi dizendo "Oi!". Ouvi uma risada do outro lado e quis me jogar no chão.

— Oi! Piera?

— Oi, doutor Marcelo!

Outra gafe! Eu ia sair com o cara, e por que o estava chamando de "doutor"?

— Pode pular o "doutor".

— Ah, ok, juro que vou tentar chamá-lo apenas de Marcelo. Bem, já estou pronta.

— Ótimo! Tô descendo. Em uns cinco minutos tô aí.

— Tá. Vou pegar a bolsa e descer.

Desliguei o telefone praticamente congelada. Bom demais poder respirar fundo, aquela sensação de encontro com alguém que mexia comigo. Estava muito ansiosa. Não tinha ideia de como seria a noite, ainda mais numa visita à casa de pessoas que nunca tinha visto na vida.

Tem horas na vida que pensamos: aconteceu o pior para mim. Mas é exatamente o contrário. Você começa a se dar conta de que os dias estão melhorando em um pequeno detalhe cotidiano de pegar uma bolsa, perceber que se arrumou toda para seguir adiante, porque algo dentro de você lembrou que existe vida lá fora e não adianta mais se esconder do mundo.

Hora de voltar a sorrir e viver. Simples assim. Não tinha uma regra, um trato e nenhuma observação para que minha vida acertasse o passo, mas eu estava positivamente eufórica. Eu sairia com ele, e o que viria depois disso, eu não tinha ideia, mas que fosse o melhor!

Capítulo 8

Noite rara com o frescor do novo

Essa noite estive, assim, vivendo algo próximo do perfeito e certamente mergulhado no inesquecível...

Despedi-me de meu pai com um beijo, apressada. Tomei o elevador e desci pelos andares do meu prédio como se estivesse subindo para o céu. O coração dançava no peito, a boca estava seca, e eu parecia ser abraçada pela sensação de "dará tudo certo". E juro, o elevador estava voando.

Quando cheguei ao *hall*, Marcelo estava me esperando. Lindo! Ele usava um tênis cinza-claro, uma calça jeans e uma camisa gelo casual. Foi bom perceber que ele se vestia de um jeito charmoso. Adorei! Podia ser uma felicidade de minutos, mas dispensava ficar pensando em eternidade, ou nos sentimentos mais profundos.

— Oi, doutor Marcelo!

— Vamos começar assim: primeiro, ainda não sou médico e, se fosse, não estaria sendo médico neste momento. Então, por favor, pode dispensar o "doutor", tá?

— Ok. Vou tentar.

— Você está linda! Que bom poder levá-la nessa reuniãozinha. Se por acaso não se sentir bem, avise. A gente volta quando você quiser.

— Tudo bem. Mas acho que vou adorar esta noite.

— Estou um pouco nervoso.

Pensei que aquela frase era uma demonstração de sensibilidade. Admiro quando os homens assumem seus sentimentos. A noite prometia — meu coração estava avisando. Enquanto caminhava até o carro, lembrei-me do meu dedo podre para atrair os caras errados. Mandei embora a síndrome do "vou me ferrar de novo". Marcelo abriu a porta do carro e um otimismo invadiu meu pensamento.

Durante o percurso rimos bastante. Minha tia Soraia dizia que boas gargalhadas fortalecem uma relação. Costumava vê-la gargalhando no telefone com seu namorado. Começamos bem: ríamos juntos...

Quando o papo deu um hiato de cinco segundos, Marcelo disse:

— Seu Estêvão adora você, hein!? Conversei com ele, enquanto o esperava.

Senti um arrepio. O que o porteiro do meu prédio teria dito? Uma pessoa muito querida, mas sabia da minha vida quase como uma dessas videntes certeiras que desandam a falar detalhes sobre seus passos e questões em que você jamais reparou. Quantas vezes cheguei esbaforida, apressada, e seu Estêvão mandava sem muita cerimônia: "Teve um dia ruim lá no trabalho?", ou "Brigou com o André?". Como ele sabia? Impossível dizer, mas ele sempre acertava. Às vezes, tinha passado um dia daqueles, medindo salas, quartos e dependências de um apartamento cuja proprietária era arrogante. Depois, André vinha com alguma cena de ciúme, querendo saber detalhes do local onde eu estava, a que horas eu saíra, chegara, até se o marido da cliente era bonito ou não e qual roupa eu estava usando na ocasião. O fato importante nisso tudo é que seu Estêvão parecia ter poderes mágicos e adivinhava vários momentos da minha rotina.

— O que seu Estêvão disse pra você? — perguntei, temendo a resposta.

— Ele elogiou a minha sorte.

— Ele não disse isso..., disse!? — perguntei, imaginando o tom com o qual ele teria proferido aquela frase.

— Falou assim, na lata: "Que garota maravilhosa você está levando para sair". Depois que sorri para ele, escutei: "Essa menina é um partidão!".

Uau! Meu porteiro tinha se superado e minhas bochechas vermelhas denunciavam meu ar constrangido.

A conversa mudou de rumo, e Marcelo comentou como aproveitava a vida. Tinha amigos, gostava de sol, de olhar o mar, de caminhar no parque, jantar fora, ver filmes... Animado, falou das alegrias vividas nas últimas férias no Chile. Ele e dois amigos, o carro quebrado, uma velhinha que parou para ajudar e deu um banho de mecânica nos três. A senhorinha usava uma saia na altura da canela, bota de bruxinha, blusa xadrez de roxo, cinza e preto, o cabelo branco como algodão e parecia ter sido uma aventureira dessas que percorrem o mundo em um balão.

— Piera, imagina a cena: três marmanjos vendo a velhinha mandar superbem na mecânica do carro? A mangueira de combustível rasgada, ela trocou na maior facilidade, e a gente ainda viu a calcinha dela. Parecia que ela ia cair a qualquer momento dentro do carro.

— Socorro! Que senhorinha moderna! E o carro funcionou?

— Melhor do que antes!

— Que velhinha fofa!

Chegamos então à casa. Meu sistema nervoso voltou a latejar e mudar o ritmo de minha respiração. Pensamentos. Passos em direção à casa posicionada no alto do terreno. Coração batendo. Olhei para Marcelo. Ele segurou minha mão e subimos uma escada de poucos degraus, com um belo jardim dos dois lados. No alto, a casa branquinha tinha um quê de boneca. Uma varanda circundava todo o primeiro andar. Muitos vasos de plantas enfeitavam o local. Lindas samambaias davam o ar de uma casa de veraneio.

— Estudei arquitetura mexicana na faculdade. A casa parece estar em pleno México. É linda! — eu disse.

— Divirta-se, moça Piera! — Eu adorava quando ele me chamava desse modo. — Meus amigos são muito legais! E não anote tudo o que eles dizem. Algumas vezes eles são exagerados.

— Ah, claro... Se eles te elogiarem, eu não devo acreditar, então?
— Isso! Em nada!

Quando entramos, percebi que a reunião era maior do que eu havia imaginado.

Rita e Sobral estavam na sala nos esperando. Ela tinha cabelos curtinhos, usava um saião colorido, colares no pescoço em tom de amarelo, uma blusa vinho e uma rasteirinha dourada. Parecia uma dessas tarólogas bem modernas. Abriu um sorriso tão receptivo que percebi como a noite seria bacana e mais fácil do que eu tinha pensado. Sobral, o marido, pareceu animado e receptivo. Descabelado, quase ruivo, barba bagunçada, uma barriga meio de Papai Noel, que depois eu descobriria ser fruto de muito chope. Aliás, quando chegamos, uma tulipa já estava na mesa de centro marrom com um chope pela metade.

A sala em "L" era bonita e sem maiores ostentações, trazia aconchego. Um sofá bege, o tapete da mesma cor e uma poltrona amarelo-ovo. Uma estante branca com muitos livros e CDs indicava que a família gostava de arte. A mesa de jantar ficava no canto esquerdo, e um caminho de mesa bordado com pequenas flores chamava atenção. Um aparador de ferro estava cheio de porta-retratos com fotos especiais. Rita e Sobral tinham viajado muito e, numa análise superficial e imediata, eram um casal feliz.

— Marcelo, meu querido, ainda bem que chegou na hora! — Rita abriu os braços.

— Ele não deixaria essa moça bonita esperando. — Sobral estendeu a mão e me cumprimentou.

— Ah, não ia mesmo! Quero saber se o jantar vai ser delicioso como costuma ser. Mas, antes, deixa eu apresentar: Rita, Sobral, essa é a Piera.

— Piera, você é linda! Que cabelo mais lindo! Seja bem-vinda à nossa casa. — Rita segurou minha mão em uma dessas gentilezas boas de sentir.

— Menina, você é mais bonita do que meu amigo falou. Que sorrisão!

Agradeci com um sorriso. Estava meio sem jeito com todos me olhando, mas certamente não ficaria travada. Os donos da casa tinham um jeito muito acolhedor.

— Já vai me entregar, Sobral? E o jantar? Tô com fome. — Marcelo mudou o rumo da conversa.

— Ah, amores, hoje vamos ficar ali na parte de trás da casa, Sobral vai fazer uns peixes deliciosos que compramos para o restaurante. Fiz molhos maravilhosos com limão, alho...

O restaurante em questão era o Tô Contigo, na Lapa, do qual Rita e Sobral eram os donos, conforme Marcelo já tinha me falado.

A parte detrás da casa tinha um lado coberto, uma enorme piscina e um visual do Rio de Janeiro de emocionar. Ficamos conversando enquanto Sobral cuidava dos peixes frescos em uma churrasqueira, que deixavam um aroma delicioso no ar. Os molhos estavam realmente dos deuses e o clima descontraído fez com que eu me sentisse feliz, comprovando que existia vida depois de tanto tempo de tristezas. Quando imaginaria tão boa companhia em um evento gostoso como aquele?

O filho do casal, Pedrinho — uma graça, supereducadinho —, chegou de pijama do Rei Leão e, depois, foi levado pela babá para dormir, sem reclamar, dando beijinho em cada um de nós.

Marcelo me olhou várias vezes naquela noite, mas mantivemos distância — uma timidez digna de bochechas vermelhas. Tínhamos um nível de cumplicidade alto para tão pouco tempo, mas, mesmo assim, ainda estávamos constrangidos. Quando nos olhávamos, parecia que estávamos combinando de nos ver depois, assim que o jantar acabasse, para afirmar nosso bom momento e contar nossas descobertas mais recentes.

Naquela noite, fui tratada como namorada do Marcelo, sem ser. Aquele casal simpático foi muito atencioso comigo e me deixou com água na boca para entrar naquele grupo e participar de novos encontros.

O peixe estava delicioso. Rita caprichou nos molhos, em pratinhos apropriados, com desenhos de pequenas borboletas. A decoração do jantar combinava com um jardim de rosas do qual Sobral cuidava pessoalmente, contando histórias sobre porque decidiu fazer o plantio, como fazia para cuidar de cada uma delas e a maneira como as plantas respondiam com beleza quando bem tratadas. Contei da minha experiência com flores e todos se apaixonaram pelo que meu pai havia feito.

Em determinado momento, o casal me fez perguntas, queriam saber de mim. Marcelo pareceu aumentar sua atenção, escutando minhas declarações de paixão pela arquitetura, meu amor imenso por meu pai, as viagens que eu fizera, minha relação com minhas amigas. Comentei também sobre minha mãe. Logicamente eles sabiam, mas não entrei em detalhes sobre meu encontro com ela. Finalmente, eu e Marcelo falamos como nos conhecemos.

— Piera, querida, nós somos amigos do Marcelo há anos, só temos elogios gigantes para esse moço! — Rita falou, deixando Marcelo sem graça.

— Eu sei. Marcelo é muito gente boa.

— Mais do que isso. O tempo vai mostrar. Esse cara é uma pessoa maravilhosa. — Sobral abraçou o amigo. — Somos suspeitos, mas somos suspeitos do bem.

— Não posso acreditar em tudo que vocês dizem.

— Não? — Rita perguntou, rindo.

— É que o Marcelo disse que vocês são exagerados e eu prometi que não acreditaria em tudo.

— É, Piera, não tem como acreditar em tudo que esses dois dizem. Eles querem vender meu peixe e você viu que, de peixe, eles entendem!...

Rimos da maneira engraçada de Marcelo falar. Rita aproveitou a alegria e nos convocou para um brinde à vida, aos encontros e à paz. Senti uma energia positiva no ar. Aquela alegria me fez bem, ainda mais depois do encontro marcante com minha mãe.

A noite foi ótima! A agradável reunião acabou no amanhecer, quando Sobral saiu e voltou com pães deliciosos, e Rita fez um café com gosto de café de fazenda.

Quando nos despedimos, fiquei constrangida ao escutar do Sobral que não perdesse Marcelo de vista.

— Se eu fosse mulher, casaria com esse cara. Como homem, prefiro a minha mulher. Você teve a sorte de conhecer um cara bacana, raro. Ele não precisa desses elogios, mas faço mesmo assim.

— Piera, fique tranquila. Paguei um mês do meu salário para eles me elogiarem.

— Deu certo! Seja verdade ou mentira, estou acreditando na versão deles.

— Querida, ele só tem um defeito: torce para o Flamengo!

— Ah! Isso não é defeito!

— Ah, não! Outra flamenguista nessa família!?

Rimos com a decepção vascaína da simpática Rita. Prometi voltar. E queria mesmo. Aquela casa tinha um jeito convidativo, os anfitriões foram as pessoas mais gentis que eu conhecera nos últimos tempos. Um casal vitorioso. Tinham se conhecido no tempo da faculdade. Foram inicialmente amigos e em uma festa muito louca acabaram se aproximando. Encontrei ali a prova viva de que um casal pode ficar junto e ser feliz, sim, e, ainda por cima, manter a animação e a alegria de estar juntos anos seguidos, sem aquele ranço de frieza misturado com o fim de sentimentos e má vontade.

Marcelo e eu voltamos rindo das histórias de Sobral: ele gritando como Tarzan na África, tentando aprender tango, jogando um futebol bola murcha... Marcelo comentou que só tínhamos conhecido um por cento das histórias do Sobral.

— Que bom que gostou deles. São como irmãos pra mim.

— É... São muito simpáticos.

— E eles adoraram você. Eu tinha certeza de que a noite seria agradável.

— E foi mesmo. Eles são fofos!

— Agora quer saber mais? Sabe como conheci o Sobral?

— Não tenho a menor ideia.

— Ele namorou uma prima minha por alguns anos quando adolescente. O namoro acabou, mas a gente continuou se encontrando. Eu o via como um ídolo, ainda molequinho, me amarrava nele.

Estava gostando do jeito de Marcelo contar sobre sua vida. Eu me sentia bem em escutar mais do que falar. Naquele momento de tantas emoções, receava falar algo comprometedor, ou que nos afastasse. Ele não demonstrava medo nenhum e falou muito de si, do amor pela medicina, da relação com o pai, e me emocionei quando relembramos o dia do nosso primeiro encontro. Estranhamente parecia que tinha acontecido havia anos.

De repente, o Rio de Janeiro ficou ainda mais lindo e me veio uma vontade de sorrir. As ruas pareciam mais largas e o cheiro de mar, ainda mais forte. Com a manhã mal começando e as ruas vazias, senti uma sensação de liberdade. Olhei Marcelo, iluminado pelo sol e reparei seu olhar em mim.

— Você vai visitar sua mãe hoje, não vai?

— Claro! Meu pai me deu férias no trabalho por motivos emergenciais, até que consiga resolver esse momento. Nesse caso, resolver mais dentro da minha cabeça.

Fiquei um tempo olhando Marcelo. Ele retribuindo, a gente sem dizer nada.

— Posso fazer uma pergunta?

— Claro, Piera! O que quiser saber.

— Não é nada relacionado ao nosso encontro. É uma curiosidade sobre sua profissão. Você logo será um psiquiatra. Quando você conhece alguém, fica analisando a pessoa, pesando que tipo de mente ela tem?

Marcelo deu uma risada e depois segurou minha mão.

— Fique tranquila, não estou analisando você profissionalmente. Na vida particular, esqueço um pouco meus estudos. Não é porque te conheci lá na clínica que estou pensando aqui na sua mãe e no que sei a respeito do tratamento dela.

— Ah, sim. Obrigada.

Chegamos ao meu prédio. Marcelo estacionou na vaga de visitantes.

— Quero te agradecer por esta noite, Marcelo. Foi divertido encontrar seus amigos e viver uma noite diferente.

— Olha, para ser franco, não sei se foi ético convidar a filha de uma paciente da Clínica para sair... Acho que isso não seria bem visto por alguns colegas...

— Olha, estou feliz de estar aqui. Não precisa se desculpar. Ninguém da Clínica ou do Conselho de Ética vai ficar sabendo.

— Também estou feliz. Ando vivendo para o trabalho, para o esporte, visitando minha família, amigos... Não estava planejando conhecer alguém agora, mas não quero reclamar do destino. Pelo contrário, se encontrar com o destino por aí, vou agradecer por me apresentar você...

Meu Deus, era aquilo mesmo? Ele agradeceria ao destino por ter me conhecido?

Marcelo tinha um rosto familiar e existia naquela cena uma espécie de sensação de reencontro. Será que já havíamos nos encontrado antes do nosso primeiro encontro oficial?

Não disse nada. Queria dizer alguma coisa, mas travei. Depois da decepção que eu tinha vivido, as palavras estavam bloqueadas, mas os sentimentos não. Mesmo que não quisesse mais sofrer, meu coração ainda lembrava como a dor poderia ser profunda. Queria ter a chance de mergulhar sem pensar na altura e se no chão havia água ou terra. Olhando Marcelo, pensei se um dia ele seria capaz de fazer as mesmas coisas que André fizera. Ficamos nos olhando por um tempo. André estava longe. Não devia ficar lamentando e me voltei para o presente. O silêncio. Marcelo sorriu, eu sorri; ele segurou minha mão, meu coração acelerou novamente e os questionamentos mais pesados foram anestesiados.

— Piera, a gente não precisa falar. O silêncio algumas vezes faz bem.

— É verdade. Eu sei. Quero agradecer, a noite foi linda...

— A noite? Mas já é de manhã!

— É. A noite e a manhã foram ótimas. Você é divertido! Me fez bem estar com você e seus amigos...

— Só vou deixá-la, porque hoje a gente se vê novamente na Clínica.

— Isso. Vou passar lá de tarde.

Ele segurou minha mão. Congelei. Senti seu perfume intenso e mais uma vez o admirei. Seu corte de cabelo curto e um rosto bonito com olhar marcante mostravam uma beleza que me encantava. O rádio do carro pareceu colaborar e começou a tocar "Price tag", de Jessie J., todos têm um preço, mas deveríamos parar e sorrir. Enquanto Jessie animava o astral do carro, ficamos tocando nossas mãos, descaradamente lamentando a despedida.

— Vou falar uma coisa nada a ver, mas não resisto: seu ex-namorado deve ser um maluco.

— Seria engraçado você falar isso pra ele.

— Espero não ter a oportunidade.

— A gente ficou juntos por anos. De repente, o namoro virou uma mesmice, mas achava que a fase mudaria e tudo ficaria melhor... Aí ele me traiu com uma ex da adolescência e tocou esse namoro paralelo com nosso relacionamento. Eu achava que casaríamos em algum momento. Mesmo percebendo ausência de sentimentos de ambos os lados, eu não fazia muitas perguntas sobre o que estava vivendo. Um dia ele disse: "Descobri que não amo mais você. De tarde volto aqui...".

— Como assim?

— É, ele disse isso e foi embora!

— Ele terminou assim?

— Nem sei se é certo contar isso, mas foi dessa maneira. Depois da declaração, sumiu um tempo. E, um dia, soube que ele estava namorando uma ex-namorada. Mesmo isso sendo suspeito da minha parte, ela não seria considerada uma das melhores pessoas do universo...

Senti que o medo de me descobrir sozinha quando minutos antes estava acompanhada ainda morava em mim. Essa havia sido a pior experiência da minha vida e eu não tinha vontade nenhuma de vivê-la novamente.

— Que babaca! Desculpa o termo, mas tem horas que sinto vergonha de uns caras otários como esse, que sujam a categoria.

— Você não precisa se preocupar. Penso coisas piores sobre ele e não deveria te contar isso. É que a gente não deve ficar falando de ex-namorados. Eles só merecem desprezo.

— A maioria dos meus amigos age corretamente com as mulheres. É a equação que costumo dizer: não quer mais, soma com falar e tem um resultado igual a virar amigo.

— Concordo plenamente. Acho que de repente acontece de você sair, conhecer alguém, mas terminar. Se trair, pior ainda, tem que terminar, porque ninguém merece passar pela humilhação de ficar sendo passada para trás meses.

— Você não foi humilhada, Piera.

— Alguns dias me sinto assim...

Percebi que estava falando demais.

— Bem, preciso ir.

— Gostei de conhecer você.

Ai, aquele verbo no passado ressaltava minha fragilidade. Quando Marcelo disse "gostei de conhecer você", senti como se não fôssemos mais nos ver.

— Obrigada. Eu também gostei de te conhecer.

— Podemos nos ver de novo? — ele perguntou.

Sorri. Que bom escutar aquela pergunta!

— Claro! Vamos nos falando...

Marcelo também pareceu se segurar. Era como se nós dois não quiséssemos acelerar as coisas e ter cautela para viver o que estava nascendo ali, bem diante de nossos olhos. Depois, eu tinha certeza, me arrependeria de não ter alimentado a continuação da conversa e de ficar falando do entojo do André. Mas, pelo menos, tinha deixado tudo bem claro.

Não sou do tipo de ficar cada fim de semana com um cara. Muitos acontecimentos para um só dia. A mão de Marcelo segurando a minha fazia correr uma energia que eu nunca sentira. Imagino que só se fosse correndo até o Canadá extravasaria minha euforia interior.

Para aumentar ainda mais a temperatura, quando coloquei a mão na maçaneta da porta, Marcelo se aproximou e me deu dois beijos no rosto. Câmera lenta. Beijo na bochecha esquerda, passando na frente da boca, beijo na bochecha direita e se afastando lentamente, querendo ficar. Hora de pular para fora daquele carro, mesmo com muita vontade de ficar ali. Olho no olho, consegui abrir a porta e coloquei finalmente os pés no chão.

— Agora preciso mesmo ir.

Decidi caminhar no meio da cena. Senti aquele olhar doce na minha direção, a observar meus mínimos e maiores detalhes. Fui caminhando e olhando para Marcelo. Apertei o botão do elevador, ainda me sentindo observada. Rezei para sair logo do *hall* e subir para o meu apartamento. Meu sorriso estava congelado, minha alma, arrepiada, e nenhuma palavra conseguiria explicar aquela noite.

Uma hora depois, quem disse que eu conseguia dormir? Impressionante como nosso pensamento pode atrapalhar o sono. O administrador da clínica onde minha mãe estava internada não saía da minha cabeça. A noite estava ainda ali, presente, no ir e vir enérgico dos meus neurônios.

Pensava naquele homem tão entusiasmante, até que aterrissei. A voz da minha mãe voltou a pulsar dentro de mim. Não que eu quisesse isso. Minha noite beirava à perfeição, mas a gente não manda nos fantasmas internos e eles invadem o quarto e voam por cima da gente quando bem entendem.

Agora tinha mãe. Mesmo sem nenhuma intimidade com aquela bonita senhora. Não tinha certeza do seu cheiro, quase nenhuma intimidade com a textura de sua pele, não decorara ainda sua maneira de olhar e tinha certa dificuldade de me lembrar de sua voz e de seus gestos. Mesmo assim, ela havia me carregado nove meses e me colocado no mundo. Aquela mulher era minha mãe todos esses anos, mesmo distante e sem jamais ter exercido seu posto. Aos 19 anos, eu encontraria minha mãe pela segunda vez na vida.

O que ela teria feito da sua vida ao longo de todo aquele tempo? Quem seria, no fundo, aquela mulher? Que tipo de vida teria levado? Quais seriam seus pensamentos? As informações sobre minha mãe soavam superficiais. E mesmo suas futilidades passavam longe do meu conhecimento. Que tipo de roupa ela gostava de usar? Qual o seu sorvete predileto? Seu perfume preferido tinha fragrância doce ou amadeirada? Qual a cidade de que ela mais gostava? Torcia para que time? Se eu não sabia das bobagens cotidianas, imagine sobre aspectos mais pessoais, de valores. Minha mãe acreditava em Deus? Chorava fácil ou quase nunca? Era alguém do bem ou tinha alta dose de mau-caratismo?

Peguei no sono quando o pensamento ficou leve e voltaram as lembranças da noite na casa de Rita e Sobral. Tão queridos! Eu realmente tinha gostado de conhecê-los. Foi uma doce sensação tratar com pessoas de verdade, que não tinham aquela maneira arrogante de querer provar algo para alguém ou destratar sem a menor cerimônia. Eles formavam um casal simpático, que eu esperava reencontrar.

Antes de fechar os olhos e apagar de vez, lembrei-me de fazer um pedido especial: que o sofrimento esquecesse meu endereço.

Capítulo 9

Novos lindos dias

Quero te apresentar meu pequeno mundo. O melhor? Cabe nós dois dentro dele.

Acordei feliz. Se, por um lado, sentia o peso do segundo encontro com minha mãe, por outro, Marcelo me deixara mais leve.

É realmente impressionante e especial quando alguém faz a gente se sentir menos angustiada. Primeiro, eu tinha gostado do futuro doutor Marcelo pela maneira carinhosa como falou da minha mãe e como recebeu a mim e a meu pai na clínica onde ela estava internada. Depois, aquele olhar verde-azul-verde-azul se hospedou na minha memória e senti um antagônico frescor quente. Como tomar um chá no inverno, eu me sentia aquecida por um calor delicioso...

Na clínica, finalmente conheci a doutora Cristina.

Loira, alta, magra, cabelos bem escovados, um jaleco estruturado, sandálias cor de caramelo com um laço de cetim. Suas unhas estavam esmaltadas de vermelho. Nunca imaginei uma médica de unhas vermelhas, mas ela as usava nessa cor. Brincos dourados, com um jeito sutil de mulher fatal.

Apesar de o visual não combinar muito com o de uma médica, ela transmitia credibilidade. Senti confiança logo nas suas primeiras palavras. Falava com a segurança de quem estudara muito e demonstrava bastante envolvimento com o caso da minha mãe. Forneceu-me muitas informações sobre o estado dela.

Nossa conversa começou com as notícias do real estado de dona Cecília. Era muito duro escutar aquilo tudo. Minha mãe sofria de esquizofrenia.

— Com a medicação, conseguimos manter sua mãe no eixo. A busca no caso da esquizofrenia é fazer sua mãe voltar para sua vida social, acabando com os delírios e as alucinações. A cada recaída, o paciente volta um pouco diferente. Sua mãe abandonou tratamentos, não tomou os remédios receitados...

Fiquei olhando para a médica, pensando no fato de que eu tinha imaginado uma mãe diferente para mim...

— Você pode me dar mais detalhes dessa doença?

— O esquizofrênico é frequentemente paranoico. É uma psicose conspiratória, com delírios de ciúme, ideias distorcidas, pensamentos intensos com fases agudas de retração social que podem durar semanas. A pessoa acredita totalmente em tudo que cria. Daí a importância dos remédios. Não é suficiente terapia ocupacional para reabilitá-lo; é preciso medicação. No caso da sua mãe, ela estava medicada, mas, como muitos pacientes, acreditou que estava bem e suspendeu os medicamentos por contra própria. Por isso teve uma recaída.

— Eu e minha mãe não nos conhecíamos, você sabe. Não tenho ideia de como é conviver com alguém nessa situação.

— Sua mãe tem problemas de alucinação. Conseguimos avançar muito nesse sentido, mas ainda é cedo para fazer previsões. Um dos maiores problemas foi, sim, ela ter abandonado você. Passou anos escutando vozes que diziam: "Você é má! Você abandonou sua filha!".

— Nunca imaginei ter que lidar com isso. Existem coisas que a gente só imagina na casa do vizinho.

A médica continuou explicando o comportamento da mulher que me colocara no mundo e comentou sobre cartas escritas por ela falando de solidão, medo, vazio, dor, pânico e tristeza, muita tristeza.

— Sua mãe escreveu essas cartas ao longo desses vinte anos. Foi a maneira que ela encontrou para se sentir um pouco melhor. Ela leu para mim alguns de seus textos nos nossos encontros.

— É um diário?

— Sim, mas em folhas soltas. Com muitos pensamentos sobre ela, seu interior e o que viveu. Fala muito de você, do seu pai, do marido falecido e da amiga Ilma. Conta fatos e comenta sentimentos... E todas as cartas, sem exceção, estão endereçadas a você.

De repente, senti vontade de chorar.

Encontrei minha mãe depois de uma hora e meia de conversa com a médica. Meu passado estava mais uma vez me olhando de um jeito tenso. Minha mãe não estava bem e facilmente percebi como sua mão se mostrava frágil, delicada e transparecia tensão. Causava tristeza relembrar as palavras da médica sobre uma doença tão desconhecida para mim até então.

— Não sei ainda como foi reencontrar você. Não pensei bem sobre isso.

— Mãe, nada mais importa. Estamos aqui juntas. Vamos nos conhecer.

— Eu desprezei você a vida toda.

— Mas isso passou... Tem muito tempo... A gente se perdeu, mas agora se reencontrou. Vamos pensar adiante.

O apoio do meu pai e ter passado a noite anterior com Marcelo me faziam enfrentar melhor aquela situação.

— Para minha cabeça não é assim tão fácil, porque carrego minhas culpas. Muita culpa. Tenho medo. Sinto vontade de não obedecer às coisas que quero, porque tem algo muito maior... O dia das malas, do meu adeus para você, seu pai... Eu escondi as malas embaixo da cama, seu pai não reparou que minhas gavetas estavam vazias aquele dia. Durante todo esse tempo existiu espaço para seu rosto de menina na minha vida, com a mesma intensidade que nunca teve lugar para uma filha nos meus dias. Só aprendi a te amar a distância. Não sei te amar de perto, não sei tocar você... Isso é uma lança no meu coração.

— Desculpa...

Essa foi a única palavra que consegui pronunciar. Eu queria me desculpar por ter sido gerada, por ser filha dela, por ter sido abandonada e, acima de tudo, por existir e atrapalhar sua vida, por ter sido um peso durante tantos anos... Quando me dei conta, pedia desculpas seguidamente aos prantos. Foi terrivelmente doloroso me ver diante de alguém que eu esperei tanto conhecer e agora parecia que claramente não me queria por perto.

— Não posso com isso. Não sei ser sua mãe. Não sei aprender.

Eu e minha mãe finalmente tínhamos nos encontrado e estávamos ali selando nosso desencontro eterno. Assim como uma chuva intensa de verão, nossas primeiras conversas estavam nos colocando para baixo. Ela não me queria por perto. Senti vontade de fugir daquele lugar, de sair gritando pelo corredor. E, como nos filmes, a mocinha usava um vestido longo, cor de gelo, com babados caindo pela saia, os cabelos soltos, como se tivessem sido presos em um coque por anos e agora estivessem libertos. Aí eu me sentia com asas enormes de borboletas que me faziam flutuar. E eu voava rápido, sem rumo, para o vazio.

— Desculpa!... — disse mais uma vez.

Eu devia ser um peso enorme para aquela mulher, que alternava entre me reconhecer ou não como filha.

— Não me peça desculpas! Sou eu quem devo fazer isso. Não consigo ser quem você deseja. Durante a vida toda fugi por não realizar os sonhos dos outros. Não posso me tornar a mãe que você sempre sonhou.

— Desculpa!...

Você dirá que eu parecia uma desorientada depois de uma lavagem cerebral, só pedindo desculpas... Mas eu só conseguia repetir "desculpa" entre uma série de hesitações.

Abri a porta do quarto e deixei minha mãe falando sozinha. Jamais imaginei ser renegada quando bebê e, muito menos, quando adulta, por quem tinha me dado a vida. Duplamente renegada. Marcelo me encontrou no meio de uma crise de choro. Dessa vez, eu caminhava pelo corredor, pensando se voltaria a ver minha mãe algum dia.

— Moça Piera!
— Marcelo, estou sem chão, me ajuda!
— Calma. Vamos à minha sala.

Entrei na sala da administração e me joguei no sofá, completamente sem rumo. Marcelo me ofereceu um café, enquanto eu tentava repetir as duras palavras que escutara minutos antes. Agora cabia a mim dizer que não podia ser filha dela, não podia! Tarde demais para ser uma boa filha.

— Eu queria ter dito muito para ela, mas apenas me desculpei, sem ter culpa nenhuma. A vida toda, ao contrário da minha mãe, realizei o sonho dos outros. Achei que ter mãe seria algo mais fácil.

Marcelo segurou minha mão trêmula.

— Não quero vê-lo assim...
— Não mereço tanta dureza comigo depois de tantos anos, Marcelo.
— Sabemos disso. Sinto muito por você.
— Tê-la por perto está sendo mais difícil do que esperar minha vida inteira por seu retorno. Desejei essa mãe e agora ela está aqui e me trata assim?

Senti meu lábio tremer e uma dor na alma intensificou o choro. Olhei para o jardim através da janela e tentei me acalmar.

Por que as dores chegam quando estamos mais frágeis? Além da crise com minha mãe, naqueles minutos eu experimentava a sensação de algo que começava a nascer por Marcelo. Meu corpo sentia sua presença, ultrapassando os limites superficiais dos sentimentos e me sentia bem com ele ali segurando minha mão, me acalmando.

— Desculpa esse meu choro.

Mais um pedido de desculpa naquele dia...

— Fico triste de ver você assim. É como se nos conhecêssemos há muito tempo. Eu não devia dizer isso, Piera, mas estou gostando de você de uma maneira especial. E não sei se seria bom dizer o que vou dizer...

— O que foi? — Marcelo me olhava com o olhar emocionado.

— Decidi que não vou mais acompanhar tão de perto o caso da sua mãe aqui na Clínica. Não posso me envolver profissionalmente em uma história na qual acabei entrando de corpo e alma. Por isso não estava aqui mais cedo para te receber.

— Marcelo...

— Não fique preocupada. Sua mãe gosta mais da doutora Cristina e do marido dela, o doutor Reinaldo, que também é psiquiatra e chefe da equipe que atende sua mãe. Prefiro me manter mais ligado somente com a parte que me cabe, a administração, mas estarei por perto.

Marcelo se mostrava encantador. Quando me abraçou, não acreditei. Não estava esperando aquela declaração. Seu perfume mais uma vez apertou todos os botões da minha mente. Queria ficar ali parada naquele abraço perfeito, envolvida naquele cheiro mágico. Minutos especiais depois de ser humilhada por quem deveria me fazer sentir feliz. Nenhum de nós demonstrava vontade de se afastar. Uma sensação doce naquele abraço, uma vontade clara de me proteger. Senti sua mão passando pelo meu braço e uma energia quente me acalmou.

— Quero manter essa distância, Piera, porque não quero ferir a ética médica. Não deveria ter me apaixonado pela filha de uma paciente da minha clínica.

— Apaixonado?

Ele disse "apaixonado"!?... Nossa! Até uma vida ruim, às vezes, fica ótima.

— Apaixonado, sim. E olha, tem sido bom pensar e estar com você. A noite na casa do Sobral e da Rita foi maravilhosa, como há muito tempo não tinha. Eu estava meio no automático. Sei do seu momento atual e me sinto envolvido o suficiente para dizer que pode contar comigo, porque quero estar do seu lado nisso tudo.

Novamente Marcelo me abraçou.

Meu corpo parecia leve. O mundo inteiro calado ao nosso redor. A turbulência dentro de mim foi gradualmente diminuindo e o jardim visto através da janela começou a fazer mais sentido. Se alguém entrasse na sala naquele instante, não nos veria. Estávamos transparentes, com nosso sangue correndo pelo corpo em ritmo intenso. Ao nos afastarmos, nos olhamos profundamente e entendi minha vida ali. Senti a boca de Marcelo passando pelo meu rosto tão perto que tive vontade de permanecer congelada, sentindo a respiração daquele homem, mas abaixei a cabeça, envergonhada.

— Desculpa, estou com um liquidificador dentro de mim nesse momento...

— Tudo vai se acertar. Sua mãe vai ficar bem.

— Eu não estava pensando nela.

— Bem, espero que escutar que estou apaixonado por você não tenha sido uma notícia ruim...

— Não, claro que não! Meus últimos anos não foram fáceis. Muitas coisas inesperadas. Tudo aconteceu quando parecia que nada acontecia. Tenho medo de parecer bem e explodir outra bomba. Minha vida não tem tido muita calmaria.

— Tenho certeza de que sua vida vai melhorar muito, moça Piera.

Sua voz surtia o efeito de um mantra, desses que grudam na alma e fazem você ficar forte, capaz de mudar doutrinas seculares.

Pequenas gotas de chuva podiam ser vistas dentro de mim. Um orvalho de gratidão descia por meu corpo e me aliviava a dor dos últimos dias. Aproveitei o momento positivo e evoquei a melhora da saúde de minha mãe. Ela não merecia aquele estado de profunda tristeza.

— Preciso ir. Tenho um compromisso daqui a pouco.

Uma mentira necessária, mas já tinha chorado a cota do dia na frente de Marcelo. Precisava ficar sozinha, enquanto dirigia para casa e depois, na cama, sem ninguém por perto para ver meu nariz inchar como um pimentão vermelho.

— Fica mais um pouco.

Congelei. Ele queria mais da minha presença, mesmo estando chata daquele jeito.

— Não posso mesmo.

Eu precisava mesmo me refazer da decepção com minha mãe.

— Posso te ligar? — Marcelo perguntou, segurando minha mão.

Ele podia me ligar? Talvez. Não sei. Acho que sim. "Talvez" é uma coisa, "não sei", outra, e "acho que sim", algo bem diferente. Ou seria um "acho que sim", meio "talvez", com um "não sei" pendurado?

Bem que a insegurança podia se afastar quando estamos diante de alguém por quem nos interessamos muito.

Sim. Sim. Sim. Queria dizer todos os "sins" do mundo para aquele homem. Sim para os seus olhos verdes-azuis. Sim para o abraço de acelerar meu coração. Sim para os pensamentos bons, pelo astral do bem nos rodeando. Fiz que "sim" com a cabeça, meio tímida e denunciando estar apaixonada por ele. Não estava muito preocupada em esconder nada, ele me atraía, me fazia bem e conseguiu claramente me acalmar.

Fomos andando até meu carro. Ali caminhava um homem ao lado da garota mais triste e mais feliz do mundo.

Uma vez, uma pessoa me disse que não é possível alguém se sentir triste e feliz ao mesmo tempo, mas eu tinha por hábito me sentir assim, a garota mais triste e feliz do bairro, da cidade e do planeta. Aliás, eu tinha mania de me sentir muito diferente do que era comum, ou talvez muita gente sentisse o mesmo, como sofrer de solidão em plena festa, ou sentir fome imediatamente após comer.

Novamente estávamos transparentes, caminhando pela clínica sem ser notados, protegidos por uma espécie de bolha sentimental.

Meu relacionamento anterior tinha sido superficial demais. Jamais me senti daquele jeito em seis anos de namoro. Apesar do tempo em que ficáramos juntos e dos muitos momentos divididos, nunca senti meu chão sumir, o sol brilhar com mais vontade, o tal desejo de abraçar para sempre e uma certeza que a gente só conhece quando sente.

Estranhamente, em tão pouco tempo, eu tinha muita intimidade com Marcelo e coragem para dar passos sinceros, mesmo ainda tendo receio de sofrer novamente. O meu ex certamente me conhecia apenas um terço do que minha atual companhia. Proximidade não se iguala a intimidade.

Nós convivemos com as pessoas, mas, na maioria das vezes, não nos mostramos o suficiente. E de repente encontramos alguém capaz de nos conhecer tão profundamente, chegando perto de nossos maiores segredos e escutando nossas maiores verdades.

— Você está melhor?

— Tô, sim.

— Posso mesmo ligar pra você?

— Claro! Pode, sim. Eu só preciso dar uma respirada. Quero te encontrar, Marcelo. Não estou fugindo de você.

Cheguei perto de Marcelo mais uma vez. A gente já tinha feito umas três despedidas até o carro. Beirava o cômico. Sabíamos disso. Rimos sem ter coragem de comentar o óbvio, queríamos continuar lado a lado.

— Posso fazer um convite para você?

Resolvi de última hora chamá-lo para um dos meus compromissos mais especiais.

— Claro! Aonde vamos?

— Não sei se você vai gostar. É que, uma vez na semana, visito um projeto social. Meu pai ajudou a instituição a refazer a casa principal deles. Nós conseguimos apoio de uma empresa e meu pai cuidou de toda a reforma. Aí passamos a visitar o Lar Felicidade Taquara, fica em Jacarepaguá.

— É? Que legal!

— De manhã, as crianças têm aula e de tarde fazem oficinas. Eu ajudo dando apoio nas aulas. Não sei se você vai curtir, mas me faz muito bem estar com eles. O lugar tem crianças para adoção e outras muito pobres cujas mães as deixam lá para que tenham aprendizado, recebam alimentação. Eles precisam de muita ajuda. Gostaria que fosse comigo amanhã...

— E o que a gente vai poder fazer lá?

— Ajudar no que for preciso.

— Certo. Engraçado, nunca imaginaria que você me faria esse convite.

— E o que você pensou, doutor?

— Nada especial. Você é surpreendente! Que horas pego você para irmos?

— A gente pode sair às 11 horas. Você está convidado a almoçar comigo lá. Tudo bem pra você?

— Ótimo, moça Piera!

— Bem, preciso ir...

Nós nos despedimos com dois beijinhos e, dessa vez, o que chamou mais a atenção foi o perfume dele. Agora tinha memorizado o seu cheiro. Meus pensamentos aceleravam em minha cabeça como em uma corrida de *kart*.

Entrei no carro em silêncio, enquanto vozes internas berravam ao mesmo tempo: "Você se apaixonou, ele é diferente mesmo, está te olhando, socorro, responde algo, ele está falando com você, sua surda!".

— Piera, tudo bem?

— Ah, sim, sim... Estava distraída.

Nessas horas, o melhor mesmo é eles jamais saberem o que uma garota pensa e, muito menos, como pensa uma garota.

— Preciso ir.

Eu já tinha dito "preciso ir".

— Tá bom. Já te segurei demais aqui. Mais tarde ligo para saber como você está. Tudo bem?

Sorri. Ele sabia que podia ligar. Nossa química estava intensa e incomum. Despedi-me pensando: "este homem disse que está apaixonado por mim!...".

Coisas perfeitas podem acontecer depois de se descer a um mundo escuro.

Fui embora feliz. Ele, parado no estacionamento, ficava cada vez mais longe, enquanto o sentia ainda mais perto de mim depois daquele encontro.

No dia seguinte, acordei mais cedo que o normal. Tomei café da manhã com meu pai, mas tentei não comentar muito sobre o encontro com minha mãe no dia anterior. Contei a ele que Marcelo iria comigo ao Lar Felicidade Taquara. Meu pai, que era apaixonado pela instituição, ficou feliz com a notícia.

Quando conhecemos alguém e nos interessamos por essa pessoa, queremos mostrar a ela nosso mundo. Marcelo conhecia duas das partes mais tristes e difíceis da minha história: o retorno de minha mãe não significava minha melhor descrição e o fim triste de meu relacionamento mais significativo não era tudo o que eu queria que ele conhecesse de mim. Talvez tenha sido por isso o convite para ele ir comigo à instituição que semanalmente eu visitava.

Marcelo chegou pontualmente às 11 horas. Caminhei até ele meio sem graça. Ele sorriu e meu coração disparou. Seu Estêvão, o porteiro, descaradamente olhou Marcelo e me olhou dando uma piscadinha. Só faltou gritar: "tá namorando, tá namorando!".

Marcelo deu alguns passos em minha direção e nos abraçamos. Encontrá-lo mais uma vez foi emocionante.

— Bom dia, moça Piera! Dormiu bem?

— Dormi, sim. Espero que você goste do Lar e se sinta tão bem lá como eu me sinto.

— Vou gostar, sim.

Marcelo abriu a porta do carro para mim.

Naqueles três segundos em que ele deu a volta no carro para entrar pelo outro lado, percebi como estava gostando daquele acontecimento na minha vida.

Ele entrou no carro, respirou fundo, colocou a mão no volante e disse:

— Acredita que fiquei com saudade?

— Eu também senti saudade de você. Talvez seja porque a gente demorou a se encontrar.

— Concordo. Sabe que estou faltando ao meu trabalho para passearmos? Nessas horas é bom ser o chefe e filho do dono do negócio.

— Também estou faltando ao meu trabalho. Meu pai me deu umas férias...

— Aliás, Piera, liguei cedo na Clínica e acabei tendo notícia de que sua mãe dormiu bem. Quando você pretende voltar lá?

— Bem, não sei ainda. Preciso me recuperar.

— Isso. Vá no seu tempo. Você não pode atropelar os sentimentos dentro de si, caso contrário, as questões mal resolvidas não vão se resolver nunca.

— Eu sei. Acho que fui vê-la imaginando-a perto da perfeição e ela está bem longe disso. Ainda tenho muitas perguntas, mas acho que para algumas nem o tempo me trará as respostas.

— Tenho certeza de que o tempo trará, sim. Tenha paciência.

— Pode deixar. Bem, mudando de assunto, você sabe chegar em Jacarepaguá?

— O Jota Quest diz que Jacarepaguá é longe pra caramba. Eu sei chegar. Realmente é bem longe...

— Eu mostro o caminho.

— Olha que ficarei mal-acostumado e vou querer que você me mostre todos os caminhos!

— Quem sabe?...

Não estava me reconhecendo, perdendo a timidez e correspondendo àquele contato. Mas como dizer não? Marcelo estava se mostrando encantador, simpático, além de ser um gato... E tínhamos uma afinidade estranha, dessas que minha tia Soraia chamaria de estelar.

No caminho, fui contando como funcionava a instituição que íamos visitar e falei das enormes necessidades de lá. O mais aflitivo era o estado de abandono das crianças. E, com esse assunto, eu me identificava. Tão pequenos e já aprendiam a se virar, morando de favor com tios, renegados de pai e mãe, tendo que descobrir sozinhos o mundo.

Resolvi preparar o coração do meu convidado e contei sobre algumas outras coisas.

Um dos meninos com quem eu costumava conversar sofrera uma tentativa de assassinato pelo próprio padrasto, e a mãe dele continuava casada com aquele homem. A saída para esse tipo de problema era passar mais tempo no Lar do que em casa.

Uma menina e sua irmã viviam com a mãe, que, um dia, arrumou as duas e foi deixá-las na casa do pai, que vivia com outra mulher. A mãe deixou as meninas e disse à esposa do pai das meninas que não tinha condições de criar as duas. Quando o pai chegou, não gostou da ideia de as filhas morarem com ele e a nova mulher, e foi embora. As meninas passaram então a ser criadas por essa mulher, que se casou com outro homem e teve mais dois filhos. As meninas, uma de 13 anos e a outra de 8, encontravam frequentemente a mãe, que fingia não as conhecer. O pai se relacionava com uma terceira mulher e elas se sentiam duplamente renegadas.

— Nossa! Quantas histórias, Piera!

— Estou contando porque, lá no Lar, as histórias são quase todas de infinita tristeza.

— Sei. É tudo tão distante do nosso mundo, né?

— Do meu não é! Reconheço o olhar deles, os questionamentos, as dores...

— Eu sei. Mas você nunca passou necessidade, sempre teve um pai presente.

— Meu pai preenche o meu mundo, Marcelo. Sem ele eu não suportaria...

— E é nisso que você tem que pensar. Muita gente tem pai e mãe, mas é como se não tivesse ninguém.

— Você precisa conhecer mais o meu pai. Ele é muito querido, especial...

— Deu para notar. A postura dele em relação à chegada da sua mãe foi determinante para as coisas se acertarem. Por favor, me diga uma coisa, por que quando estou na sua frente perco um pouco o juízo?

Dei uma gargalhada. Achava que Marcelo me perguntaria algo sobre minha mãe, e ele mudou de assunto tão de repente e me fez também perder o juízo...

Rumos novos na minha vida. Eu estava feliz por tê-lo encontrado quando menos esperava. Ou será que a felicidade chega quando mais esperamos? Eu ainda tocava o futuro com dedos receosos... Havia medo no ar... Ao mesmo tempo um perfume bom, a sensação de ter recebido um convite em envelope cor de vinho e laçarote dourado para participar de um novo recomeço. Não havia espaço para desculpas ou adiamentos.

Eu devia aproveitar um momento especial, mesmo que fosse rápido. Esse seria o conselho do meu pai. Então, por alguns segundos, fechei os olhos e me deixei ser levada pelo sentimento sincero de não fugir, de acreditar e de estar exatamente onde queria estar.

— Piera, me fala mais de você.

— Nossa, que difícil! Deixa ver... Ah, bem, como você sabe, fui criada pelo meu pai, que nunca se casou novamente. Fomos eu e ele todo o tempo. Na infância, minha referência feminina foi minha tia Soraia, que me levava para comprar roupas e me presentear com as informações femininas de que meu pai não tinha ideia. E olha que ele tentava, lendo livros que ensinavam sobre o universo feminino.

— Ah, mas imagino que só uma mulher pode mesmo ensinar certas coisas para uma mocinha.

— Isso! Minha infância foi dividida entre a escola e passar as tardes no escritório, lendo e desenhando, enquanto meu pai trabalhava em projetos arquitetônicos. Nos fins de semana, costumávamos ir para Búzios.

— Sério? Como nunca vi você em Búzios? Tenho casa lá...

— Vai ver o destino só queria nos apresentar agora, "doutor" Marcelo.

— Sabe que também acredito nessas coisas... Acredito que haja a hora, o dia, o estalo certo, que muda tudo, aperta o coração e nos faz lembrar como é estar entusiasmado com a vida. Mas me conta mais...

— Na minha adolescência, quer dizer um pouco antes, com 12 anos, fiz a burrada de começar a namorar. O que durou a adolescência toda. Não sei se foi o certo, mas foi o início de vida que tive. Passou e agora só faz parte da biografia. Depois que esse namoro acabou, me voltei mais para as minhas amigas, mas, sendo honesta, fiquei em uma ridícula espera por algo que não sabia bem o que seria. Até que meu ex-namorado ficou noivo, fui vê-lo se casar e encerrei um ciclo.

— Você foi ao casamento do seu ex?

— É, fui. Ridículo, né?

— Curioso, eu diria. Imagina se todas as garotas fossem aos casamentos dos seus ex? Seria engraçado!

— O que diz sua psicologia?

— Que a gente precisa ver para crer, sentir o momento para ver a realidade e perceber suas verdades.

— Não sei exatamente como explicar, mas, quando vi meu ex se casando, tudo desmoronou dentro de mim. Mas recomecei. Finalmente voltei a me olhar, e ele ficou para trás.

— Posso garantir que você não tem nada de anormal.

— Depois disso, minha mãe apareceu e conheci você. Esses são os últimos acontecimentos.

Marcelo parou o carro no sinal. Então me dei conta de que estávamos quase na frente do Barra Shopping, pegando a Ayrton Senna para chegar a Jacarepaguá. Nós nos olhamos. Eu não queria ficar falando de passado, não queria estragar as coisas, mas me sentia livre para ser eu mesma e dizer as coisas que queria. Senti a mão de Marcelo tocando a minha e ficamos assim, a mão dele sobre a minha... Uma mão leve e doce que me transmitia tranquilidade.

— Piera, deixa eu dizer uma coisa pra você?

O que ele diria?

— Não precisa deixar de me dizer nada, achando que vou pensar isso ou aquilo. Gostei de conhecer você e não vou me incomodar de saber o que você viveu.

— Mas já falei demais! Você agora já sabe. Também não tenho nada para esconder. É a minha vida, né?

— Também tenho histórias. Vou contar cada uma delas.

— Vou gostar de ouvir.

No rádio do carro começou a tocar Jorge Vercillo. Ficamos em silêncio, escutando a canção, e constrangidos. A música falava de um amor profundo. Tentei então sair daquela situação:

— Bem, daqui a pouco, chegamos em Jacarepaguá.

— Não conheço bem aquele lado, apesar de ser carioca. Fiquei muito pela zona sul.

— Jacarepaguá é longe pra caramba, mas é muito legal.

Fui explicando detalhes do bairro, como algumas áreas residenciais que tinham apenas uma padaria por perto. Falei dos grandes condomínios, das belas casas, dos condomínios antigos com muitos mil metros quadrados de puro verde, dos micos e gambás que também há por ali. Mencionei a mundialmente conhecida Cidade de Deus, as histórias que escutava no Lar Felicidade Taquara, as enormes dificuldades dos moradores da favela, e que vários deles frequentavam o Lar. Suas histórias emocionavam e faziam com que nos mobilizássemos para tentar mudar algumas realidades.

Depois de pouco mais de uma hora, chegamos. Marcelo colocou o carro no estacionamento e reparei como ele procurava observar tudo ao redor. Dona Francisca veio nos receber.

— Piera, querida!

— Dona Francisca, eu trouxe uma pessoa importante para conhecer o Lar.

— Não demore a me apresentar!...

— Doutor Marcelo, dona Francisca. Dona Francisca, doutor Marcelo. O Marcelo está se formando em Medicina, dona Francisca.

Achei melhor não apresentar como deveria, acho que não cabia falar "Dona Francisca, esse é Marcelo, o cara por quem estou descaradamente apaixonada".

— Um médico para nos visitar? Está mais do que convidado!

— Prazer, dona Francisca. A Piera falou muito do Lar. Foi impossível negar o convite para conhecer sua instituição.

— Minha, não! A Piera é mais dona desse lugar do que eu. Ela e o pai ajudaram nossa casa a se recuperar da falência e a reformar cada metro quadrado!

— Fizemos de todo o coração, dona Francisca. A senhora sabe que nós amamos essa casa.

— Bem, eu estou de saída. Vou buscar uma doação de roupas de cama, mas fiquem à vontade, os pequenos estão no restaurante, terminando o almoço. Acho que, quando eu voltar, vocês já deverão ter ido. Prazer em conhecê-lo, doutor! Um beijo, Piera.

— Bem, espero que esse lugar faça tanto bem para o Marcelo como faz para mim.

Dona Francisca se despediu e nós fomos caminhando em direção à casa principal. Fui rindo e pensando se Marcelo sobreviveria à bagunça que as crianças faziam.

Capítulo 10

O passado sempre volta

Mentiras repaginadas serão as mesmas mentiras de sempre.

Estar com aquelas crianças me trazia algo especial. Nos dias em que eu estava triste, me sentia melhor ao lado delas. Passei dias complicados ali, acompanhando a dor de algumas delas, ouvindo histórias inacreditáveis de maus-tratos e observando o desenrolar de experiências dramáticas e cruéis para crianças tão pequenas.

Eu dava aula de desenho para eles. Nossos momentos começavam no papel, passavam por desabafos e questionamentos — que nem sempre eu conseguia responder — e terminavam no fim de tarde: os alunos sentados juntos, a respiração quase em uníssono, tentando, cada um de nós, ser alguém melhor. Isso acalmava muito meus sentimentos.

A turminha, que tinha entre 9 e 10 anos, já estava me esperando. Dinguinho, um dos alunos mais carismáticos, veio logo me abraçar.

— Tia, é hoje que vamos terminar nosso trabalho?

— É, sim!

— Quem é esse moço? É seu namorado?

— Eu queria, mas ela não quer nada comigo. — Marcelo disse, apertando a mão de Dinguinho.

— Mas por que você não quer, tia? Você diz que não tem namorado!...

A simplicidade infantil é linda, né?

— Dinguinho, o Marcelo está brincando... — eu ri.

Marcelo me olhou.

— Não estou, não.

Ai, Deus! Meu coração disparou.

Dinguinho foi pegar sua pequena maquete e mostrar para Marcelo. Estávamos construindo uma pequena rua com casinhas, terrenos com hortas, praça, escola... Um mundo que as crianças queriam para elas. Marcelo logo estava envolvido com meus pequenos amigos e fiquei impressionada com sua rápida adaptação. Enquanto eu trazia o material com a ajuda de uma das meninas, Marcelo conversava com as crianças e se envolvia com suas preocupações para que nossa maquete ficasse linda. Não demorou muito e lá estava ele colando pequenas peças na calçada da casinha de um dos alunos.

Enquanto separava pequenas peças para criarmos a fachada de uma escola, o olhar de Marcelo e o meu se cruzaram. Ele sorriu, enquanto respondia para Aninha se preferia que a casa fosse verde-limão ou azul-bebê. Ficamos nos olhando, enquanto aquela bagunça boa nos contaminava. Marcelo estava sentado no meio dos meus amiguinhos, que eu adorava. Ele parecia completamente envolvido com aquelas crianças que eu amava, e isso fazia eu me sentir muito bem.

Nós nos sentamos para pensar com que peças poderíamos criar os postes da rua e outro grupo pintaria o asfalto e as calçadas. Algumas crianças menores estavam envolvidas com a criação de suas casinhas e, depois de muito falatório, a sala ficou mais silenciosa. Marcelo pintava a casinha da Aninha de azul-bebê. Achei engraçado, alguém que tinha um trabalho tão sério, estar ali, em Jacarepaguá, pintando uma casinha de azul-bebê.

Depois de quase uma hora entretido com as crianças, Marcelo se aproximou:

— Que turminha animada! Bem, eles estão abusando do meu talento para pintar casinhas. A Aninha está impressionada com o meu olho. Perguntou o que fiz para tê-los dessa cor.

— Eles impressionam mesmo, concordo com ela. Que bom que está gostando! Aqui reponho muito da minha energia.

— Você fica ainda mais bonita entre eles...

Olhei para ele e ficamos sérios de repente. Ficamos de mãos dadas, só para ficar de mãos dadas. Ele beijou minha mão, e eu pensei que queria um abraço. Dois alunos nos interromperam pedindo ajuda para terminar um banquinho de praça. Não sabiam se pintavam de cinza ou de verde. Fomos ajudar e, enquanto montávamos um dos bancos, pensei que tinha um lugar no Lar que Marcelo adoraria conhecer.

— Qual é? — ele perguntou.

— Bem, quando acabar aqui, vou levar você para ver a horta. Meu pai montou um roseiral, mas na verdade quero levar você em outro lugar.

Assim que a aula terminou, nos despedimos dos alunos e passamos na horta, que estava muito bem cuidada. Vimos o roseiral e o levei para o andar superior do Lar, onde as paredes tinham sido pintadas de um rosa ainda mais doce e os quadros traziam personagens na versão bebê. Fiz sinal de silêncio, colocando o dedo indicador na frente da boca. Marcelo entendeu. Colocamos um protetor sobre nossos tênis e um jaleco. Abri a porta e ali estavam os lindinhos bebês do Lar.

— Espero que você goste de bebês — eu disse.

— Quantos! — Ele se surpreendeu.

A sala tinha oito bebês muito pequenos, de 2 meses ou até menos. Todos estavam quietinhos e duas moças cuidavam deles. Todas as crianças do berçário tinham o mesmo passado: haviam sido abandonadas pela mãe, e a maioria não teve a chance de o pai saber de sua existência, ou também tinham sido abandonadas por eles.

Contei para Marcelo a história de alguns deles. Ao me ver, Luzia me abraçou e cumprimentou Marcelo. Diana, a outra responsável pelo berçário, estava trocando a fralda de um nenê e nos deu um "oi" a distância e silencioso.

Saímos da sala e descemos as escadas em silêncio, ainda imaginando estar incomodando.

Meu dia no Lar tinha terminado e confesso que nunca estivera tão distraída. É que Marcelo me tirava a razão, no melhor sentido da palavra.

Saindo de lá, fomos para um restaurante japonês, em Jacarepaguá mesmo, ótimo e com uma iluminação dessas bem aconchegantes. Pedimos um rodízio japa e ficamos vendo se nossos gostos combinavam. *Sushis*, *sashimis*, Marcelo adorava nirá e salmão *skin*, como eu. Eu estava feliz, e comemoramos ele ter conhecido o Lar comigo.

— Fiquei emocionado com aquele lugar. Obrigado por ter me levado lá, Piera.

— Convidei sem imaginar que você curtiria tanto. Aquelas crianças precisam tanto da gente! Quando você começa a fazer um trabalho social, descobre que o maior beneficiado é você mesmo.

Marcelo me lançou um olhar carinhoso.

— Você é muito bacana.

— Só acho que devo fazer algo por aquelas crianças — falei.

E continuei:

— Queria perguntar uma coisa... Estou pensando em não procurar minha mãe por uns dias. Sabe... Pra eu e ela podermos pensar... O que você acha?

— Pode ser, Piera. Volte lá quando se sentir melhor.

— Bom ouvir isso, Marcelo.

— Sua mãe demorou dezenove anos para voltar. Por mais que ela tenha problemas, entenderá que você precisa pensar.

— E também queria pedir uma coisa — continuei.

— Peça! — Marcelo respondeu.

— É que eu preciso de um pouco de paciência. Sabe, não sou uma idiota, mas não sei se posso mergulhar em nada apressadamente.

— Piera, se você está pedindo que eu tenha paciência em relação a nós dois, fique tranquila. Sei o que você passou, o que está passando e se só me quiser como seu amigo por enquanto, vou aceitar. Você tem um ótimo astral e me sinto bem ao seu lado.

— É que não sei se você está fazendo uma imagem perfeitinha de mim... Não sou assim, tô longe disso!

— Mas não achei isso! — ele falou. — Também estou longe da perfeição. Sou positivo, tenho caráter, sou sincero, justo, mas tenho defeitos. Uma vez li algo que dizia que o relacionamento perfeito é a gente amar as qualidades da pessoa e aceitar seus defeitos. Quando você não está pronto para conviver com as falhas de alguém, será mais difícil dar certo.

Nosso pedido chegou e nos deliciamos com um salmão muito bem fatiado.

O clima continuou agradável entre nós. Marcelo claramente colocando o pé no freio e não tentando nada. Achei muito fofo ele me entender. Eu sentia certa vergonha de parecer vulnerável, de parecer desconfortável com uma história bonita, capaz de me surpreender de uma maneira única. Tinha medo de acelerar e me decepcionar, então nada mais sensato do que lembrar que posso escolher entre colocar o pé no freio ou no acelerador.

Naquela noite, Marcelo me deixou em casa e tentamos não demorar nas despedidas no carro. Eu não podia ou, melhor, não queria que nos beijássemos ainda. Então, assim que o carro parou, coloquei a mão na porta.

— Muito obrigada, "doutor" Marcelo.

— Ainda bem que esse "doutor" não foi usado de verdade.

— Isso mesmo, não foi.

— Nosso dia foi muito bom, Piera. Fique bem.

— Adorei também.

— Espero você me ligar.

— Ligo, sim. E, quando quiser voltar ao Lar, as crianças vão amar sua presença. Quer dizer, não só as crianças.

— Posso dar um abraço em você?

— Claro!...

Ele estava perfumado. Respirei fundo perto do seu pescoço e ficamos parados. Só se movia o sangue em nossas veias. Pela décima vez eu pensava em beijá-lo. Tentei não me preocupar com algo tão bom e me desarmei por poucos segundos, até que me dei conta do que estava prestes a acontecer.

— Marcelo, você pode me prometer uma coisa?

— Posso.

— Não vai me beijar esta noite.

— Difícil, mas vou respeitar sua vontade.

Eu me soltei daquele abraço e ficamos nos olhando.

A iluminação da rua estava no rosto dele e pude ver seus olhos verdes-azuis incontestavelmente emocionantes e perfeitos, com traços internos que pareciam pintados a mão. Ficamos nos olhando, ele passou a mão no meu rosto, e tive a certeza de que nada mais seria ruim na minha vida. Beijei o rosto dele e dei um "tchau" meio inaudível. Desci do carro, respirei fundo e fui embora, emocionadíssima com aquele encontro.

Demorei a achar a chave de casa, ainda estava meio zonza.

Assim que entrei, a primeira visão foi assustadora. André — sim, André — estava sentado no sofá da sala, com a mesma cara lavada de antes, em uma espécie de volta ao passado, digna de gritos, como se fosse uma cena de filme de terror de muito mau gosto. Parecia um pesadelo. Imaginei que ele estaria para sempre longe, sem nenhuma possibilidade de volta e dei de cara com meu ex-noivo sentado relaxadamente no sofá da minha casa.

A primeira imagem se mostrava desencontrada e nada confortável na minha mente. Pra mim, era extremamente incômodo vê-lo sentado onde tantas vezes o vi me esperando, já que agora a cena surpreendia.

Alguém, por favor, pode me responder algo mais importante do que saber se o homem chegou ou não na Lua: por que eles sempre voltam? Seja em forma de mensagem, de recados entre amigos, de ligações telefônicas, de *e-mails* simpatiquinhos, ou ao vivo, como fazia meu "falecido" ex-noivo.

Pensei em chamar meu pai, como quem pede ajuda para matar uma barata. Péssimo... André estava com olhar de peixe morto, esperando a minha reação. Segurei-me para não jogar minha bolsa ou um porta-retratos na testa dele. Ah, ele merece! Mas aquele cara não tinha que saber mais nada de mim, muito menos dos meus sentimentos, da minha dor tatuada, da decepção... Ele merecia apenas um "oi" do tipo esmola, normalmente usado para alguém desinteressante e mau-caráter.

— Oi, Piera! Que bom que você chegou! Seu pai me deixou esperar aqui.

Meu pai realmente se mostrou um doce de pessoa, permitindo aquela espera. Depois de tudo o que meu ex havia feito, ele só abriu a porta e deixou o cafajeste entrar porque sabia que André era muito decidido. Mesmo recebendo um "não", ele me esperaria na rua.

— O que você quer?

Não estava sendo irônica. Realmente não tinha ideia do que meu ex-noivo tinha a me dizer ou a fazer ali. Só conseguia pensar na sua capacidade de me abandonar, sem mais nem menos, com a fala "Descobri que não amo mais você. De tarde volto aqui...".

O que aquele cara estava fazendo na sala da minha casa? Ele estava bem, um pouco acima do peso, e parecia ser o mesmo de antes, o mesmo namorado de tantos anos, o mesmo conhecido por minha família inteira, o mesmo que ia às festas dos meus amigos, meu acompanhante para ir ao cinema, tomar um suco, viajar... Meu relacionamento não tinha descobertas mais profundas além dos acontecimentos cotidianos.

Enquanto olhava para aquele cara de pau, concluí que, em seis anos, nós dois nunca havíamos olhado o mar juntos. Hoje acho isso tão estranho... Demonstrava o quanto éramos distantes um do outro...

— Eu ia ligar, mas achei melhor vir.

Ele estava muito seguro de si. Veio para quê? Com autorização de quem? Muito seguro ao achar que meu telefone continuava o mesmo.

— Mudei meu telefone...

— Eu sei. Na verdade, tentei ligar.

Ele continuava o mesmo mentiroso de sempre. A apatia tomou conta de mim e ele percebeu.

— Eu soube pela Gabi que sua mãe apareceu.

— É.

Por um segundo tive vontade de ligar para a Gabi e dizer poucas e boas. Só porque nossos pais trabalham juntos, e ela acabava sabendo da minha vida, isso não dava o direito de sair por aí tagarelando os acontecimentos dos meus dias, ainda mais para quem não merecia. Eu estava pagando o preço de termos amigos em comum.

Gabi não fazia parte do meu grupo de amigas, apesar da proximidade. Minhas amigas não gostavam dela. Achavam-na esnobe, arrogante, metida, falastrona, bem na linha Tácia — "tá se achando". Ter contado para o André sobre o retorno da minha mãe só comprovou sua mania de falar da vida alheia.

Olhei para André e seus olhos negros. Pensei em Marcelo e seus olhos verdes-azuis.

— Fico feliz do seu encontro com sua mãe. Você é uma garota especial. Ela deve ter orgulho de você.

— É. — Isso foi o que eu conseguia falar.

— Piera!

Ele pareceu tomar fôlego e senti certa tensão entre nós.

— Vim me desculpar. Queria ter vindo antes, mas não tive como. Preciso dizer umas coisas. Pô, lamento demais como tudo aconteceu, da forma que foi. Não agi direito com você. Hoje tomei coragem e vim pedir seu perdão.

Olhando André ali, lembrei-me de uma frase que meu pai dizia frequentemente: "Quem disse que, se não deu certo, deu efetivamente errado?".

Sempre vi o fim do meu namoro com André como uma das piores dores da minha vida. Mas agora era como se alguém tivesse arrumado meu quarto sem a minha autorização, trocado tudo de lugar, escondido objetos importantes. Estava tudo errado. Aquela cena não me pertencia, aquele mundo nada tinha a ver com o meu e não conseguia reconhecer minha vida ali naquele contexto. Aquele cara nada tinha daquele com quem eu namorara durante seis anos. Eu não queria ser a sofredora da situação, e o final infeliz não mais me pertencia.

Eu não merecia aquilo: meu ex-noivo parado na minha frente com cara de arrependido. Nossa história tinha acabado, por que ele estava ali com olhar de importante, achando que ainda tínhamos alguma coisa pra conversar?

Quantas vezes sonhei com André parado na sala da minha casa implorando meu perdão, falando da grande besteira que havia feito com nossa vida, ridiculamente tentando voltar ao passado, lamentando os momentos maravilhosos só nossos que jamais se repetiriam? E por que, quando o arrependido aparece, a cena não se encaixa mais, ou fica meio fora do tom? É sempre igual? O babaca sempre se arrepende? Eu me sentia uma figurinha repetida, mais uma a receber a visita de um ex, escutando as desculpas esfarrapadas sobre ele ter jogado a vida toda para o alto.

— Aquela garota sempre esteve por perto, Piera. Eu e ela tínhamos um resto de coisa para viver, mas que nada somava. Realmente só existia sexo e, acredite, sem importância.

— Resto de coisa? Você terminou nosso relacionamento por causa de um "resto de coisa"?

— Eu estava meio bêbado com a presença dela e juro que achei...

— Por que eu tenho que escutar isso, André? Depois de tudo? Você ficou um ano com aquela garota, se casou com outra, e agora eu preciso escutar sobre seus motivos de ter me deixado. Estou duas garotas atrás na história da sua vida. Você terminou comigo da mesma maneira que você dá "tchau" para um taxista.

— Eu não posso viver sem o seu perdão, Piera.

— Olha, durante muitos dias eu senti inveja de quem podia estar do seu lado. Lutei tanto por nós dois e, no fim das contas, não tive pontuação para ser escolhida por você. Fiquei durante meses virada do avesso.

Mastiguei na alma a sensação de ter ficado horas preparando um bolo de nozes com chocolate e depois de dois dias ele azedar sem ter sido sequer provado. Não me interessava mais por André. Não queria mais saber de seus pensamentos, seus problemas.

— Sua visita seria válida se... Se tivesse um motivo real para acontecer.

— Mas tem, Piera! Quero seu perdão. Você não pode agir dessa maneira tão distante!

— Ah, não?

— Piera, sou eu, o André!

— Ah, fala sério! Estão gravando essa cena e alguém está rindo de mim em algum lugar? É uma pegadinha? Cadê a câmera? Se for, infelizmente, não estou com tanto bom humor. Você terminou nosso namoro sem direito a conversa e agora quer o meu perdão? Agora eu tenho que receber você de braços abertos pra te perdoar?

A aliança de André brilhava na minha frente, como uma bomba a ser desarmada na porta de uma escola.

— Estou confuso. Não deveria ter terminado com você sem pensar melhor, mas aquela louca fez muita pressão e, você sabe, homem tem natureza leviana, a gente acaba indo!...

— Homem tem natureza leviana? Quem te disse isso? Sua mãe?

Não resisti a devolver o "carinho" da minha ex-sogra.

— Também não sei se gosto do meu casamento. Muitas vezes queria que fosse você naquela casa, na minha cama.

— Eu vomito agora ou daqui a pouco?

— É estranho, Piera! Eu te conheço demais, temos muita intimidade...

— Me tira disso, por favor! Não tenho nada com esse seu pensamento ridículo!

— Você faz parte da minha vida.

— Fazia. Um dia, no passado, *fiz* parte da sua vida.

Existem situações inacreditáveis. Momentos absurdos, vergonhosos, que não se conta para ninguém. Eu, naquela cena, perdida, sendo procurada pelo meu ex-namorado surtado, capaz de ainda me incluir em sua vida. Abuso de poder!

— Piera, você tá armada. Não custa entender meu lado, fiz uma burrada, tô arrependido!

— Uma burrada? Sua conta não tá meio errada, não? Que eu saiba, depois de mim houve duas mulheres. Pelo que me consta, você se casou. Ainda faço parte da sua vida? Não, não. Acho que não. Logo, foram duas burradas, duas, André, duas!

— Olha, estou aqui para pedir que você ainda faça parte da minha vida. Eu me casei no impulso. Ela é bacana, gosto dela, mas eu e você tivemos um envolvimento muito forte, você ainda está comigo.

— Ah, claro! Qual é a proposta? Viro sua amante?

— Piera, sinto sua falta...

— Não me interessa!

— Queria tanto que você me perdoasse...

— Então fala com Deus. Ele pode te perdoar...

Ficamos um tempo em silêncio.

Eu me sentia uma idiota. André parecia testar o meu limite. Os minutos pareciam uma novela terminada, com a palavra "fim" na tela, o casal principal se beijando e o diretor inventando de enfiar a vilã no meio do casal. Vamos começar todo o drama de novo? Eu ainda pensava no meu antigo relacionamento, mas não queria viver mais nada relacionado ao meu passado. André tinha zero semancol e estava tentando me convencer de algo de difícil compreensão. Queria meu perdão para quê? Senti-me oca e com vontade de sentar no sofá e desabar. Meu ex-noivo estava tentando me convencer a ser sua amante? Vontade de rir de um nervoso desorientado, que fugia da simpatia, queria gargalhar na cara dele.

Até que André disse:

— E então? Como a gente fica?

— Não. Você tá brincando, né? A gente não fica, André. Você quer meu perdão? Pede para Deus que ele absolve você, por mim também estará absolvido.

— Piera, pode não parecer, mas eu torço pela sua felicidade.

— Tá, André. Esse nosso encontro não vai dar em nada...

— Para mim já deu. Vi você, você me ouviu, pedi desculpas... Eu passei coisas que só eu sei, Piera...

— André, honestamente, eu não quero saber. Já falamos muito. Ou não falamos quase nada. Você me deixou sem mais nem menos dizendo "Descobri que não amo mais você. De tarde eu volto aqui". Até hoje eu não entendi o que quis dizer com "de tarde eu volto aqui". Você não voltou de tarde. Que frase imbecil foi aquela,

André? Você quis fazer como aqueles maridos cheios das esposas que vão comprar jornal na esquina e desaparecem?

— Pô, você decorou o que eu disse? Foi o que pensei na hora. Eu não sabia como agir, estava confuso demais.

— Você chegou aqui dizendo que estava confuso, quando a gente acabou também estava confuso. André, você é confuso. Não tenho mais nada para falar com você. Vai embora, por favor!

— Tudo bem. Você precisa pensar... A gente se fala depois.

Muito difícil entender. Primeiro André não me amava mais e de tarde voltaria. Agora estava tudo bem e a gente se falava depois. Eu não queria mais vê-lo. Queria distância daquela história, mesmo sendo parte da minha vida. Minha participação certamente tinha acabado naquela brincadeira.

Fragmentos de imagens do meu antigo relacionamento vieram à minha memória junto com a cerimônia de casamento.

Se fosse eu a noiva, será que estaria mais feliz que a real? André parecia muito seguro naquele casamento. Se a noiva fosse eu, ele teria o mesmo sorriso? Por que fiquei tanto tempo naquele relacionamento para ele casar com alguém que mal conhecia? Eu deveria ser convidada para aquela comemoração. Fazia parte daquele acontecimento, fui a ponte para aquele encontro. Todos os ex deveriam ser convidados no dia dos casamentos: "Vocês foram fundamentais para esse acontecimento". Antes de continuar com aquele devaneio idiota e vergonhoso, decidi que André não me faria mais sofrer.

— Pode ir embora, por favor, André? Quando você quis partir, não impedi você de ir, lembra? Agora queria que você fosse e não me pedisse mais nada. E bata a porta quando sair.

— Tudo bem, Piera! Tá bom! A gente se fala depois.

Ele repetiu a mesma frase. Dessa vez com a voz mais desafinada que o normal. E foi embora.

Sentada sozinha na sala, protegida pelo silêncio, entendi que a vida toda havia me humilhado para as pessoas. Doía concluir aquilo.

Humilhei-me esperando meu coração entender minhas solidões infantis. Humilhei-me para ser como alguns amigos queriam.

Humilhei-me para caras de uma maneira medíocre, para ser aceita, tentando me transformar no que achavam que eu deveria ser. Algumas vezes cheguei a ser quem nem sabia, porque as pessoas me queriam daquele jeito.

    Com André humilhei-me o bastante, esperando que ele gostasse o suficiente para toda uma vida. Humilhei-me para tê-lo por perto, quase sempre aceitando condições e questões em que sempre saía perdendo. Humilhei-me chegando a pensar que aceitaria André de volta. O mais dolorido foi adiar sonhos para que André pudesse alcançar meus pensamentos e agora ele tinha realizado os meus sonhos com outras mulheres.

    Ironia triste de esperar até que alguém se prepare para viver uma vida com você, mas essa vida acontecer com outra pessoa. Humilhei-me até além do limite que pudesse envolver humilhações. Mas agora não queria mais.

Capítulo 11

Primeiro beijo e um céu brilhante

Não sei explicar, mas o meu coração não será mais o mesmo.

Acordei cedo.

O encontro com Marcelo parecia um sonho. Meu reencontro com André, um pesadelo.

Resolvi olhar o mar e ficar parada vendo as ondas, enchendo meu coração com aquela sensação de que tudo está ou ficará bem.

Meu relógio marcava 10 horas da manhã de uma quarta-feira.

A praia da Barra estava silenciosa, o sol, bonito. Fiquei sentada próxima ao mar e respirei fundo. A água parecia uma grande tela com imagens da minha vida. André se casando, e eu assistindo de longe. Meu pai me contando sobre o retorno da minha mãe. Marcelo. Ai, ai, Marcelo!... Aquele olhar verde-azul-verde-azul, diferente de tudo... Minha mãe me falando tudo ao contrário do que eu esperava... As cenas da minha vida estavam mais revoltas, uma angústia tomou conta de mim e desabei, um choro descontrolado, mais forte que eu.

Por que tudo dera tão errado? André tinha que aprontar daquela maneira? O relacionamento com minha mãe não tinha um caminho mais fácil? As lágrimas desciam, uma atrás da outra, e a mágoa aumentava.

Quando achei que não ia suportar toda aquela dor, senti uma mão tocar meu ombro. Alguém tinha visto meu desespero e tinha vindo me ajudar... Talvez meu pai... O sol forte e as lágrimas embaçaram meus olhos e não me permitiram identificar quem era. Eu estava com uma péssima aparência, os cabelos arrepiados, o corpo torto. Senti vontade de me enterrar na areia. Mas Marcelo me estendeu a mão. Eu mal tinha força para ficar de pé!

— Moça Piera! Não quero ver você chorando...

Eu também não queria que ele me visse chorando. Pelos poucos encontros que tivemos, Marcelo tinha me visto chorar vezes demais. O que será que ele achava dessa chorona, filha da sua ex-paciente? Não tinha ideia. Angustiada, sentei-me de novo. Marcelo se sentou ao meu lado.

— Desculpa — eu falei.

— Não, não desculpo. Pode ir parando de pedir desculpas.

— Como você me encontrou aqui?

— Coincidência! Faço *kitesurf* aqui. Por que você está assim?

— Ah, Marcelo! Um monte de coisas! Detesto parecer frágil como um cristal em piso de mármore. Também não quero parecer a mais chorona do planeta...

— Você precisa ser forte para encarar as descobertas ao lado da sua mãe.

— Não é só a minha mãe...

— Você brigou com o seu pai, Piera?

— Não! A última vez que briguei com ele, eu tinha uns 5 anos e foi porque ele comprou uma lancheira verde e eu queria rosa.

— Que bom que vocês são tão amigos!

— Ele é meu melhor amigo, mas nem com ele tenho conseguido falar. Estou me sentindo muito fraca. Acho que fui fraca a vida toda. Lembra que contei que tive um noivo?

— Sim. Você falou. O que tem ele?

— Ele acabou nosso relacionamento, namorou outra, terminou com ela e se casou com outra.

— Bobo foi ele.

— Ele apareceu ontem em casa pedindo perdão, tentando continuar algo que sei lá o quê, já que é casado... Por que ele me procurou?

— Porque vocês acabaram, mas, de alguma forma, para ele, ainda existia algo a ser resolvido. Ele voltou para buscar um pedaço seu que ele ainda quer pra si. — Marcelo respondeu.

Essa sua sabedoria me surpreendia sempre. Em poucos minutos Marcelo me falou sobre a finitude do meu antigo relacionamento. Não tínhamos mais uma vida em comum e, quanto mais longe André estivesse, melhor. Para Marcelo a vida parecia fácil. Ou será que eu estava sendo muito dramática? Ou talvez estudar psiquiatria o ajudava a entender melhor os sentimentos humanos? No final das contas, será que é tudo fácil e nós complicamos?

— André foi egoísta mais uma vez. Só pensou nele.

— Certamente procurou você sem saber ao certo o que queria e aonde ia chegar com isso. Os seres humanos são egoístas mesmo.

— Ele está casado!... — lembrei.

— Ainda bem que não é com você! — Marcelo brincou e sorriu.

— Marcelo, como você consegue me fazer rir no meio de tantas lágrimas?

— É? Eu não sabia que tinha essa qualidade, nunca me disseram... — Ele se fez de modesto.

— Ah, mas imagino que você tem muitas outras qualidades que ainda não descobri...

— Olha, uma delas posso adiantar: eu beijo bem.

Ele me surpreendeu. Seu olhar era brilhante e percebi que ele me observava. Apesar de nossa proximidade, ainda não tínhamos nos beijado. Culpa minha! Tinha tentado adiar o envolvimento, sentia muito medo de sofrer.

— Ah, é? Então o doutor beija bem?

— É... Eu não queria falar assim diretamente, mas essa é uma das minhas melhores qualidades!

Ele aproximou seu rosto do meu e, de repente, aquele cenário antes melancólico ganhou brilho. Respiramos calados, seu rosto junto ao meu, o perfume perfeito, sua mão acariciou meu braço.

Enfim, eu tinha direito a ser feliz como qualquer outra garota... Minha beleza, minha alegria, minha vida dependiam do meu interior. Marcelo fazia eu me sentir bonita, alegre, leve. Ao pensar nisso, senti vergonha de ter me envolvido com pessoas como André; senti vergonha de acreditar que caras vazios poderiam me oferecer alguma felicidade.

Marcelo me abraçou, colocando a mão no meu cabelo delicadamente. Desisti de pensar e argumentar. Meu coração estava em silêncio. Respirei fundo e senti sua respiração acompanhando a minha. A imensidão da praia tinha ido embora. Parecíamos estar dentro de um cubículo energético que potencializava nossas sensações.

Então, senti seus lábios encostando nos meus...

Foi assim nosso primeiro beijo. Minha tristeza foi dominada pela felicidade de estar com alguém tão especial depois de uma fase amargurada.

Marcelo então me olhou com um sorriso lindo.

— Vamos viajar!

— Vamos? — perguntei, meio sem entender.

— Agora. Você vai pra sua casa, faz a mala, eu faço a minha e nós vamos pra Búzios. Falei para você, o meu pai tem uma casa lá!

— Como a gente nunca se encontrou por lá, né? — perguntei, com um sorriso tão intenso que ganhei de volta uma risada de Marcelo.

Estávamos falando rápido, e nosso coração estava acelerado, em festa.

— Olha, a gente pode ficar na minha casa, visitar sua tia Soraia e aproveitar até domingo.

— Minha tia Soraia não está lá... E, olha, quarta-feira quero encontrar de novo a minha mãe.

— Você vai... Prometo devolver você para sua mãe.

— Engraçado escutar isso. Ainda é estranho alguém falar algo relacionado a "minha mãe".

Não sei como explicar, mas eu continuava imensamente feliz e triste ao mesmo tempo.

— Moça Piera, não quero essa sua carinha de questionamentos, tá?

— Vou tentar. Prometo.

— Então, vamos. Você tem duas horas para fazer sua mala e me encontrar na portaria do seu prédio, ok?

— Isso é uma ordem?

— Claro! E ai de você se não me obedecer!

Marcelo levantou da areia rapidamente e foi me puxando pela mão, me dando pouco tempo para pensar.

Quando vi, estava animada fazendo minha mala e dando pulinhos no trajeto do banheiro até o quarto. Enquanto dobrava meus vestidos coloridos, constatei a cor da felicidade. Meu perfume preferido, duas bolsinhas menores para passear por Búzios, óculos, biquínis, camisetinhas leves, *shorts*, meu chinelo com um laço brilhante... Uma pequena grande mala estava pronta e parecia me olhar... Minha vida parecia me olhar.

Eu tinha meia hora para me arrumar, ficar bonita e reencontrar aquele sorriso que estava abalando minhas estruturas. Meu pai não estava em casa, então liguei para o escritório e escutei:

— O que você está fazendo ainda falando comigo nesse telefone? Vá ser feliz, minha filha! Só me mantenha informado.

— Pode deixar, pai. Te amo!

Quando Marcelo chegou, tive a certeza de que o beijo na praia não tinha sido um sonho. Ele estava ainda mais animado! Desci os degraus da portaria do meu prédio e recebi um beijo entusiasmado.

No carro, imediatamente o turbilhão começou. Estar ao lado de Marcelo, fosse na situação mais cotidiana possível, me parecia um encontro com as boas coisas de se admirar, como fala o refrão da música "Incondicional", de Guga Sabatie. Marcelo tinha uma alegria de viver que me alimentava de bons pensamentos. Conseguia ver as coisas pela melhor ótica, um banho em quem vive reclamando de tudo e é pessimista até no *réveillon*.

De repente, como se não bastasse tanto otimismo, Marcelo me disse:

— Sabe que passei quase a adolescência inteira como o excluído?

— Sério?

Como aquele cara tão especial tinha sido excluído alguma vez na vida? Ele exalava sensibilidade e...

— Com uns 14 anos, engordei e passei a ser conhecido como o gordinho da escola. Usava óculos e ainda por cima não tinha mãe. Costumava ser excluído do futebol, das festas...

— Bom, no caso das meninas, não ter mãe faz perder a referência. Mas meu pai foi um perfeito "pãe".

— Dá para notar...

Ele então mudou de assunto:

— Você deve ter sido uma adolescente bonita, Piera!

— Não mudei muito, não.

— Eu mudei horrores. Com 16 anos, enchi de ser o gordinho de óculos. Primeiro, comecei a nadar e operei os olhos. Aos 17 anos, já tinha mudado bastante, parecia outro garoto. Com 18 anos entrei na academia e nunca mais engordei. Ou seja, posso dizer que fui gordo durante dois anos. Sei que muita gente está acima do peso por descuido, preguiça e péssima alimentação. Mas nada disso pode permitir o preconceito idiota em relação a quem não está em forma.

— Você tem o corpo ótimo!

Bem, essa foi a maneira sutil de dizer a ele que tinha o corpo *absolutamente perfeito*. Olhei para ele, para sua bermuda e sua camiseta branca e o admirei, até que ele me olhou rindo e eu entreguei minha adoração por ele.

— O que sei é que foi bacana ter uma vida mais saudável. E outros amigos, porque acabei mudando de escola e comecei uma vida totalmente nova. Você outro dia disse que sou divertido, acho que quando a gente é gordinho aprende a ser divertido — é o que nos sobra. Hoje eu me cuido; além de malhar, pratico *kitesurf*.

— Imagino que muita gente deveria escutar sua história...

— Coloquei o povo para malhar lá na clínica...

Então ele começou a me contar como fez todos os profissionais que trabalham com ele deixarem de lado as desculpas e cuidarem do corpo. De repente, ele estava contando a história da médica que perdeu 15 quilos e eu ali, rindo, impressionada com sua alegria de viver.

Quando enfim chegamos, me dei conta de simplesmente não ter visto o tempo passar, as duas horas e poucos minutos do trajeto do Rio de Janeiro até Búzios pareciam ter durado alguns rápidos minutos.

A casa de Marcelo ficava na praia da Ferradura.

Tinha acabamento em madeira de lei, com estilo americano em uma cozinha branca e uma sala ampla. Tudo com cerca de quinhentos metros quadrados de ambiente cuidado e aconchegante. Havia também um bar de madeira tabaco e champanhe e um teto feito da mesma madeira. A sala de jantar possuía espaço para doze pessoas em cadeiras tabaco-escuro, com forração de linho branco e um quadro com moldura dourada e a pintura de uma mulher morena, cabelos em rabo de cavalo, lábios parecendo sorrir e olhos brilhantes. Parecia vestir uma roupa de cavalaria. Marcelo se aproximou e, com olhar fixo no quadro, falou:

— Essa mulher é a minha mãe. Linda, linda, né?

— Sim! Você parece com ela. O jeito de sorrir, o olhar...

— Queria ter tido tempo com ela...

Olhei para ele. Seus olhos admiravam a pintura da mãe e senti vontade de chorar, pensando por que filhos, assim como eu, são escolhidos para viver sem mãe. Abaixei a cabeça. Antes que começasse a chorar, resolvi falar sobre a decoração.

— Adorei esses lustres de cristal!

— Escolhas da minha mãe. Ela caprichava nos detalhes! Até hoje meu pai guarda as toalhas bordadas que ela fez para essa casa... Ela bordou "Nossa linda casa de praia" nas toalhas.

A casa tinha pisos diferentes, com vários restos de madeira organizados um ao lado do outro. Marcelo fez questão de explicar sobre aquela combinação de largas madeiras:

— Quando minha mãe recebeu esse terreno, aqui tinha uma casa de madeira. Ela decidiu colocar no chão da casa nova a madeira da antiga casa. Naquela época, com toda a sua modernidade, ela já pregava a sustentabilidade.

Na sala, dois sofás grandes, largos, na cor nude, e almofadas azul-escuras e creme. O teto tinha o pé direito alto, todo forrado de madeira, e havia uma enorme televisão pregada na parede, junto de alguns quadros que combinavam entre si. Um lado inteiro da porta de vidro e as cortinas brancas de tecido muito fino deixavam sutilmente à vista a paisagem lá fora.

Marcelo foi puxando as cortinas e me surpreendi: a piscina terminava quando a visão do mar começava. O local tinha churrasqueira, cadeiras viradas para a vista paradisíaca...

Fiquei pensando como de repente a vida da gente muda e nos damos conta de que nada do que tínhamos antes nos pertencia.

— Esta vista é uma das minhas grandes paixões, Piera. É bom dividir isso com você.

— Nossa! Que lugar bonito!

A casa, uma mansão, mas o que me emocionava ficava por conta da sensação de começo feliz. Meu companheiro pegou minha mão e ficamos um tempo em silêncio.

— Meu pai vem pouco aqui. Diz que tem muito da minha mãe. Ele casou de novo, a segunda mulher é francesa, então ele fica bastante tempo na França. A casa acabou ficando mais para mim.

— Imagino que sua mãe, onde quer que ela esteja, fica feliz ao ver você por aqui, cuidando para manter o lugar que ela montou com tanto carinho.

— Só trago aqui meus amigos e pessoas muito especiais.

— Obrigada pela consideração, doutor Marcelo!

— Eu tenho mais do que consideração por você, moça Piera.

Marcelo me puxou e me beijou. O silêncio nos invadiu mais uma vez e depois demos um forte abraço.

— Estou gostando muito de conhecer você — ele disse, fazendo um carinho no meu rosto.

— Quando eu ia imaginar que conheceria você em um momento tão triste para mim?

Comemoramos aquela tarde na piscina. Não foi fácil mergulhar com ele e deixar de lado a vergonha do meu corpo. Marcelo me olhou, fascinado, elogiou meu biquíni cinza com prata e me joguei na água, indo na direção dele. A tarde foi perfeita! Uma moça chamada Nalva nos levou suco de abacaxi e uma entradinha com azeitonas, queijo, presunto e pãezinhos.

— Mais tarde, vou te levar no Café Atlântico.

— Sabe que venho a Búzios há anos, mas não sou de jantar fora. É que venho com minhas amigas e a gente passa o dia na praia, na piscina e depois saímos para dançar.

— Então, hoje a senhorita vai jantar comigo!

— Vou amar estar em Búzios com você!

A noite também foi especial, fechando um daqueles dias que ficarão na memória para sempre. Marcelo foi imensamente cavalheiro. Assim que chegamos ao restaurante, localizado em um hotel, respirei fundo: a vista, lindíssima.

Marcelo entrou no local sorrindo e escolheu a mesa mais bem localizada. Foi bom observar a maneira amável com que ele tratava as pessoas. Já a de André me irritava. Ele usava um tom estranho para falar com os garçons, uma arrogância e uma sensação de poder irritantes.

O jantar foi digno de "querido diário". Começamos por uma salada de lagostins, queijo de cabra leve com menta, rúculas e *coulis*[1] de tangerina. Uma mistura perfeita! Depois, no meio de uma história engraçada que Marcelo contava, ele pediu uma tábua de frutos do mar com lagosta, camarões, lulas, polvo, peixe do dia com salada mista de folhas e legumes assados. Durante o jantar, acabamos caindo no tema relacionamento e sobre pessoas que namoram e reclamam mais do que namoram.

— Bem, Piera, penso que relacionamento não pode ser reclamação. O casal precisa conviver bem. Todo mundo tem defeitos. Então aceito coisas em você e você aceita coisas em mim.

— É. Relacionamento para dar certo tem mais de aceitação do que de reclamação.

Marcelo concordou comigo.

---

[1] Molho francês que pode ser doce ou picante, dependendo do que irá acompanhar. O termo também é utilizado para se referir aos ricos sucos que fluem de carnes enquanto estão sendo assadas. (N. E.)

— O Sobral e a Rita estão juntos há anos, e superfelizes! Acredito nisso. Muita gente diz que mar de rosas só acontece no começo, mas tenho amigos muito felizes com suas esposas, sem nenhuma vontade de voltar para a vida de solteiro.

— Você sente falta de ser casado?

— Hoje não mais. Superei. Gostei da garota, mas fui vendo que nossas diferenças nos deixavam infelizes. Aí não adianta... Ah, esqueci de elogiar seu vestido.

Marcelo mudou magicamente de assunto e fiquei com vergonha de estar vestida daquele jeito. Eu usava um vestidinho de flores, em tons de amarelo, branco e preto, estilo camiseta e com a parte dos quadris balonê, e uma sandália rasteira dourada, combinando com o vestido. No dedo, coloquei um maxianel, com uma enorme bola branca; meus brincos eram brancos também.

Deixamos o restaurante três horas depois. Admiramos o mar, comemos um *petit gateau* perfeito e gargalhamos com uma história boba de uma quase celebridade. Estávamos tão felizes que qualquer bobagem valia grandes risadas.

A noite estava linda para uma caminhada na rua das Pedras. Acabamos olhando vitrines de lojas, vendo artigos de decoração, falamos dos nossos gostos e cores preferidas. Marcelo comentou sobre seus anseios após a formatura, o projeto que começou a realizar, oferecendo atendimento na clínica para pessoas que não podiam pagar um tratamento e de repente o vi parar, apertar forte minha mão e observar uma mulher grávida. Ela, bonita, cabelos na nuca, bem lisinhos, loira, olhos escuros, um nariz e o rosto bem fininhos. Estava distraída tomando um sorvete e me pareceu que devia estar no sexto mês de gravidez.

Marcelo caminhou em sua direção, sem soltar minha mão, com um rosto sério, mas ao mesmo tempo normal, sem maiores tensões.

— Oi! — ele disse e ela virou, e fez cara de surpresa.

— Marcelo! O que você faz aqui?

— Ué, você esqueceu que eu tenho casa aqui?

— Claro, conheci Búzios por sua causa!

Imediatamente entendi: aquela mulher devia ser a ex de Marcelo.

Ai, por que os ex aparecem em horas tão impróprias? Marcelo não soltava minha mão e ficamos os três parados, a garota lambendo o sorvete com uma calma de tartaruga.

— Tudo bem com você?

Marcelo tentava aparentar naturalidade e foi aí que me lembrei de que a ex dele não podia e não queria ter filhos. Por isso, ele fazia questão de demonstrar uma normalidade, mas seu olhar parecia surpreso.

— Você está grávida!

É, ela era a tal que não podia e não queria engravidar. Fiquei chateada pelo Marcelo que, claramente, olhava aquela barriga sem entender.

— É, estou... — Ela deu uma pausa e pareceu pedir desculpas, dessa vez com justo motivo. — Aconteceu. Você sabe que nunca precisei me cuidar...

Antes que ela continuasse falando, resolvi me pronunciar:

— Oi! Tudo bem? Eu sou Piera e acho que estou demais na conversa. Marcelo, vou esperar você naquela loja de biquínis.

— Que é isso, Piera? De jeito nenhum! A gente já está indo embora. Eu e a Daniela somos amigos e só. Daniela, vou nessa. Tudo de bom para você!

— Obrigada. Estou esperando um menino.

— Parabéns! Tudo de bom mesmo!

— Vou embora amanhã.

— Bom retorno pra você!

Os dois deram um beijo no rosto e saímos andando. Eu no papel da terceira pessoa de um relacionamento inexistente. Marcelo segurava minha mão ainda mais forte. Demos alguns passos, e eu fingia estar distraída com as vitrines da rua das Pedras.

De repente Marcelo parou e se virou para mim:

— Piera, deixa eu te dizer uma coisa. Minha ex-mulher não tem mais importância para mim. Gostei muito dela, mas não a amei profundamente. A Daniela se mostrou uma mulher bacana, profissional, ela é um pouco mais velha que eu, então já é formada, ótima médica, mas no relacionamento tudo era complicado. Enrolado, sabe? Não sabia bem se queria estar comigo ou sair com as amigas, se ficaríamos juntos, se ela queria mesmo uma família, e discutíamos todos os dias. Encontrá-la aqui grávida é a prova de que nós não formávamos um casal.

— Marcelo, tudo bem. Sabe, acho que esse tipo de encontro é ruim. Quando encontrei meu ex, me senti mal também e só me refiz horas depois.

— Ela não foi legal comigo. Sei disso, ela também sabe e até você em minutos descobriu com facilidade.

— Olha, vamos voltar para sua casa, ficar olhando aquele mar e conversar, porque...

— Você tem razão. Vamos.

Assim fizemos. Depois do susto daquele encontro, a paz foi calmamente retornando.

Enquanto dirigiu até em casa, Marcelo tentou puxar conversa, mas não conseguia esconder o desconforto. Mesmo tentando, a gente tinha tido um baque e não tinha como fingir. O jantar maravilhoso tinha sido substituído pela imagem da tal Daniela grávida, lambendo um sorvete, com cara de sem graça.

Eu tinha o costume de imaginar as ex dos namorados sempre belas. Quando lembro por quem André me trocou, sei que, além de não ser bonita, aquela garota mostrava vulgaridade, com um olhar superficial que combinava com o jeito mole e fútil de falar. Daniela tinha classe, parecia bem educada, estava vestindo uma bermuda bege, uma camiseta vinho folgada e chinelo vinho também, carregava uma bolsa bonita e tinha um relógio grande dourado. Reparei que estava sem aliança. Marcelo deve ter reparado o mesmo. Mas ela não tinha brilho.

Chegamos em casa e apenas as luzes ao redor da piscina estavam acesas. Marcelo foi até o bar e abriu um sorriso:

— Quer água de coco?

— Adoro!

Ele trouxe dois cocos, e ficamos com os pés na água da piscina. Olhei para ele:

— Queria dizer que me sinto bem demais com você e não me senti insegura com a presença da sua ex nem estou com vontade de fugir.

— Ainda bem! Não faz sentido.

— Percebi logo que deveria ser a Daniela, pela fisionomia.

— Minha surpresa não foi encontrá-la, mas, sim, vê-la grávida. Ela nunca quis filhos. Você não tem ideia das coisas que ela dizia sobre ser mãe e ter filhos... Tenho uma dose de pena da criança. Tanta mulher quer ser mãe...

— Entendo...

— Mas não temos mais nada. Hoje a vi e senti uma distância que os anos de separados nos deram. A diferença é que a gravidez me surpreendeu. Além disso, conheci você e honestamente tudo tem sido mágico entre nós. Tocar sua pele, sentir seu cheiro, estar aqui e beijar você... Não podia ser outra pessoa do meu lado. Quando me separei, aproveitei a vida, viajei bastante, conheci pessoas, saí com amigos, bebi mais do que devia e curti a última solidão da minha vida. Pensei na possibilidade de depois disso conhecer alguém e aproveitar a vida com essa pessoa. Você chegou e agora está ao meu lado...

Naquele instante percebi que chegara a hora de parar com o jogo pé no freio. Pulei em cima dele, me sentando em seu colo, e os cocos voaram longe. Caímos juntos na piscina, rindo, beijando, e ele dizendo:

— Ainda bem que deixei minha carteira no bar. Arrumei uma namorada louca!

— Sou sua namorada?

— Bem, a vaga está vazia há dois anos... Você foi mais que aprovada ao cargo. O RH retornou suas observações com louvor de "contrate logo ou outra empresa pega".

— Sabe que meu RH disse a mesma coisa de você? Comentaram comigo que um gatinho médico tinha me olhado diferente na clínica, e você me fez sorrir.

— Moça, Piera! Que loucura boa é essa que estamos vivendo!? Você acabou com as minhas férias de solteiro em Las Vegas? Vou ter que mudar esse roteiro para Veneza!...

— Ué, vou para Las Vegas com você! E depois seguimos para Veneza!...

Marcelo me beijou e mergulhamos juntos, sorrindo embaixo d'água. Quando emergimos, Marcelo gritou:

— Las Vegas nos aguarde!

Depois da bagunça na piscina, confesso que fiquei com receio do que aconteceria. Sentia-me frágil demais e não sabia ao certo como me comportar. Tomei banho em uma das suítes da casa e Marcelo, no quarto dele. Caminhando pelo corredor, pensava no que dizer, palavras certas para não parecer arrogante... Antes que eu pudesse respirar fundo e bater na porta, Marcelo estava em pé na minha frente:

— Perfume bom.

— Obrigada! Nada melhor do que um banho depois da nossa festa na piscina.

Então Marcelo tocou no assunto.

— Piera, não quero que você se sinta constrangida. A gente está na nossa primeira viagem e eu jamais vou agir contra o seu desejo. Queria chamar você para ficar aqui no meu quarto, para dormir comigo, mas apenas dormir comigo. Quero as coisas no tempo certo. Não sou moleque, desses que querem usar uma garota.

— Bem direto você. Eu estava sem graça.

— Não precisa. A gente está junto e quero tudo especial para nós dois.

Eu não disse nada, apenas entrei no quarto. Estava usando um vestido, que, confesso, me pareceu melhor do que uma camisola sensual ou um pijama cafona. Por baixo eu vestia *shorts* de *lycra*. Tinha receio. Queria muito dormir abraçada com Marcelo, apenas dormir, sem ir além e acordar culpada.

Marcelo foi um príncipe. Respeito total, e uma noite ótima. Primeiro, ele abriu as cortinas e ficamos olhando o céu estrelado. Ele contou de momentos naquela casa, contou da infância com os primos, de como queria ser médico desde a adolescência e, de repente, me surpreendeu novamente:

— Piera, quero deixar muito claro o que aconteceu lá na rua das Pedras.

— Não estou mais pensando nisso.

Mas acho que, na verdade, estava.

— A Daniela é uma mulher do meu passado. E isso não tem como mudar. Não tenho como apagar os anos com ela e o que vivi, mas definitivamente está no passado.

— Você me disse. Fique tranquilo.

— Sabe, existem quatro leis da espiritualidade ensinadas na Índia. A primeira diz: "A pessoa que vem é a pessoa certa". É a certeza de que ninguém entra na nossa vida por acaso. Aprendemos e crescemos como ser humano uns com outros. A segunda lei: "Aconteceu a única coisa que poderia ter acontecido". Nada, absolutamente nada na nossa vida deveria ser de outra forma. Aquela ideia do "se" não funciona. Se eu fosse para a esquerda, teria acontecido diferente. Você foi para a direita e pronto. As coisas que acontecem com a gente são perfeitas mesmo em suas imperfeições. A terceira: "Toda vez que você iniciar é o momento certo". Tudo tem sua hora, não pode ser nem antes nem depois. E a quarta é: "Quando algo termina, ele termina". Simples, com os motivos certos e o momento exato. Evoluímos com os términos. Saímos ricos das experiências. A Daniela foi uma experiência, mas não é a história da minha vida.

Quando dei por mim, estava extasiada com a inteligência daquele homem e sua clareza para me explicar as coisas.

— Eu não consigo me ver em outro lugar que não seja aqui com você, Marcelo.

— Eu também não, mas quero que você confie em nós. Não vou mudar de ideia. Desde a primeira vez que te vi, gostei de você. Fiquei mexido de ver minha ex-mulher grávida por tudo que ela dizia, por não querer ter um filho, mas ela não ser mãe de um filho meu é um enorme favor que me fará.

— Acredito em você.

— E eu estou completamente apaixonado por você, Piera.

E foi assim que nossa noite acabou: ficamos juntinhos na cama, abraçados e muito felizes.

Falamos de nós, fizemos pequenos planos, com a certeza de que um dia faríamos grandes planos. Tive vontade de contar como estava encantada com seus olhos verdes-azuis, mas, quando pensei em dizer algo mais, Marcelo tinha dormido. Apaguei olhando para ele e tendo a certeza de que, apesar do pouco tempo, e sem saber explicar direito, já o amava.

Capítulo 12

Não posso com tantos sentimentos

A fraqueza domina e o desconhecido
se torna intenso.

No dia seguinte, acordamos com uma sensação de bem-estar e passamos o dia comemorando.

Primeiro ficamos na piscina até a hora do almoço. Depois, Marcelo me levou para um passeio de lancha. Fomos até as praias Azeda e Azedinha e vimos um lindo pôr do sol. Marcelo estava se mostrando um ótimo contador de histórias e sabia tudo sobre a cidade.

— A praia de João Fernandes recebeu o nome de um português que a usava para se defender dos ataques de corsários e índios.

— Búzios é uma das minhas cidades preferidas.

— Que bom, porque podemos vir para cá quantas vezes você quiser.

Gostaria de voltar a Búzios outras vezes com Marcelo. Só conseguia pensar em uma felicidade imensa...

Os dias passaram voando. Quando percebi, já estávamos na nossa última noite na cidade. Jantamos comida tailandesa no Sawasdee e, enquanto provava um prato de camarões refogados com *curry*, leite de coco, abacaxi, pimenta-verde, salpicado de coentro picado e alho torrado, observei Marcelo e o desejei mais que todos os dias.

Ele continuava me respeitando, e a cada dia estava mais carinhoso e totalmente confortável ao meu lado. Tínhamos nos encontrado de maneira única e decidi que queria ser dele. Apesar do pouco tempo, já tínhamos vivido muitos momentos especiais juntos.

Na volta do jantar, rimos muito. Disputamos quem contaria a pior piada. Eu ganhara, depois de contar uma piada ridícula sobre uma formiga.

Chegamos em casa.

Marcelo perguntou se eu gostava do músico Jason Mraz. Para melhorar, tínhamos o gosto musical parecido. Não demorou e Jason fazia um showzinho particular no telão para o casal mais feliz das paradas de sucesso. A tela imensa, um *show* de Jason Mraz praticamente ao vivo, e eu pensando como diria àquele homem que o queria naquela noite.

— Dance comigo, Piera... — ele me disse quando Jason Mraz e Colbie Caillat cantavam.

— Danço, sim, senhor doutor!...

Sorrimos. E dançamos.

Eu me sentia uma borboleta de asas coloridas, rodopiando com o cara mais lindo do planeta na sala de sua casa em Búzios. Marcelo ficou respirando próximo ao meu ouvido e meu corpo todo arrepiou.

— Quero você...

Sim, eu disse isso.

Ele respondeu:

— Eu também...

A romântica Veneza sentiria inveja.

— Quero agora e não quero mais adiar — eu falei.

— Mas não estamos adiando nada — ele argumentou.

— Eu estou. Mas agora não vou mais adiar meus sentimentos por você.

— Moça, não faça assim comigo que vou enlouquecer!...

— Enlouqueça comigo...

E nos abraçamos, apaixonados. Nossos corpos estavam cheios de emoção e estávamos muito certos de como aquele momento perfeito nos fazia bem.

Marcelo estava suando. Então tirou a camisa. Seu corpo era esguio, atlético... — eu o queria. Tirei minha sandália e soltei os cabelos. Ele ficou me olhando. Dançamos, nos olhando por um longo tempo. Jason Mraz começou a cantar "A beautiful mess".

Eu estava me entregando para Marcelo. Não sentia mais vergonha. Ele chegou bem devagar, parecia querer não me assustar. Pegou minha mão e nos beijamos. Começamos ali a dar os primeiros passos de nossa mais intensa aproximação. Sentir as mãos de Marcelo pelo meu corpo, em uma sintonia que nunca tinha experimentado em toda a minha vida, foi inesquecível!...

Os dias seguintes foram igualmente especiais. Retornamos para o Rio de Janeiro, prometendo voltar logo para Búzios, cheios de entusiasmo com tudo o que tínhamos descoberto em comum e com a proximidade que tínhamos agora. Marcelo passou a me procurar constantemente e saíamos para fazer programas deliciosos. Cada encontro era mais especial que o outro.

Um carimbo de paz parecia ter sido colocado diante de mim. Enfim, eu me sentia como gostaria: uma pessoa amada de maneira adulta e grandiosa. Ao lado de Marcelo, nada ficava pela metade.

Se alguém nos visse mesmo que de longe, sentiria nossa alegria, nosso sorriso e as frases que mal conseguíamos terminar, ansiosos para nos beijarmos.

Que bom descobrir que a vida podia ser diferente do que eu tinha vivido antes. Marcelo se mostrava um homem interessante. Fazia muito bem escutá-lo, apreender sua visão madura da vida, de observar o mundo. Ele mostrava inteligência no que dizia. Definitivamente não se encaixava no perfil de uma pessoa qualquer e combinava comigo.

Além do ser humano contagiante, o que me atraía cada dia mais, a segurança que ele transmitia me tornava ainda mais próxima.

Ele não fazia o gênero dos homens de olhar inseguro, mão perdida ou falas confusas. Marcelo não tinha medo do meu passado. Aliás, não estava muito preocupado com o que eu já tinha vivido. Além disso, nós tínhamos combinado que o passado devia ficar no passado. O meu médico preferido tinha um abraço forte, seguro, sabia o que queria, me beijava como jamais alguém tinha feito e um calor dançava ao redor de nós todo o tempo.

Com seu apoio, comecei a entender melhor minha mãe. Ela oscilava: alguns dias eram de sorrisos, outros, de choro. Marcelo me orientava como conviver com isso e como agir. Achei que estava me saindo bem e só ficava mais mexida nos dias em que ela vestia uma personagem agressiva e tentava me culpar por eu ter nascido. E eu amadurecia com todos aqueles momentos difíceis e me tornava mais experiente, tentando dia a dia amá-la e aceitá-la com seu jeito de ser.

Passei dias de borboleta naquele período, voando pelo paraíso, voando pelas flores, encontrando coisas boas, sentindo um perfume no ar, vendo o mar sem sentir medo e me sentindo imensamente graciosa.

Um dia, desses de visita ao Lar, Marcelo e eu jantaríamos fora após o meu trabalho voluntário. Minhas crianças agora sabiam que eu estava namorando o moço de olhos verdes-azuis.

Marcelo e eu tínhamos em comum a paixão pela gastronomia. Adorava comidas diferentes, paladares novos, e ele também se divertia, descobrindo algo diferente para saborear. Nesse dia, quando desci, Marcelo estava mais sério que o normal. Sorri. Ele permaneceu sério. Senti imediatamente que algo importante acontecera.

— Oi! Tudo bem? Você está tão sério!...
— Podemos conversar?

Marcelo carregava um pacote grande. Eu não tinha ideia do que era.

— Claro!
— Seu pai está lá em cima?
— Sim, está! Aconteceu alguma coisa?

— Podemos subir?

— Podemos!

Fomos calados no elevador. Eu me lembrei de André entrando no meu quarto e dizendo: "Descobri que não amo mais você. De tarde eu volto aqui...". Talvez Marcelo não quisesse mais nada comigo. Só não entendi porque diria que tínhamos terminado diante do meu pai. Imagina a cena ridícula: *"Descobri que não gosto mais da sua filha. Amanhã de manhã eu volto aqui"*.

Ai, não! *Revival* da pior cena da minha vida não daria para encarar. Não queria viver o dia da marmota como no filme *Feitiço do tempo*, um dos preferidos do meu pai.

Tentei controlar meu estado de tensão. Senti-me um pouco mais tranquila quando Marcelo segurou minha mão. Estava entendendo errado ou ele queria acabar nossa história como amigo. Será? Será que tinha conhecido alguém? Ele teria descoberto incompatibilidades entre nós impossíveis para vivermos juntos? Teria voltado para Daniela por pena? Poderia ser meu destino um novo abandono simbólico? Será que...? Será qual? Será quando? Será como?

Ao entrar na sala, prometi a mim mesma que não choraria. Meu pai apertou a mão de Marcelo e nos olhou com cara de quem não estava entendendo nada.

— Bem, o senhor me desculpe por vir aqui. Nós íamos sair, mas aconteceu um imprevisto.

Imprevisto. Descobrir que não me amava, enquanto tomava banho, é um imprevisto?

— Em que nós podemos ajudar você, Marcelo? — meu pai perguntou.

Eu estava atordoada, sem saber o que ele iria dizer.

— A senhora Cecília deixou nossa clínica hoje. Ela decidiu abandonar o tratamento.

Eu estava de pé, mas então me sentei. Minha mãe tinha ido embora da Clínica Conteúdo por decisão própria, contrariando a equipe médica, decidindo abandonar o tratamento e retornar a São Paulo sem falar comigo?

— Mas ela não estava melhor? — perguntei.

— Então! Estava. Dentro do que nós conseguimos, tivemos avanços positivos. Ela tem consciência da doença e por isso não aceita muitos conselhos. Passou a vomitar a medicação, se recusou a participar da terapia e decidiu por conta própria abandonar o tratamento. Pediu um carro de madrugada. O advogado dela e a amiga Ilma vieram de São Paulo para acompanhá-la, e ela foi embora.

Ficamos em silêncio. Meu pai e Marcelo sabiam o quanto seria duro para mim ser abandonada pela segunda vez. Apesar disso, não senti vontade de chorar. Afundei meu corpo no sofá. Sentia-me menor que um botão de roupa de criança... Sorri, tremendamente sem graça...

— Não se culpe, filha! Você é uma pessoa maravilhosa! Sua mãe teve problemas a vida toda...

— Claro, Piera... Você não atrapalhou em nada!...

— No nosso último encontro, ela comentou que estava entediada e que nós nunca seríamos amigas...

— Minha filha, quem perde é ela!... Você tem sido uma filha maravilhosa!

— Ela deixou esse pacote junto com essa carta e pediu para entregar a você, Piera.

Marcelo me entregou um envelope e um pacote redondo. Dentro dele havia uma caixa de madeira redonda, com jeito de antiga, com uma enorme borboleta no alto. A caixa era muito bonita.

Meu último encontro com minha mãe, embora não soubesse, fora um adeus. Ela sabia que seria nossa despedida e talvez por isso me olhou mais do que o costume, e sorriu como poucas vezes. Vi aquelas atitudes como uma melhora. Imaginei que tudo estava se acertando e nossa ligação, eu pensava, estava mais próxima.

Agora eu estava ali com aquela caixa e uma carta num envelope verde-água. Fiquei passando os dedos no papel, tentando imaginar os pensamentos da minha mãe para agir daquela forma.

Piera,

Escrevo esta carta com meus mais sinceros sentimentos, esperando sua compreensão. A decisão de partir foi lenta, mas com a intenção de nos libertar. Você e eu não sabemos lidar com tudo isso. É demais para mim e também para você.

Quando fui mãe, tomei um susto. Seu pai queria muito um filho, me cobrava constantemente. Em determinado momento, achei bom para nós, mas evitava, escondido, com medo do futuro. Engravidei. Engravidei surpreendentemente. As mães parecem se apaixonar pela sua barriga imediatamente, mas me achei feia, gorda, com pés deformados, sem-graça e estranha. No período da gravidez, eu e seu pai nos distanciamos definitivamente. Não queria mais ser mulher dele. Depois, passei a não querer mais nada que envolvia minha vida. Decidi abandonar vocês enquanto tinha alguma sanidade.

Meus pensamentos nunca me deixaram em paz. Depois de deixar você, passei a conviver com o fantasma de ter abandonado minha família e agido de maneira tão torpe. O que imaginei ser minha libertação passou a ser a eterna sensação de vazio interior. Eu queria vocês, apesar de não querer. Sonhava com a família perfeita, mesmo sendo a pior mãe do mundo. Vivi anos ao lado do meu segundo marido, desejando paralelamente uma vida imaginária com vocês. Engravidei novamente, fui castigada pela morte do bebê e passei anos chorando a morte de uma filha viva e de um filho morto.

Anos depois, decidi voltar, achei que seria fácil encarar seus olhos, suas expectativas e sua espera pela mãe perfeita. Estou longe disso.

Hoje, posso dizer que não consigo sobreviver aos nossos encontros, porque sei que não correspondi às suas necessidades e aos seus desejos de menina e de mulher... Você, que tanto precisou de mim. Mesmo seu olhar de felicidade por estar ao meu lado me deixa triste. Passei a ter dias inteiros pensando no nosso futuro. Para onde vamos se não tivemos um passado?

Sua bisavó, minha avó, me entregou uma caixa de borboleta como esta quando eu tinha 15 anos. Ficaram marcadas na minha memória suas palavras: "Borboletas precisam sonhar e se reinventar". Deixo *para você minha herança mais amorosa, com cartas, papéis íntimos de reflexões, pensamentos secretos que escrevi ao longo de todos esses anos... Muitos detalhes do amor difícil de expressar ao vivo, com você me olhando e esperando tanto. Aí estão meus bilhetes, minhas pequenas cartas, as anotações da minha vida, os dias em que minha mente queria escrever para quem sempre amei, minha filha.*

Espero que possa conhecer mais da sua mãe nesses pequenos pedaços de papéis. É a herança mais especial que posso lhe deixar. Não posso me esquecer de lembrar de sua herança financeira, o seu dinheiro, ele é seu de direito. Fico feliz de deixá-la confortável, sem dificuldades financeiras, para realizar sonhos e se reinventar como uma borboleta. Viaje o mundo, conheça pessoas, procure aproveitar a vida, viva o grande amor! Meu diário de viagem também está nesta caixa. Viajei por lugares diversos ao lado do Rubens e constantemente me lembrava de você nas cidades que visitei. Revisite esses locais e sinta o ar de cada país. É impressionante como são diversificados os perfumes do mundo! Nenhuma cidade tem o cheiro da outra!

Também quero deixar minha mensagem de amor ao mundo. Ame-o! Os deuses nos deram o planeta para amá-lo intensamente, valorizando cada pequeno pedaço de espaço e, ao contrário de mim, consiga amar seu mundo interior.

Estou voltando para São Paulo para tentar retomar o resto de vida que deixei por lá. Melhor para nós duas. Você e seu pai formam uma bela família. Fica minha admiração por tudo que vocês construíram. Não errei ao deixá-los juntos.

Na caixa também há informações sobre a admirável Santa Filomena. Não sei se a conhece, mas ela me acalmou em muitas noites e virou uma espécie de confidente em momentos tão desorientados do cotidiano.

Filomena nasceu em uma cidade-estado da Grécia. De família nobre, foi prometida para o imperador Diocleciano em troca da pacificação de confrontos políticos. Mulher bonita, ela encantou o imperador, mas não queria se casar. Foi levada ao cárcere e flagelada secretamente. Conseguiu a cura, aumentando a fúria do imperador, que ordenou que a lançassem ao rio Tibre com uma âncora amarrada no pescoço. A correnteza a levou até a margem. Recebeu flechadas no corpo, foi levada ao cárcere novamente e estava sadia, com o corpo sem marcas.

Diocleciano decidiu cruzar novas flechas no corpo da jovem, dessa vez sem chamas. As flechas voltaram contra os arqueiros.

Filomena foi decapitada por ordem do imperador.

Na caixa que te deixo tem um pequeno vidro com o óleo de Santa Filomena que é benzido apenas no dia 10 de agosto no santuário Santa Filomena, na Itália.

Pauline-Marie Jaricot (1799-1862) foi fundamental para a devoção de Santa Filomena. Com uma séria enfermidade cardíaca, desenganada pelos médicos, saiu em peregrinação a Mugnano Del Cardinale para rezar junto dos restos mortais de Filomena. Procurou o Papa Gregório XVI pedindo a canonização, caso ela voltasse curada. O pontífice concordou, convencido de que dava apenas uma consolação e uma última esperança para uma moribunda. Pauline-Marie Jaricot foi milagrosamente curada.

Como você vê, a história de Santa Filomena é lindíssima! Espero que ela possa acabar com qualquer dor no seu coração e que você possa me perdoar. Não estou deixando de ser sua mãe. Apenas terei laços maternos a distância, de longe... Na caixa há muitas fotos que tirei especialmente para você.

Breve estarei melhor e poderemos nos encontrar. Ficarei imensamente feliz! Vamos juntas tomar um café, como duas amigas que serão queridas e especiais uma para a outra...

Tenho certeza de que nunca lhe disse "Claro que te amo, minha filha".

Estava emocionada com tudo aquilo... Todas aquelas informações... Estava também imensamente confusa com tanto amor e tanto desprezo. Meu pai e Marcelo esperavam minha reação de olhos bem abertos. Olhei ao longe, meus olhos tinham lágrimas... Sorri aos prantos e soltei um suspiro.

Guardei a folha de papel no envelope, olhei para os dois e dei uma risada nervosa. Estava muito emocionada. Já tinha me libertado da expectativa de ser a filha esperada da mãe inesperada. De longe, ser filha daquela mãe parecia mais fácil.

— Tudo bem, Piera? — Marcelo queria alguma palavra minha.

— Ela foi embora. Mas ficou comigo de alguma forma.

— Vai ficar tudo bem, minha filha. Nós estamos com você. Olhe para nós, dois moços que adoram você.

— Eu sei, pai. Minha mãe me deixou esta caixa. Tem muito dela aqui. Ela quer que eu leia suas cartas e bilhetes... Quer que eu, lendo, saiba o que ela não teve coragem de me dizer.

— Tudo vai se acertar. Sinto muito trazer essa notícia. A gente não está feliz com a decisão da sua mãe, mas vocês estavam muito pressionadas.

— Sei. Não era mesmo uma situação confortável. Ela tentou, eu também. Nossa realidade é essa. Aceito e ponto final.

— Filha, vou me deitar. Marcelo, você pode cuidar da minha filha? Vou tentar descansar. Tive um dia cheio, com duas reuniões longas...

Estava clara a emoção do meu pai e sua saída estratégica para não curtir o sofrimento mais uma vez. Ou ao menos mais um desapontamento...

— Claro! Fico com ela, sim.

Meu pai saiu da sala e eu senti meu corpo desabando um pouco mais. Não queria a preocupação dele e contive ao máximo minha emoção, enquanto ele me olhava.

— Eu sabia. Você não levou tão bem a situação como inicialmente pareceu.

— Estou bem. O melhor aconteceu. Vamos poder nos encontrar sem o peso de ser mãe e filha. Ela não pode me amar como eu gostaria.

— Quero estar do seu lado, Piera, e ajudar naquilo que puder...

— Não sou capaz de ser alguém especial para você hoje, Marcelo.

— Como não? Você já é especial para mim. Isso não muda nada!

— Estou chateada... Decepcionada... Acreditei demais nisso. Não sei se consigo lidar com outro abandono.

— Como assim? Que abandono?

— O seu. Quando se encher de mim, cansar dos nossos encontros perfeitos...

— Que conversa é essa, moça Piera? Não vou deixar você!

— Sabe, sempre tive que lidar com abandonos, mas estou cansada. Acho que, se ficar sozinha, não vou precisar me defender por ser deixada quando se cansam de mim.

— Piera, a gente pode e deve superar isso juntos!

— Estou me sentindo como uma louca. Você, o médico da louca, e o peso da minha família em cima da gente. Imagina que coisa estranha, meu namorado vem me dizer que a minha mãe decidiu mais uma vez não ser minha mãe...

— Mas isso não tem nada de mais! Vim exatamente porque sou seu namorado. Amo você e quero ser feliz ao seu lado, mas espero que você encontre a sua alegria de viver dividindo comigo seus momentos ruins também...

— Mas não posso, Marcelo. E quando você se cansar?

— Já disse que não vou cansar de você. Nós dois juntos será maravilhoso! Estou muito feliz com você! Isso é medo, mas estou do seu lado, para que se sinta melhor...

— Desculpa! Desculpa! Desculpa! Não consigo... Não posso ser sua namorada. Preciso seguir minha vida e um dia me sentir melhor para recomeçar direito.

— Mas a gente já está recomeçando uma vida direita!

— Não quero mais... Não sei como fazer alguém feliz.

— Não acredito que você está falando isso, Piera! Nunca fui tão feliz! E os sonhos contados um para o outro? Acha fácil ter um encontro assim? Acha que vai ser feliz com outra pessoa dessa maneira?

— Não quero pensar nisso agora, Marcelo.

— Eu me apaixonei de verdade. Quero que a gente fique juntos, não faz sentido terminar... Não tem motivo para isso! A ida da sua mãe nada tem a ver com a gente!

— Para mim tem. Talvez eu tivesse precisado dar mais atenção para ela, ter pensado menos em nós dois, no nosso relacionamento...

Estava começando um namoro quando a minha mãe apareceu depois de dezenove anos...

— Você está querendo se culpar mais uma vez por atitudes que não são suas? Nosso namoro foi a melhor coisa que aconteceu, Piera! Tanto para mim como para você. Por que essa fuga de nós dois? Lembra quando você falou como estava feliz e falou da sua vontade de viver um amor sem reservas, sem medo? É isso que estamos vivendo!...

— Marcelo, eu não consigo...

— Vamos enfrentar isso juntos! Eu quis você desde o primeiro momento em que te vi. Quem disse que porque sua mãe foi embora você não tem direito à felicidade? Você está se boicotando!...

— Marcelo, por favor, vai embora!... Acabou! Nosso namoro acabou!...

— Mas nosso amor não acabou!... Se você teve que enfrentar abandonos a vida inteira, eu a vida toda tive que conviver com mulheres que fugiam da felicidade...

Ele me olhou de maneira triste e intensa. Poderia ser tarde demais para voltar atrás. Não disse mais nenhuma palavra. Pegou a chave do carro e saiu.

Fiquei no sofá, como se tivesse tomado uma facada. Pronto. Agora eu voltava a ser a mesma idiota sozinha de sempre. Percebi não ter mais fé em nada, e esse é o pior estado de um ser humano: quando ele não tem fé.

E foi assim, anestesiada, que revi o papel com as informações sobre Santa Filomena e abri a caixa de borboleta. A sensação era de que minha mãe tinha me entregado sua vida em uma caixa. E eu, enfim, me tornara uma borboleta sem asas.

Capítulo 13

Um horror pior

Ah, não fique preocupada, o pior ainda vai acontecer...

Amor sem ser correspondido é amor? Amar sozinho não aquece, não produz poesia — ou produz poesia em papel, mas não na vida! Não faz bem para a alma...

Foi em bobagens desse tipo que passei a pensar depois da chegada da caixa de borboleta e da saída de Marcelo da minha vida.

Eu me sentia solteira de maneira estranha, e a solidão doía como nunca!... Tinha vontade de chorar até amanhecer por noites e noites seguidas. E me lembrava de um amigo querido que um dia me dissera sobre a dor de recomeçar a vida sozinho: "Penso nela todo dia... Todo dia corto os fios de ouro de sete anos e meio".

Lembro que eu disse a ele que, segundo li em algum lugar, cada ano de namoro demora um mês para você esquecer e a metade do tempo que o namoro durou para ele deixar de ser importante. No caso do meu amigo, três anos e poucos meses. Depois que disse isso, meu amigo respondeu: "Terminei em dezembro, tenho que ser exceção nessa porcaria". Só consegui dizer: "Desculpa dizer isso". Eu e meus eternos pedidos de desculpa.

Meu mergulho na tristeza podia ser visto por qualquer um e também achei hipocrisia esconder do meu pai o que quer que fosse. Também achava que no meu caso a dor do fim doeria mais do que o tempo calculado por especialistas.

Meu pai sabia como tinha sido difícil a partida da minha mãe e tentou entender o final do meu namoro com perguntas objetivas sobre motivos, frases ditas e o comportamento de Marcelo. Quando contei os detalhes sobre o fim do namoro, recebi um olhar instantâneo de desaprovação. Expliquei as atitudes dele, a maneira sensível e correta como me tratou, o que deixou meu pai ainda mais confuso.

Mesmo querendo opinar de maneira mais incisiva, ele continuava sem cobrar minha presença no escritório ou me jogar na cara questionamentos doídos de enfrentar. Meus compromissos com o cotidiano deixaram de existir. Passei a dormir mais tarde, caindo na cama quando amanhecia. Foram dias e mais dias de vampiro. Não queria ver o sol, não tinha vontade de me levantar da cama.

Por que a combinação do abandono com a solidão tem um efeito tão devastador na alma da gente?

Três semanas se passaram, sem notícias relevantes. Minha mãe não entrou em contato; André, para o meu alívio, sumiu; Marcelo, para minha tristeza, atendeu meu pedido e deu como terminado nosso namoro.

Sentia uma falta enorme dele. O medo foi maior e eu idiotamente mandei embora o cara querido que me fez feliz como eu nem sabia direito ser possível.

Ao lado de Marcelo passei noites especiais, com jantares divertidos, gargalhadas sinceras, a mão dele repousando na minha perna enquanto dirigia, olhando a lua em busca de suas belezas, conhecendo o poder dos beijos mais envolventes, com a fúria misturada à docilidade.

Marcelo andava de mãos dadas comigo, seguro de si, confiante. Era óbvio como ele era maravilhoso! Eu tinha tirado a sorte grande... Nós nos gostávamos muito... Agora tudo tinha se tornado noites de choro sobre o travesseiro. Tá bom, visto o figurino de bocó. Entre um fim de semana em Fernando de Noronha, escolhi nadar em rio poluído. Meu pai me sacudira quanto ao fim da nossa história de amor:

— Detesto essa sua mania de fugir, de não encarar os problemas ou as soluções. Adianta desaparecer? Desligar o telefone? Mudar de país? E o pior de tudo é mentir para si mesma, senhorita Piera. Você sabe que sou seu pai, estou do seu lado para o que der e vier, mas terminar com quem está apaixonado, sem ele ter feito nada de errado, é fuga! Volto a dizer: você quer fugir para não viver um amor, porque acha que não vai aguentar uma nova dor? Ser infeliz às vezes é cômodo, filha! O amor forte é como um gigante parado na nossa frente, quando temos o tamanho de uma formiga. Eu assumi sua criação, fiz tudo para te dar do melhor, e, agora, no auge da sua luta, você se mostra uma mulher fraca?

— Você quer o quê, pai? Que eu telefone para o Marcelo? Que procure minha mãe de novo?

Pensei também em perguntar a meu pai sobre a opção "ser amante do André", mas ele não merecia uma pergunta tão grosseira.

— Nunca lhe disse que viver ia ser fácil. Algumas pessoas têm mais facilidades que outras, e a vida segue sem maiores desafios. Você não passou fome, nunca foi pobre, mas tem que saber resolver o liquidificador de sentimentos que bombardeia seus pensamentos! Não existe mais tempo para adiar suas respostas, Piera. Seja precisa nas decisões. Ou você quer as coisas, ou não quer!

— Devo ter herdado isso da minha mãe.

— Então, mude! Sua mãe não é feliz! O exemplo está diante dos seus olhos. Assuma suas vontades! Você não vai poder ficar morando embaixo dessa coberta, com ar-condicionado ligado.

— Prometo que vou tentar, pai. Desculpa!

— Não peça desculpas, Piera! A gente não vem para o planeta Terra apenas para ficar pedindo desculpas. Tenho medo de um dia você precisar pedir desculpa para si mesma...

Alguma dúvida sobre a razão do meu pai? Mesmo assim, me sentia travada, sem vontade de reagir. Eu tinha implorado a vida toda pela presença da minha mãe. Esperei André me ver como eu merecia para termos nossa vida para sempre. Depois vivi a solidão, assumi nunca ter sido amada verdadeiramente e desejei no fundo de mim conhecer alguém para ser feliz além do que imaginei. Conheci Marcelo e vivi a melhor fase da minha vida.

Queria muito me desculpar com o médico mais lindo de todos. O hábito de me desculpar não me abandonava. Mas, dessa vez, realmente estava devendo a ele desculpas. Não tinha cara de ligar, mesmo que fosse para lamentar imensamente minha atitude e decisão. Cheguei a pegar o celular e depois enfiei o aparelho com vontade embaixo do travesseiro.

Durante esse período, me lembrei da frase de um amigo, quando tínhamos que ir para o estágio enquanto alguns amigos nossos iam para a praia: "Alguém tem que chorar".

Minhas amigas estavam felizes, bem acompanhadas.

Renata conheceu o Douglas, o cara dos seus sonhos, e estava muito feliz, viajando e torrando o dinheiro que ganhava como advogada. Douglas continuava falador e ainda por cima falando muito acelerado. Contava uma história e algumas vezes falava tão rápido que não entendíamos o que queria dizer, porque perdíamos algumas de suas frases. No final, gargalhada geral.

Drê, a minha amiga mais romântica, começou um namoro calmo, feliz e cheio de planos. Marcelo adorava quando saíamos com a Drê e o Cláudio para jantar fora. Depois de quebrar a cabeça com quem não prestava, essa minha amiga agora namorava alguém pra valer. Estava com um sorriso nos lábios e várias histórias para contar, passeios, encontros... O relacionamento causara um efeito *kamikaze* ao contrário. Drê se viu simplesmente apaixonada pela vida, encantada com sua nova rotina e muito feliz de frequentar a casa da família de Cláudio. Estava adorando aquela situação íntima de conhecer os sogros e passar o domingo acompanhada...

Agora, eu estava solteira de novo, teria então que ser a solitária da minha turma. Minhas amigas tiveram a mesma reação quando contei do fim do meu namoro com o Marcelo: boquiabertas e decepcionadas. Em uníssono, a pergunta: "Você está bem?". Sim, estava ótima, e o término com Marcelo fora a decisão certa, não tínhamos sido feitos um para o outro. Eu logo ficaria bem e ponto final. Naquele momento, mentia para minhas amigas, quase em uma tentativa de convencer a mim mesma. Mas não foi assim que aconteceu...

Um dia, fui ao shopping almoçar com a Renata. Ela tinha acabado de voltar de Machu Picchu e estava mais feliz do que Paris Hilton em Las Vegas. O lugar a encantara e a companhia era ótima. Ela trazia a máquina cheia de fotos inacreditáveis, falava das suas caminhadas espirituais com o Douglas e os primeiros passos no mundo tântrico.

Enquanto eu via as fotos, meu celular tocou. Meu coração disparou, Marcelo chamava. Estava morrendo de saudade daquela voz. Renata compreendeu imediatamente a questão, e gesticulava sem parar dizendo bem baixinho: "Diz que está com saudade!". Só de escutar o "oi" do outro lado da linha lembrei-me do perfume, do sorriso e do olhar marcante do meu ex-namorado.

— Tô bem e você? — respondi, desejando que aquela ligação durasse para sempre.

— Tô bem. Hoje fui na praia praticar *kitesurf* e lembrei de quando a gente se encontrou lá pela primeira vez. Quero saber se está tudo bem com você.

Marcelo falava e eu ficava me perguntando "o quanto" ele estaria bem. Lembrei do que escutei certa vez em uma roda de amigos: "Homem se recupera rápido demais, porque não pensa tanto quanto mulher".

Ele parecia bem, pelo menos melhor do que eu. Meu coração queria sair pela boca e cair no chão até que existisse um resto de vida e depois não existisse nada. Ainda existia muito. Queria falar da saudade, pedir um reencontro, lamentar nossa ausência um do outro. Só consegui respirar fundo e morder o canto da boca.

— Estou bem — respondi, vendo Renata mexer as mãos, os braços e o corpo, tentando algum retorno meu. — Eu estou ficando bem.

Consegui ler nos lábios da minha amiga um "Bur-ra!".

— Você tem tido algum contato com sua mãe? — ele perguntou.

— Não. Nenhum. Ela sumiu mesmo.

— Talvez seja por um tempo. Pode ser que ela vá longe, para voltar a ficar perto.

— Quem sabe!?... — Sem querer me entreguei. — De repente longe a gente se dá conta da falta que a pessoa faz e do quanto ela é importante...

Renata sorriu, juntou as mãos como se fosse rezar e só aí me dei conta do que eu tinha dito.

— É. Eu sei...

Marcelo entendeu o recado, que, de tão inocente, foi certeiro.

— Sempre penso em você, moça Piera.

Que saudade de escutá-lo me chamar daquele jeito!...

E, quando aquele telefonema podia ter resolvido de uma vez por todas a nossa relação, Marcelo e eu nos tornamos reticentes.

— E para você, minha mãe deu notícias?

Estranho falar "minha mãe", já que eu não me sentia tendo uma.

— Mandou um agradecimento por *e-mail*. Em São Paulo ela procurou um lugar de tratamento. O médico de lá entrou em contato conosco. Esperamos tê-la ajudado de alguma maneira.

— Você ajudou, sim, Marcelo... Bem... Preciso desligar. Tô com a Renata, ela chegou de viagem...

Renata só faltou me bater quando eu disse isso.

— Claro! A gente se fala depois.

Uma tristeza me inundou. O "depois" dito por ele parecia ser o nosso, o nosso depois, talvez um "nunca mais". Desligamos. Uma placa de chumbo parecia ter sido atirada em cima da minha cabeça. Virei um papel com apenas dois olhinhos chorosos, piscando com preguiça.

Por que a gente idealiza uma cena, ensaia tudo mentalmente e, quando o momento acontece, sai tudo errado?

Desejei que Marcelo me ligasse e ele me ligou. E eu, *bur-ra*, estraguei tudo...

Renata me ajudou a refazer o telefonema para avaliarmos as bobagens cometidas por mim. Eu estava em julgamento naquele momento. Como nas amizades verdadeiras, tive que escutar as reclamações da amiga, refletindo sobre cada ponto. Para ser ainda mais dura comigo, Renata foi direto na ferida:

— Você só pode achar que não tem o direito de ser feliz!

— Tô fazendo tudo errado, Renata! Já descobri isso...

— Piera, desculpe lembrar, mas você lutou anos pela sua história com André e não consegue perceber como o Marcelo chegou forte para ser feliz ao seu lado. Agora, está toda errada mesmo! O Marcelo tá sendo maravilhoso, tá a fim, isso é muito difícil hoje em dia!... Os caras só querem sair, beber, se divertir e tchau. E você também gosta dele!...

— Eu sei. Vou me arrepender...

— Já está arrependida! Olha a sua cara! Vai continuar insistindo nessa distância? Sua vida não é novela para você deixar por conta do autor! Esse cara não vai esperar a vida toda! Ele tá ali calmo e na dele esperando seus sinais, mas ele é um gato e, se você não se importa, devo dizer "e que gato!"... É bem-sucedido! Não vai faltar companhia e candidata!

— Foi tudo rápido demais!... Penso que, se tiver que ser, será! Não é assim que falam por aí?

— Você queria o quê? Outro namoro como o seu com o André? Um relacionamento arrastado com um cafajeste? O André não valia nada, um acomodado, empurrando aquele namoro até gastar você.

Renata não mudava mesmo: falava o que pensava. Se ia doer, mas era para o seu bem, ela mandava na cara, sem dó.

André tinha me deixado uma péssima herança emocional.

Passei seis anos me esforçando para dar tudo certo, para depois dar em nada. Minha dedicação não impediu que eu fosse ridicularizada. O pior é que eu tinha raiva de ter sido legal, namorada, parceira, ter aberto mão de me divertir, de viajar, de ir e vir para ajudar meu namorado a melhorar de vida. Passei anos ajudando o André.

Para onde foi tanta entrega? No que deu tanto companheirismo?

Seis anos fazendo esforço para dar certo, fazendo o possível para o meu então namorado não se sentir diminuído. Eu o apoiei a terminar sua graduação na faculdade. Acompanhava horas e horas dedicadas ao seu projeto de final do curso. Praticamente metade dos seus sumiços naquela época envolviam traição. Foi duro confirmar isso quando tudo acabou.

André tinha tudo, menos a minha presença. Quando apareceu na minha casa tempos depois, parecia mais arrumado, o cabelo bem cortado e até os dentes tinham melhorado. Parece que a terceira levou a colheita inteira depois do inverno, com André mais centrado, vitorioso e tudo que eu esperava um dia ver.

Só consegui pensar que as viagens que fizemos juntos não chegavam aos pés da minha única viagem com o Marcelo para Búzios.

O que me restou disso tudo?

Os traumas da gente não moram do lado de fora. Eles estão do lado de dentro, no nosso interior. Depois de anos, lá estava eu caminhando em busca de lugar nenhum.

Agora, eu via minha vida podendo se repetir. Marcelo e André eram completamente diferentes: não se pareciam fisicamente, tinham um jeito de ser oposto. Mesmo assim, tinha medo de ver minha vida se repetindo. Por isso, fugi.

Alguns dias, pensei ser uma vilã perturbada e ir infernizar a vida do André: encher seu saco com todas as letras, ligar cinquenta e cinco vezes, inventar mentiras, gastar meu tempo para tornar sua vida um inferno. Mas, simplesmente, não sei fazer essas coisas. André foi o mais covarde, mentiroso e cafajeste de todos, mas eu não sabia ser uma garota má para retribuir sua canalhice.

De certa forma, os dias sozinha, sem Marcelo, estavam servindo para limpar a sujeira na alma. Nesse período, ouvi a palavra "anátema" e fui procurar o significado no dicionário. Descobri que "anátema", em sentido figurado, quer dizer maldição, condenação. Minha vida parecia ter uma grande maldição que provocava sofrimento contínuo e dolorido.

Eu havia sido algo cômodo para André, porque já estava ali, quase uma mulher inflável, exceto por falar e pensar. Várias vezes, não disse certas coisas para não piorar a situação. Fui uma inflável falante quase perfeita. Mas um furo de agulha acabou com tudo. Agora estava jogada no canto do quarto com um furo no traseiro. Um horror!

Mas um horror pior ainda aconteceria.

Fui almoçar com a Denise em um restaurante vegetariano delicioso. Minha amiga estava de dieta. Seu mais recente bordão afirmava: "Menos peso, mais homens!". Tínhamos combinado aquele almoço dias antes.

Denise pertencia ao clube "sacode a Piera" e achava um absurdo o término com Marcelo por causa do fantasma do André. Quando comecei a tentar explicar meus pensamentos repetitivos, André estava parado na minha frente, de mãos dadas com uma garota, possivelmente a outra, a esposa, a número três. Ultimamente as pessoas pareciam se materializar na minha frente.

Não era alucinação. O mundo real estava parado diante de mim. André e aquela mulher usavam alianças. Ele sorriu para mim, e sua companhia fez cara de paisagem. Denise arregalou os olhos. Liguei o humilde botão de atriz e abri um meio sorriso, o máximo que consegui naquela interpretação barata.

— Piera, quanto tempo!

É. Ele teve a coragem de dizer "quanto tempo!", mesmo tendo ido à minha casa depois de casado, sem dizer coisa com coisa, falando de nós como se ainda existíssemos em algum presente vulgar. Fez isso com o semblante mais seguro de si. Minha amiga me olhou, os olhos mais calmos, tentando, forçadamente, me acalmar. Tentei pensar em algo bem bobo e me lembrei da minha *best friend*, meia hora antes, parada na porta de uma loja de multimarcas dizendo que tinha amado a sandália de plástico que estava diante da gente e da nossa gargalhada:

— Eu não gosto de sandália de plástico, mas essa... Sei lá.

Mas quem disse que André me deixou dar risadas dentro de mim? Estava ali, pronto, com a escopeta apontada para minha cara e com a boa esposa a seu lado e, lógico, fazendo questão de demonstrar não me encontrar desde que termináramos.

— E aí, Piera? Você tá bem?

— Sim, tô ótima!

Meu sorriso amarelo manteve a patroa acompanhando cada segundo daquele diálogo.

— Bebê, essa é a Piera!

Sim, ele chamou a atual de "bebê". Ele *me* chamava de bebê. Será que deu para notar que o sangue subiu até a cabeça e eu queria vomitar ali mesmo? Denise sabia bem como eu estava me sentindo. Conhecia aquele "bebê" tedioso do André. Todos os meus amigos sabiam da minha condição de "bebê do André" por longos anos. Ridículo pensar: ele tinha mudado a pessoa, mas o namoro continuava lá, com as mesmas intenções, a mesma relação, os mesmos gestos...

— Piera e eu terminamos, mas a amizade será para sempre, né, Piera?

Piera. Piera. Eu não queria mais me chamar Piera!

Pausa.

Uma explosão dentro da minha cabeça e a pergunta que toda mulher se faz depois de uma grande decepção: por que isso está acontecendo justamente comigo?

Se Denise estivesse dentro da minha mente, diria sua outra máxima: "Tem ex-namorado que é igual a roupa fora de moda. Você olha e se pergunta: Como pude usar isso?".

No meu caso, a decepção pessoal soava ainda maior. Dois mil cento e noventa dias com a vista embaçada, olhando turvo, sendo enrolada... André mentiu para mim mais do que imaginei, sem nenhuma confirmação, apenas *feeling*. Eu havia sido traída muitas vezes. Essa era a minha única certeza ao observar aquela cena, enquanto ele sorria falsamente.

Que amizade nós dois tínhamos depois do término do nosso namoro e de ele ter me traído com a ex de adolescência com a ajuda da própria família por dois meses seguidos em uma espécie de plano de guerra para atacar o inimigo chamado Piera? Se eu ligasse fora do horário, alguém tinha a resposta na ponta da língua. Quando eu ia à casa dele, era bem recebida, mas rapidamente me envolviam para não perceber nada, nenhum detalhe da enganação, da traição de um relacionamento que eu acreditava ser estável, verdadeiro e especial.

Para piorar o momento, André declarou:

— Piera, a Bebê não tem ciúme de você...

Novamente o sangue subiu e novamente senti vontade de vomitar. Lembrei-me de uma frase que vi na internet, afirmando que no coração também deveria existir "deletar contato", "bloquear usuário" e "excluir histórico". Perfeito para o meu momento.

— Com certeza não precisa ter ciúme de mim: sou café com leite. Não existe nenhuma chance de duas pessoas que namoraram seis anos — e terminaram com aquele final — voltarem. No futuro, caso se encontrem, nada será além de mero momento casual entre simples conhecidos. E pode ter certeza de que somos distantes.

Ele pediu para ouvir isso. Dessa vez eu não me desculparia. O que restou de nós não servia para nada, além da certeza de que viver é aprender. Ninguém podia ver, mas eu tinha uma enorme atadura ao redor da cabeça, o maior curativo de todos. Eu me sentia assim.

André comentava com Denise seu momento feliz com a "bebê" e eu me lembrava do nosso último encontro, o pedido de perdão mentiroso, a fala sobre a falta que eu fazia... Agora estava ali, querendo mostrar sua realização em um casamento nitidamente forçado.

Por que as pessoas se prestam a viver uma vida que não querem só para posar de boas pessoas, inclusas na sociedade?

Denise estava por dentro da visitinha sem graça que eu havia recebido e olhava a cena com um leve levantar de sobrancelha, questionando cada palavra e quase abrindo a boca. Poucas situações são piores do que encontrar ex-namorado acompanhado de outra, fazendo pose de feliz quando você sabe que não é nada disso. Seis anos! Repito: seis anos!

— Bom, André, sem querer ser chata, eu e a Piera estamos no meio de uma conversa importante. Não queria cortar você, mas precisamos continuar aqui...

Eu amo minha Denise com todas as forças. A sensação foi de ter sido tirada do meio da areia movediça... Um alívio! Denise me olhava com cara de "segura as pontas mais um pouco". Segurei. Respirei fundo, sorri e simulei a maior cara de paz que consegui imaginar e segurei as tais pontas. A "bebê" sorriu de volta e gentilmente beliscou André. Mulher sempre repara o beliscão de outra.

— Então vamos indo. Não quero atrapalhar. Tudo de bom para vocês, meninas! Piera, bom te rever, saber que você está ótima, com o astral bom. A gente não deu certo, mas você é como uma irmã para mim.

Eu e Denise calamos. Um silêncio incômodo, óbvio, irritante, descarado, direto, nada sutil explicou para todos nós a necessidade de acabar aquela conversa ali. André finalmente se mancou e foi embora. De longe, vi o casal caminhando até uma mesa e a "bebê" reclamando de ele ter forçado a barra para falar com uma ex-namorada. Imagino que os cachorros devem ter sido soltos até o dia seguinte.

Mulher não é boba. Aquela moça sabia, assim como eu e a Denise, o que o meu nada querido ex-noivo tinha feito.

Denise segurou minha mão:

— Amiga, você se livrou desse mala. Pensa bem, que alegria: esse cara foi embora da sua vida! Pode demorar, mas as pessoas mostram quem são. O príncipe é banguela. O André sempre foi estranho. Você parecia cega, a gente percebia, mas eu honestamente não imaginava esse cara tão babaca quanto ele realmente é.

— Eu sei. Você tentou me avisar. A história costuma ser assim. A viúva traída deve ser a última a saber. Eu me sinto uma garotinha traumatizada.

— Tudo vai melhorar. Fato consumado. *Adiós*, idiota!

Escutar aquele mantra me deu certo alívio. *Adiós*, idiota! Não sei explicar, mas aconteceu o ponto final de algo que já tinha ponto final. Acabou uma história de muitos anos. Além do relacionamento, eu tinha pensado em André, enquanto ele começava a namorar a ex de adolescência e depois que ele terminou o namoro com a ex de adolescência, e quando começou a namorar a atual esposa e se casou. Ai, que cansativo! Quanto tempo per-di-do!

Agora estava mesmo na hora de acabar com aquele peso e recomeçar.

Não sei explicar... Depois daquele encontro fracassado, compreendi que meu relacionamento com André, felizmente, não existia mais sem jamais ter existido!

Capítulo 14

Uma caixa de borboletas para mim

Estou com as palavras da minha mãe dançando ao redor de mim. E, agora, o que eu faço?

Cheguei em casa e tomei um banho, lavando a alma.

Decidi finalmente mexer na caixa de borboleta, herança da minha mãe. Desde que Marcelo me entregou o estranho presente, não tive coragem de abrir. Chegara o momento de enfrentar meus medos, não importava o que houvesse ali dentro.

Fiquei sentada na cama, os cabelos molhados, o lençol muito limpo, meu quarto cheiroso, tudo no lugar. A vida perfeita e a alma desfeita.

Abri a caixa.

Muitas cartas, pequenas lembranças pessoais da minha mãe. Um guardanapo com uma marca de batom, a data de 30 de fevereiro de 1995:

Já lamentei tanto ter perdido você. Olhar o céu perdeu a graça. Seu cheiro passa por mim, se repete e me persegue. Choro sua ausência. Volte para mim. Olhar o sol me entristece. Preciso voltar a sorrir.

Ler aqueles pequenos pedaços de papel que tinham sido escritos para mim me emocionava. Não teria coragem de entregar minha intimidade assim para uma pessoa com quem não tivesse intimidade. Mesmo sendo minha mãe, a senhora Cecília não me conhecia para me entregar tamanha preciosidade. A entrega daqueles segredos tinha sido um ato de amor. Mais forte ainda foi encontrar anotações jamais imaginadas.

Minha filha, onde você anda? Onde? Onde será que você está nesse exato minuto? Não quero saber onde você esteve há uma hora nem onde estará amanhã. Desejaria saber exatamente agora. Fico louca por não ter ideia de onde exatamente você está, dos seus passos certeiros. Para onde vamos assim? Nunca serei sua mãe de verdade, se não sei qual é o lugar em que seus pés estão no mundo. Filha, filha, filha, diga agora, fale comigo...

Isso me emocionou.

Quantas vezes pensei o mesmo e quis saber onde estava minha mãe em determinado momento? Descobrir que algumas vezes sentimos a mesma falta uma da outra e que tínhamos sentimentos em comum me deixava ainda mais triste. Ela pensara em mim. Não apenas me desprezou e me quis longe. Será que eu estava aceitando migalhas?

Mas eu não era o foco de tudo que ela escrevia. Em alguns pequenos pedaços de papel, minha mãe parecia perder o rumo de si mesma.

Madrugada.

O que fiz com a minha vida? Para que tantos sonhos se só consegui, e só sei me perder. Nada realizei. Não soube ser digna de um monte de gente querida ao meu redor. Perdi chances por pensar demais, ser fraca e chorar. Como chorei. Fraca. Incapaz. Sou exatamente quem pensei ser nas noites de dor. Sou também a mulher de cabeça baixa, escutando diminutivos. Sou capaz de me transformar em todos os diminutivos do mundo. Me vejo ainda menor do que os diminutivos. Tão pequena como o Pequeno Polegar dentro de um mundo enorme. Não fui capaz de fazer muita coisa no grande mundo. Não realizei meu sonho de ser arquiteta. O mais longe foi ter tido um casamento falido com um arquiteto e vê-lo desenhar feliz noite adentro, enquanto a infelicidade berrava dentro de mim, se gabando de me ganhar.

Por que não tive coragem de dizer a mim mesma que estava tudo errado? Ou será que dizia, mas não me dava atenção? Eu tinha que ter lutado mais para realizar meus sonhos. Quantas pessoas passam fome, sofrem e não desistem dos seus planos mais lúdicos? Confesso que não lutei nos minutos que deveria. Ao contrário, fiquei tentando entender por que os segundos pareciam mais românticos do que os minutos e por que as horas se mostravam tão severas. Desgosto. Tudo agora mostrava o gosto do desgosto. Até um doce apresentava tristeza. Eu queria a vida que nunca tive de volta. Eu me entrego. Sonho que Piera seja a arquiteta que não fui.

Minha mãe escrevia do fundo do coração, colocando no papel seus pensamentos com muito mais coragem do que viveu.

Impressionante como sentia arrependimento! O termo "Maria Arrependida", usado pela minha avó paterna, cabia bem para minha mãe. Em quase todas as suas falas existia um voltar a ontem, um ir e vir de quem não foi a lugar nenhum, digno de pena. Por um longo período, talvez dias, eu sentiria um dó tão grande da minha mãe, me sentindo pela primeira vez filha de verdade!...

Agora parecia minha vez de perguntar: "Mãe, onde você anda? Onde? Onde está nesse exato minuto? Não quero saber onde você esteve há uma hora nem onde estará amanhã. Quero saber agora!".

Como a gente julga as pessoas e acaba cometendo as mesmas atitudes!

Aquela noite, adormeci abraçada com a caixa, como quem desfalece no meio de uma floresta, depois de andar horas, exausta, com árvores por todos os lados do quarto e do banheiro, uma grande cachoeira.

Lembro de ter escutado ao longe um fio fino de água e a visão de um besouro lindo que caminhava por pequenas pedras... Enquanto isso, uma borboleta me olhava dormir. Eu também queria fugir da minha própria vida.

O dia seguinte pareceu ser a continuação do dia anterior.

Permaneci no quarto, lendo as anotações da minha mãe. Eu me identificava com alguns pensamentos, ficava chocada com outros trechos:

Eu sempre achei que seria deprimida. Deprimida e rica parecia mais chique na minha cabeça. Aquelas mulheres lindas, morando naqueles apartamentos perfeitos, cabelos escurecidos com tinta alemã e usando perfumes franceses, vestido preto eternamente Chanel... A maioria das milionárias que foram pobres diz não se importar com dinheiro, mas são as que mais se importam, sabem o que acontece quando nada possuem. Gostei de poder usar coisas supercaras. Aliás, foi por isso que decidi ser rica. Rica sem me preocupar com dinheiro no banco, não fazendo economias, gastando em futilidades e tendo um marido rico.

Conheci Rubens quando não pensava em dar o golpe, apesar de ter pensado nisso antes, idealizando um encontro com um homem abastado. Diferente do meu primeiro marido, classe média, o segundo poderia ser considerado milionário. Eu o conheci quando estava emocionalmente abalada para pensar em qualquer atitude de esperteza. Tudo aconteceu com naturalidade e de repente estava morando em um apartamento como imaginei serem aqueles cinematográficos, com empregados me chamando de "senhora" e cafés da manhã só vistos nas novelas, com frutas, pães e geleias que não chegávamos a tocar. Nem todos os vasos de flores colocados em vários locais do apartamento me pareciam adequados...

De repente, voltei a me deprimir. Quando vi, estava deitada na cama, o quarto na penumbra, aquele silêncio conhecido, o estômago fechado e o apoio de um marido que desde o início se mostrou o melhor homem do mundo. Tive sorte de cair no paraíso.

Muito estranho aquele mergulho nas palavras alheias... Eu achava minha mãe muito fútil ao falar de bens materiais como se pudessem incitar a felicidade. Tínhamos pouco em comum e não me reconhecia naqueles textos. Nunca tive preocupação com dinheiro, em ser rica. Achei que seria natural viver bem, caso estudasse, trabalhasse e lutasse por boas oportunidades. Isso me faria feliz, de um modo sincero. Minha mãe parecia ter perseguido uma vida de poder. Mesmo me sentindo mal por ler certas coisas, era bom entender aquela mulher tão misteriosa e que me dera a vida.

O que tínhamos em comum? A paixão por borboletas.

Minha mãe tinha mania de desenhar o inseto em pedaços de papel. Encontrei vários esboços de borboletas na caixa, assim como eu fiz a vida inteira em cadernos, junto de deveres de casa ou em rascunhos de plantas. Em um pequeno pedaço de papel, ela dizia se lembrar da aula de Ciências e o ciclo de vida do nosso inseto preferido.

Meu professor de Ciências contou que borboletas têm hábito diurno. Como posso ter asas de borboleta e querer voar de noite?
Quando dormem, as borboletas suspendem as asas.
Será mesmo que já sou borboleta ou ainda uma lagarta me alimentando ferozmente, criando reservas alimentícias?

Ler aquele textinho me fez lembrar de quando eu achara o máximo descobrir o que era uma crisálida, o estado intermediário entre a lagarta e a borboleta. Assim me encontrava naquele momento. Tinha a sensação de estar pendurada em alguma folha, de cabeça para baixo, com um par de falsas pernas grudadas, sentindo a pele das costas se abrir, eu me sacudia e virava confusa e perdida. Hora de esperar o tempo passar, tomando suco de fruta e néctar das flores. Um dia, eu seria uma borboleta.

Lembrei-me de Marcelo, de seu jeito doce em nossas conversas. Lembrei-me do dia em que revelei a ele minha paixão pelos seres delicados de asas furta-cor.

— Na psicanálise, a borboleta é analisada como um símbolo transformador de início, renascimento.

Marcelo me olhou, deixando claro ser bonita aquela minha afinidade com o inseto que mais parece uma fada.

— Deve ser por isso que, segundo li em um livro, nas crenças gregas populares, quando alguém morria, o espírito saía do corpo na forma de borboleta. Acho que eu seria uma borboleta perdida no mundo.

— Moça Piera, você é a borboleta mais bonita que já conheci!

Nessa conversa, estávamos sobre uma pedra do Arpoador, enquanto o sol se preparava para dormir. Lembro-me da sua mão apoiada na minha coxa. Depois, tocamos os dedos e demos as mãos de maneira bem tímida.

Respirei fundo. Eu me sentia agora a garota que se lembrava da garota que eu tinha sido com Marcelo.

A caixa de borboleta fora feita especialmente para mim. A maioria daqueles pequenos pedaços de papel escritos pela minha mãe começavam com *"Piera, minha filha"* ou *"Minha menina, Piera, eu queria dizer..."*, *"Sobre seu pai..."*, *"Piera, gostaria de saber..."* Aquelas cartas, uma espécie de diário alternativo em que o coração sangrava, tinham sido preparadas para uma filha ausente.

Marcelo havia me falado da importância do nosso laço, da presença marcante na ausência e acreditava que a fuga talvez fosse a enorme procura de uma filha dentro dela mesma. Gotinhas de Shakespeare e Freud explicariam isso. Um ato de amor ao contrário. Minha mãe me amou a distância, sem coragem de me amar em sua rotina. Ali pensei em perdoar todos os longos dias de abandono materno, eliminando de mim qualquer mágoa.

Quanto mais lia os escritos contidos naquela caixa, mais pensamentos calmos vinham pousar na minha janela. Eu me sentia amada. Quanto mais amor recebia, mais pensava em Marcelo.

Queria falar com ele, dizer como em tão pouco tempo ele fazia tanta falta. Nossos encontros pulsantes martelaram no meu pensamento, como se aquele reviver me fizesse respirar melhor.

Era intenso lembrar nossas caminhadas pela madrugada em meu condomínio, depois de horas conversando sem hiato algum. A gente olhando o céu, conversando sobre vida em outros planetas, futuro, encontros marcados, destino, o poder da mente, ETs, galáxias, teletransporte, beijos apaixonados, tentando cozinhar juntos, devorando *sushis* no restaurante japa de dono francês, sentindo o perfume de baunilha sem saber de onde vinha e vendo filmes de amor inesquecíveis. Também a gente indo para a praia às três da tarde e saindo sete da noite, depois de ficar abraçados na areia, sentindo a respiração se misturar com o vento, a brisa, a vontade e o sol. A gente experimentando o inacreditável sorvete de fruta-de-

-conde e indo à festa da Renata. E, finalmente, Marcelo me levando para conhecer a casa de *show* de Sobral e Rita na Lapa...

Quantas coisas maravilhosas!... Tudo agora era uma saudade incômoda...

Meu pai percebeu meu pensamento ao longe quando me encontrou no quarto, a caixa de borboleta na cama e uma foto de Marcelo sorrindo colocada ao lado do meu celular.

— Como você está, minha filha?

— Vou indo, pai.

— Pelo jeito você não larga mais a caixa que sua mãe te deu...

— Minha mãe tinha essa caixa quando vocês foram casados?

— Sua mãe sempre foi de escrever. Virou uma maneira de desabafar. Nunca li nada. Ela não mostrava e, por respeito, não invadia seu mundo. Um dia, estávamos caminhando e passamos na frente de uma papelaria. Ela viu essa caixa. Sua bisavó adorava borboletas. Usava colares de borboletas bordadas, borboletas recortadas em tecido e até em madeira, tudo feito por ela mesma. Sua mãe se lembrou imediatamente da avó e da caixa igualzinha que ela tinha ganhado dela. Estávamos com pressa, então não dei muita atenção. Ela passou uma semana falando nessa caixa. Homem não tem a sensibilidade necessária. Eu deveria ter percebido... Dias depois, vi o objeto em cima da cama e pressenti que seria um baú para guardar sua escrita.

— Me sinto mais aliviada, porque eu estava o tempo todo no pensamento dela. Pensava que, além do abandono físico, minha mãe me abandonara também mentalmente.

— Você nunca foi um problema para ela. Sua mãe é doente, filha! Você precisa entender. Não é você. É o próprio mundo pessoal dela que a impediu de ser feliz com a gente. No início do casamento, ainda jovem, cometi erros e não sabia ser tão presente para me tornar alguém imprescindível. Ela encontrou nos braços do segundo marido muito apoio, e o admiro por isso, por tanta compreensão.

— Eu sei.

— Piera, você não pode fazer o mesmo! Não pode se transformar em admiradora da própria vida e ficar trancada no quarto, olhando as fotos do passado, lendo os bilhetes da sua mãe como se não existisse mais nada. Você ama o Marcelo, ele ama você!

— Eu não tenho coragem de ligar para ele, pai.

— Vocês viviam juntos, estavam felizes!... Não entendo por que decidiu se afastar. Nunca vi você gargalhar tão alto!

— Não vou ter coragem de dizer a ele o quanto sinto sua falta... Tenho saudade, mas não tenho coragem.

— Está abandonando o Marcelo de uma forma parecida como a sua mãe abandonou você, sem forças de assumir as próprias emoções.

Não me pergunte como acabou aquela conversa, porque só conseguia pensar no puxão de orelha do meu pai.

Eu estava fazendo com Marcelo o que minha mãe fizera comigo? Por que o sentimento de abandono parecia tão repetitivo?

Ah, os mais velhos costumam dizer aquela frase para mudar sua vida. Sim, eu estava omitindo sentimentos, escondendo o amor, retirando a chance de o relacionamento existir e tendo a ousadia de fazer algo grande se tornar pequeno.

Fraca. Mesmo depois daquela conversa com meu pai, fui incapaz de procurar Marcelo.

Alguns dias depois, meu telefone tocou. Mais uma vez Marcelo me procurava.

Impressionante como me sentia bem escutando sua voz. Eu estava caminhando perto da minha casa, e senti uma vontade desenfreada de contar todos os acontecimentos, enquanto ele esteve longe, o teor das cartas da minha mãe na caixa de borboleta, minha melhora emocional, a volta para a vida, a saudade que sentia das nossas conversas, dos nossos encontros... Bem, essa parte eu pulei. Não tive coragem de assumir, mas ele percebeu nas entrelinhas como eu sentia sua falta.

— Me fala mais...

— Estou bem, Marcelo. Voltando para a correria. Fui ao escritório hoje... E o *kitesurf*?

— Tá bem. Agora com esse sol, tenho aproveitado mais a praia.

— Que bom!

Ficamos em silêncio. Meu coração pareceu congelar e por um segundo desaprendi a falar. Lembrei-me de nós em Búzios, aproveitando os momentos vividos e comendo risoto de camarão no último dia.

— Tenho uma notícia boa. Sua mãe telefonou.
— Sério?

Para ele tudo parecia mais simples. Minha mãe tinha ligado para a Clínica de Repouso Conteúdo e falado com ele. Tranquilo. Minha mãe ligou. Simples assim. Para mim, a notícia alterou a respiração. "Repita, Piera: O mundo é leve, tudo está sob controle, acontecerá da melhor maneira."

— O que ela queria?
— O seu médico em São Paulo está vindo para o Rio na semana que vem. Sua mãe quer que você o encontre primeiro e depois novamente se sente para uma conversa com ela. O médico pediu seu telefone, e eu dei.
— Minha mãe quer me encontrar?
— Acho que sim. Ela vem com o médico que a acompanha.
— Sabe, Marcelo, naquela caixa de borboleta que minha mãe me deixou tinha diversos escritos, como ela disse na carta. Tenho lido o que ela deixou pra mim. Por partes. É muita emoção para uma leitura só. Nunca imaginei ler o que estou lendo. Coisas tão íntimas de alguém sem intimidade comigo e ao mesmo tempo tão familiar... Ontem li sobre os dias chuvosos em São Paulo. Parece que o mau tempo a deprimia.
— Infelizmente até o tempo prejudica no caso dela.
— Confesso que imaginei minha mãe um ser perfeito. Achava que o único problema era eu ter nascido...

O que eu tinha lido me tirara muitas culpas. Assustadora a maneira íntima que minha mãe falava dos vazios, como se os conhecesse mais do que a própria família.

— Espero que vocês duas se reaproximem. Ela vai ligar. Aceite se encontrar com ela.
— Claro! Vou, sim — respondi, bastante reflexiva.

Minha vida parecia ter girado para chegar a lugar nenhum. Esperara a vida toda por minha mãe, pelo grande amor e os encontros perfeitos. Tudo aconteceu pela metade, mas eu queria minha mãe por inteiro e um amor verdadeiro longe do que eu vivera com André.

— Espero que você esteja bem, Piera.

— Estou melhor, sim. Quero te agradecer... Por tudo. Você foi muito especial em cada momento para mim. Não vou esquecer.

Por que eu, como uma idiota, estava falando com Marcelo no passado?

— Não precisa me agradecer. Fiz apenas o que deveria. Você também é bastante especial. E penso que não mudará seu jeito de ser.

Ele segurou o presente de nós dois.

Enquanto Marcelo falava, um desconforto tomou conta de mim por tê-lo perdido. Ainda estava em tempo de berrar no telefone, interromper aquela conversa de pausas, declarar minha saudade pelo cara da minha vida e pegar minha felicidade pela mão.

Quem disse que tive coragem de salvar minha própria história? Fiquei escutando sua voz carinhosa, sentindo meus poros pulsarem e descobrindo lentamente, enquanto inspirava e expirava, que havia cometido um grande crime contra minha própria vida. Para piorar meu quadro de baixa pressão emocional, cortei Marcelo no meio de uma frase.

— Preciso desligar, Marcelo...

— Claro! Espero que você e sua mãe se falem logo.

— Obrigada. Um beijo!

— Qualquer coisa, me liga. Beijo!

Desliguei o telefone e fiquei sem saber onde estava, como estava e o que seria de mim. Chorei. Detestava ter pena de mim.

Minha vida estava completamente errada. Cheguei em casa, me sentei na cama com a caixa de borboleta na mão. Abri. Tinha lido muita coisa, mas ainda faltavam vários papéis. Peguei um pequeno pedaço de papel de seda amarelado. Lágrimas caíram no papel onde se lia:

O prazer de ser borboleta. Ter asas, amar intensamente, acreditar no sol se pondo, respirar o perfume doce, voar... Ai, ai, ai... voar! Voar longe, acreditando em tudo de maior, acreditando ser capaz de enfrentar seu maior fantasma e salvar a vida da menor formiga. Ser leve, quando o outro é denso e o empurra na direção do vulcão. Fragilidade na asa. A asa azul da borboleta. O prazer de ser borboleta, um pequeno ser de asas que voa por aí, docemente observado por quem abraça a sensibilidade. O prazer de ser borboleta só existirá se você for feliz.

Agora, eu desempenhava o papel da mocinha da TV, deitada, arrasada, chorando a saudade, cheia de tristeza por não ter um passado resolvido, não ter mais Marcelo ao meu lado e não saber como conseguiria ser feliz com tanto desencontro. No caso da novela da minha vida, até a câmera parecia me interrogar.

A frase *"O prazer de ser borboleta..."* se repetia como eco perdido na minha mente. Eu queria voar longe, sumir por um tempo até me redescobrir dentro de tantas frases pela metade. Meu celular tocou. Estava jogado no chão. Tive vontade de não atender. Ainda mais se fosse o André. Incrível, mas era ele ao telefone!

— Oi. — Atendi com a animação de alguém que acabou de ser demitido.

— Oieee, Bebê!

"Bebê"? Eu tinha sido a "bebê" dele por seis anos, mas isso tinha acabado. Achava irritante, mas aceitei para não causar maiores problemas. Durante nosso namoro, André me chamava de "Bebê" com tanta convicção que fui aceitando, ainda que detestasse. O trágico foi descobrir não ter sido a única no berçário do rapaz. André teve diversas "bebês"...

— Oi.

André não merecia mais qualquer emoção. Eu já doara muito de mim naquela história. Ele se casara e estava tudo resolvido na sua vida. Breve a "bebê" da vez teria muitos bebezinhos.

— Você me faz muita falta.

— André, daqui a pouco completa dois anos da nossa separação... Para mim, parecia o fim de um casamento.

— ... Por favor, André, qual parte do "você está casado" você não entendeu?

— Vocês, mulheres, não entendem o pensamento masculino. Perdi você, me dei conta da importância da nossa história e estou telefonando para dizer isso. Sei do meu erro com você, mas, por favor, não precisa me maltratar!...

Por quê? PORQUE, em letras garrafais, minha vida nada tinha de prática, legal, cheia de charme e bacana como a de todo mundo?

— André, com todo o resto de carinho que ainda tenho pelos anos que passamos juntos, me deixa em paz! A gente não vai ter mais nada, alimentar qualquer coisa ou ressuscitar uma história que simplesmente deixou de existir!...

— Mas... Minha bebê...

— Sabia que odeio esse seu "bebê"? Também odeio falar palavrão, mas com você desse jeito fica difícil não perder o eixo! A gente não tem mais jeito. Desde o dia em que te vi naquela igreja, se casando...

— Como assim? Você me viu casando na igreja?

— Vi, sim. Fui lá. Precisava ver para assimilar o fim do nosso namoro. Você casou com outra mulher quando eu tinha ficado anos ao seu lado, dando apoio, quando você não tinha grana, acreditando no seu talento, dando força, ajudando você a ter um emprego melhor, ficando do seu lado durante os piores dias da sua vida. Aí, você ficou bem, bonito, cheio de sucesso e se esqueceu de mim. Fui jogada para escanteio. Quanto mais você me procurar, pior vai ser. Vou acabar tendo ódio de você! Por enquanto, ainda é só mágoa... Me deixa em paz, tá? Quero ter o direito de recomeçar minha vida. Não amo você, não quero lhe dar satisfação, muito menos continuar uma história vergonhosa como a nossa. Fora que tenho asco da sua família, principalmente da falsidade da sua mãe. Você terminou tudo com um ridículo: "Descobri que não amo mais você. De tarde eu volto aqui", lembra?

— Eu não falei assim.

— Falou assim, sim! Decorei o seu discurso relâmpago. "Descobri que não amo mais você. De tarde eu volto aqui." Eu não quero você na minha vida, André. Não quero como namorado nem como amigo, colega, conhecido...

— Calma, Bebê!...

— Não tem bebê nem calma. Quero que a gente continue no passado e vou conviver com o nosso relacionamento como algo que passou. Você precisa entender que quero ser feliz longe e, por favor, quanto mais distante, melhor.

— Nossa!...

— É! "Nossa!" mesmo. Como me senti pequena vendo você jogar fora nosso noivado. "Nossa!", foram seis anos da minha vida perdidos! "Nossa!", enquanto você namorava aquela outra que eu conhecia, eu só chorava! "Nossa!", quanta decepção!...

— Piera, você tem alguém? Você está muito estranha...

— Estou falando isso com a alma. São sentimentos que andam comigo há muito tempo, independentemente de ter alguém ou não. Mas sim, sim, tenho alguém. E o que você tem a ver com isso? Uma pessoa especial e quero ter a oportunidade de buscar a minha paz sem a sua presença. Você precisa entender que acabou. Não existe mais Piera e André. Olha, vou desligar o telefone, tá? Não me procure mais, ou vou buscar um advogado e pedir indenização pelos seis anos em que fiquei acreditando, acreditando... Fui uma palhaça, mas agora acabou!

Desliguei o telefone e uma música da casa do vizinho começou a tocar. Parecia o fundo musical daquele meu minuto. Agora, certamente, encontrei o fim. Eu tinha demorado a dar um basta, aceitando André voltar vagarosamente. Mas agora não tinha mais paciência para escutar nada daquele cara.

Virei meu corpo de lado e vi a caixa de borboleta que, tantas vezes observava minha mãe, tinha agora o foco em mim. Estava aberta com o pequeno papel sobre o "prazer de ser borboleta" latente, levando-me à lembrança de Marcelo sorrindo, com uma alegria de viver contagiante, rara e cheia de histórias ótimas para contar.

Eu sei. Eu tinha mandado Marcelo me esquecer. Mesmo o amando, fui capaz de mandá-lo embora. Atitudes contraditórias peculiares de um ser humano. Quero uma coisa, faço outra. Sinto uma coisa, digo outra.

Meu corpo ainda tremia sob a tensão da conversa com André ao telefone quando meu pai entrou no quarto com um olhar que me fez sentir uma enferma, recebendo uma visita hospitalar.

— Oi, filha! Tudo bem? Posso entrar? Que carinha é essa? Você estava chorando?

— Mais ou menos.

— "Mais ou menos" não funciona com choro. Ou está ou não está.

— Até chorei, mas deveria mesmo estar sorrindo. O André ligou e tive um ataque no telefone da maneira que ele merecia.

— Vou ligar para esse cara. Ele é realmente muito inconveniente.

— Pai, fique tranquilo. Agora ele não vai ligar mais. Ameacei entrar na Justiça, pedindo danos morais.

— Deveríamos mesmo fazer isso!

— O André dá muito valor ao bolso. Duvido que haja outra ligação.

— Pode ser, mas se ligar a gente pode mesmo pensar em acionar esse egoísta. Só pensa em dinheiro, poder... Quanto tempo da sua vida você perdeu com esse camarada inescrupuloso e covarde?

— Tá, pai. Vamos esquecer isso. E você, como está? E a namorada?

— Ah, estamos tão bem, filha! Demorou, mas parece que seu pai encontrou alguém muito especial para viver um amor verdadeiro.

Enquanto minha vida dava passos para trás, meu pai se amarrara de vez com uma pessoa maravilhosa chamada Rose. Ela tinha um astral ótimo, cuidava do meu pai como ele merecia... Eles estavam apaixonados! Fiquei emocionada ao vê-los dançar "You are the sunshine of my life", do Stevie Wonder, pela sala do apartamento.

— Poxa, pai, que legal! Torci tanto por isso...

— E eu vim aqui para conversar com você exatamente sobre isso. Eu e a Rose estamos pensando em comemorar nossa união. Nada muito sério, pelo contrário. Ela teve uma ideia, e eu queria saber sua opinião.

— Claro! Dou o maior apoio!

— O que acha de fazermos uma festa a fantasia em um sítio, em vez de uma festa de casamento tradicional?

— Amei, pai! Nossa, como você está moderninho!... Nunca imaginei... Meu paizão casando em uma festa a fantasia!...

— É... Pensamos em fazer uma festa bem animada! Seus primos vão adorar! E você pode convidar suas amigas, quero chamar todos do escritório. A Rose também vai chamar amigos, família. Queremos, claro, avisar da nossa união, realizar uma cerimônia feliz... Minha noiva disse que vai vestida de princesa. Será a minha princesa!...

— Tô achando tudo fo-fo! Posso ajudar na organização?

— Claro! Fala com a Rose...

— Vou escolher um jantar diferente, contratar um DJ, iluminação especial, decoração mágica, porque vocês dois merecem... É... Meu pai vai se casar... Preciso pensar na minha fantasia. Você vai com que roupa, pai?

— Pensei em Shrek, mas mudei de ideia. Vou como estou me sentindo: o príncipe da Rose!

Eu e meu pai rimos e nos abraçamos. Tão bom aquele nosso universo!... Eu tinha a menor família do mundo, mas vivíamos felizes como formiguinhas morando em uma caixinha de fósforos no meio da floresta e protegidos por fadas das bênçãos.

Capítulo 15

Conversa sincera

A razão é prima de segundo grau da realidade.

A festa de casamento do meu pai seria um mês depois daquela nossa conversa.

Fiquei incumbida das decisões gastronômicas e sociais da comemoração com Rose. Ela era uma pessoa querida. Eu estava muito animada com o casamento dos dois, porque eles mereciam aquele momento.

Dias depois do início dos preparativos, meu pai entrou no meu quarto e ficou sentado na cama em silêncio, enquanto eu respondia a um *e-mail* da louca da Renata me contando suas últimas aventuras emocionais. Até um simples deixar o carro na oficina tinha história na vida daquela garota.

— Filha, você tá muito ocupada?

— Não, pai. Só tô mandando um e-mail para Renata. A Rose é uma fofa, pai. Hoje fomos escolher a decoração e ela é muito engraçada, falando do nervosinho na barriga.

— Piera, quero te contar uma coisa.

Quando meu pai puxava conversa dessa maneira, eu gelava. A última vez que aconteceu isso, minha mãe se materializou.

— Ai, pai...
— Fiz uma coisa, mas não sei se você vai gostar.
— O que você decidir está ótimo!
— Convidei o Marcelo para o meu casamento.

Engasguei com a saliva e imediatamente senti um frio capaz de congelar a espinha. Meu pai me olhava quase estático.

— Bem, nesse caso não está tão ótimo, mas tudo bem, pai.

Não sei se realmente estava tudo bem. De maneira inexplicável senti o perfume de Marcelo tocando a minha pele.

— Não brigamos, então você pode convidá-lo.
— Filha, o Marcelo me parece um rapaz magnífico, extraordinário e gosta de você. Nesse período que acompanhei vocês dois juntos, percebi o carinho e a atenção dele.
— Sei, eu estava me sentindo livre no nosso namoro. Não sabia como agir, não sei ainda como agir.
— Brigamos com o mundo, tomamos decisões erradas quando a vida precisa apenas seguir. Impressiona como você é boa para fazer barragens no seu próprio rio...

Meu pai saiu do quarto para receber Rose. Os dois tomariam vinho na varanda do nosso apartamento. Havia uma lua cheia de dar inveja aos poetas. Suas risadas invadiam meu quarto e faziam eu me sentir ainda mais só. Apesar do isolamento, valia sentir meu pai tão feliz.

Fiquei deitada com minha cabeça fervendo. Eu me sentia uma burra por todos os motivos possíveis, tentando fugir da felicidade. Coloquei os fones de ouvido e o som me lembrava como a melancolia podia ser dolorosa quando menos se esperava.

Tocava "With or without you", do U2, e aquele som de guitarra triste, mergulhando fundo na alma da gente me fez cantar: *"See the stone set in your eyes / See the thorn twist in your side / I wait for you / Sleight of hand and twist of fate / On a bed of nails she makes me wait / And I wait... without you"*...[2]

....
[2] *"Veja a pedra colocada em seus olhos / Veja o espinho cravado em seu lado / Eu espero por você / Num passe de mágica e num desvio de destino / Em uma cama de pregos ela me faz esperar / E eu espero... sem você"* (N. E.)

Abri a caixa de borboleta, enquanto Bono Vox pedia para que eu me entregasse com seu profundo *"And you give yourself away"*. Reli o bilhete da minha mãe, pensando onde estaria Marcelo.

Minha filha, onde você anda? Onde? Onde está nesse exato minuto? Não quero saber onde você esteve há uma hora nem onde estará amanhã. Eu quero saber agora. Me enlouquece não ter ideia de onde você está, dos seus passos certeiros. Para onde vamos assim? Nunca serei sua mãe de verdade, se não sei qual o lugar em que seu pé está no mundo. Filha, filha, filha! Diga agora, fale comigo..."

Não me deixava feliz imaginar Marcelo com outra garota em pleno sábado, quando eu sentia meu coração batendo tão forte por ele!...

Fechei os olhos e me lembrei de um dia especial em que estava na sala de espera da clínica em um dos encontros com a doutora Cristina.

Eu e Marcelo ainda nos conhecíamos pouco. Meu pai estava conversando com a médica e, quando vi, Marcelo estava saindo de uma sala e entrando para outra. Meu corpo gelou. Minutos depois, ele saiu novamente e veio andando pelo corredor. Ficamos nos olhando por um tempo. Sem entender bem, senti que teríamos algo muito forte. Sabe aqueles segundos definitivos? Eu podia ser apenas mais uma pessoa que aquele futuro médico olhava na vida, mas percebi que não seria assim. Senti a diferença.

Agora, deitada na minha cama, essa imagem voltava...

A ausência de Marcelo me conectava com a história da minha mãe. Sentimentos confusos, a segunda partida de quem eu queria tanto ter por perto. Dentro da caixa, encontrei as palavras da minha mãe escritas em uma página de uma revista italiana.

Minha médica diz que algumas pessoas não têm o que chamam de freio inibitório. Coloquei o pé no freio tantas vezes!...

Estou em Veneza, em um café. Estou sentada e há muitas moças jovens passando.

Imagino o dia em que minha filha Piera será uma moça. Ela será mais forte do que eu, capaz de acrescentar alguma coisa ao mundo — o que não consegui.

Minha filha, espero tanto que você seja feliz, tenha amor pela vida, determinação para realizar seus desejos.

As meninas de Veneza usam chapéu. Cada um mais bonito do que o outro.

Entristeço pensando que mundo bonito eu poderia te apresentar, caso fosse uma mãe de verdade.

Veneza tem detalhes especiais, igrejas, palácios e um comércio especial. A cidade é cortada por pequenos canais e ruelas. Três pontes ligam o grande canal da cidade: Ponte Degli Scalzi, Ponte di Rialto e a Ponte dell'Accademia.

Desejo que você conheça a famosa Piazza de San Marco e jante com o amor da sua vida à luz de velas, escutando a boa música italiana, em um desses momentos românticos, dignos de filme.

Não tenha medo de viver, Piera! Tenha muitas coragens de uma só vez. Não adie seu pensamento. Você virá um dia a Veneza e se lembrará de mim...

Na revista, uma modelo sorridente, usando um vestido florido, um gramado e uma bicicleta com flores na cestinha ao fundo.

A letra do manuscrito estava tremida, o que podia indicar que minha mãe não estava bem quando escreveu. Esses bilhetes me ajudavam a conhecer um pouco mais de sua personalidade. E eu via um pouco mais de mim, refletida na alma dela.

Eu queria seguir os conselhos de minha mãe, mandar o medo embora... Gostava de ser corajosa, estava orgulhosa da maneira como tratara André ao telefone, afinal, ele tinha merecido. Mas o ar faltava só de pensar em encontrar Marcelo no casamento do meu pai.

Eu devia bater no meu pai ou enchê-lo de beijos por ter convidado meu apaixonante ex-namorado?

Precisava desencanar um pouco dos fatos, seguir os conselhos paternos e, estranhamente, também os maternos, escritos anos antes e que agora me serviam tão bem. *"Não tenha medo de viver, Piera! Tenha muitas coragens de uma só vez".*

Os preparativos do casamento foram encerrados naqueles dias. Dedicação total para organizar uma cerimônia fofa para o meu pai e Rose. Eu não fazia ideia da lista de itens para uma cerimônia daquele tipo. Quantos detalhes! Meu pai dava palpites, mas, quando sua opinião discordava da nossa, ele perdia no voto, tadinho.

Quanto ao vestido da noiva, Rose me convidou para ajudar a escolher o que mais combinava com uma princesa e decidiu ser uma. Enquanto ela explicava para a vendedora o que queria do vestido e todos os detalhes pensados, meu telefone tocou.

Estranho acompanhar a alegria da noiva do meu pai escolhendo sua roupa, enquanto, naquele telefonema, minha mãe marcava um encontro para três dias depois. Ela viria ao Rio de Janeiro com seu médico.

Eu gostava da Rose, mas em alguns momentos me perguntava por que eu não tinha uma família normal, com uma mãe de verdade. Renata diria que simplesmente não existe uma família normal!

Minha mãe e seu médico se encontrariam com Marcelo. Preferi não ir, porque encontrar as duas pessoas que mais mexiam com o meu lado emocional no mesmo recinto seria demais. Dei uma justificativa de cunho profissional, que obviamente Marcelo entenderia como desculpa.

Minha mãe e eu marcamos de nos ver depois de sua visita à Clínica Conteúdo, no restaurante do terceiro andar do Shopping Rio Design. Hospedada no Sheraton da Barra da Tijuca, ela sugeriu o local.

Subi as escadas rolantes tentando me distrair com as roupas nas vitrines das lojas.

Chamou a minha atenção um manequim com um vestido longo esvoaçante, em tom lilás, decotado e com pequenas flores, que lembrava o traje de fada do bem. Pensei em comprá-lo para usar no casamento do meu pai. Poderia colocar asas, asas azuis-verdes, assim como os olhos de Marcelo. Eu seria uma borboleta na festa à fantasia do casamento do meu pai... Não poderia usar outra coisa.

Entrei no restaurante pensativa e feliz, por ter casualmente encontrado meu vestido para o enlace do casal mais fofo do momento. Só mesmo uma pessoa animada como Rose para se casar em uma festa cheia de gente com modelos inusitados. O sorriso do noivo valia a minha torcida para que eles fossem muito felizes.

Outro sorriso agora: minha mãe sorria me vendo entrar. Isso me trouxe para o mundo real. Ela estava em uma mesa, com o mesmo olhar penetrante e distante ao mesmo tempo, como sempre, uma conhecida desconhecida na minha vida, minha própria mãe.

Parecia bem mais tranquila do que quando esteve internada no Rio. Estava bem vestida, alternando com doses certas de bom comportamento, gestos e fala.

— Oi, querida!

A palavra "filha" devia ser difícil de pronunciar.

— Oi. Como vai?

— Tô bem! Que calor está fazendo aqui no Rio! Em São Paulo está frio desde domingo...

— Por isso amo morar no Rio. Nosso verão tem dez meses no ano.

— Que bom que aceitou meu convite!

Eu me sentei.

Minha mãe parecia observar cada traço do meu rosto. Parecia ter me visto pela última vez quando eu tinha um mês de vida. Tive quase certeza de vê-la tentando decorar a distância da minha boca até o olho, ou o tamanho do meu nariz.

— Muito bom reencontrar você. Como você sabe, estive na Conteúdo hoje e conversei com o doutor Marcelo. Agora estou honestamente levando meu tratamento a sério. Fui lá buscar informações sobre minha passagem pelo Rio.

— Fico feliz!

— É, isso é bom para nós duas. Quero que minha melhora clínica reflita na minha vida pessoal.

— Torço por sua melhora, mãe — falei do fundo do coração.

— Eu tenho orgulho da pessoa que você se tornou, mesmo na minha ausência...

Seu tom de voz demonstrava uma ponta de tristeza, mas parecia verdadeira.

Silêncio.

Ela segurou minha mão e aquele leve toque foi como uma bomba nuclear dentro de mim. Não queria cobrar sua decisão de ir embora quando eu acabara de nascer, mas uma voz do meu interior falou sem que eu quisesse:

— Por que você me deixou? Eu tinha só um mês! Não sabia falar, caminhar, não conhecia nada da vida!... Não sabia nem viver minha infância!...

— Minha filha, eu sei...

— Desculpa dizer isso. Não quero mexer ainda mais com a sua cabeça... Agradeço você ter me dado aquela caixa. Tenho lido cada palavra sua, me emociono, me identifico, sinto raiva, medo, amor... Com as suas palavras, passei a conhecer você muito mais do que poderia imaginar. Mesmo assim, em alguns momentos, me pergunto como você teve coragem de me abandonar...

— A única certeza que tinha naquela época se referia ao seu pai ser um homem forte, íntegro, capaz e vitorioso. Você foi cuidada por um dos melhores homens do mundo! A única coisa que posso fazer é pedir o seu perdão. Hoje eu estou tentando ser sua mãe da melhor maneira que posso. Não moramos na mesma cidade, mas quero estar por perto, encontrá-la quando possível... Podemos tentar nos aproximar... Merecemos viver alguma felicidade, mesmo que tardia. Espero um dia poder contar mais sobre aquela época em que deixei vocês.

Sabe quando a pessoa está dando o máximo, tentando tudo? Não tive coragem de jogar no ar todas as fraquezas da nossa história, porque mexeria demais com o interior dela. Eu queria chorar, mas me segurei.

— Vou tentar aceitar, ainda que não compreenda.

— Piera, quando eu estiver forte, vou contar a você coisas que são suas, mas hoje não tenho forças para isso.

Achei estranha aquela declaração. Algo ali parecia ser maior do que eu podia imaginar.

Então ela mudou de assunto e me fez momentaneamente esquecer meu passado.

— Hoje falei com seu pai ao telefone. Ele me disse que vai se casar...

— É. Vai, sim! Está todo animado!

— Fico feliz por ele. Espero que você também esteja animada com a situação.

— É. Tô, sim. Gosto da noiva dele. Ela é uma pessoa generosa e o trata com o carinho merecido. Eles vivem sorrindo e alegres. Mostram uma convivência harmoniosa... Isso me faz pensar que serão felizes. Meu pai rejuvenesceu depois que a conheceu. Eu quero a felicidade dele. Bem, você sabe, ele não teve um passado muito feliz, né?

Juro que aquela declaração não foi uma indireta.

— Sim. Nós sabemos. Seu pai sofreu muito com a minha doença. Eu o fiz muito infeliz e só encontrei a felicidade ao lado do meu segundo marido, que me entendeu. Ele foi único para mim. Ainda sinto muita falta do Rubens. Fico triste ao imaginar que não o terei mais nos meus dias. Espero que essa pessoa faça seu pai feliz da maneira que não consegui. E você? Não está namorando?

— Não.

— Não se interessa por ninguém no momento?

— Complicado explicar. Namorei seis anos, você deve saber. Estou me recuperando das tristezas do amor.

— Hum... o doutor Marcelo perguntou bastante de você e senti no seu olhar muito carinho. Piera, não sei o que aconteceu entre vocês, mas, por favor, não deixe a felicidade escapar!...

Permaneci calada. Eu sabia que me cobrava desde já a possibilidade de futuros arrependimentos.

— Em alguns dias, me sinto presa. Não tenho coragem. Isso eu admiro em você. Foi capaz de ir embora, jogar tudo para o alto, enquanto eu sou capaz de passar meses no mesmo lugar.

Estranho admirar a atitude da minha mãe, sabendo que isso paralelamente significava a pior parte da minha existência.

— Tente mudar isso em você. Respire fundo, pense e lute pela sua felicidade.

Olhei minha mãe nos olhos. Ela parecia realmente se preocupar comigo.

— Piera, querida, pense em tudo que eu disse durante esse nosso encontro. A vida não volta. Ela segue e não se repete. Faça a sua felicidade. Santa Filomena a abençoe.

— Tá. Vou pensar nisso.

— E o que mais você me conta, filha?

Ela me chamou de "filha" novamente!...

— Hum... Você me ajudaria dando um palpite sobre um vestido? Quero comprar para usar no casamento do meu pai. Eles decidiram fazer uma festa a fantasia e eu gostaria de me vestir de borboleta.

— Claro! Vou adorar! Quer agora?

Saímos comentando a ideia do casal de se unir em uma festa cheia de pessoas com fantasias exóticas. No caminho até a loja, expliquei que tinha visto um vestido do qual eu gostara.

— Você sabe que não precisa economizar nas compras. Aliás, quero e preciso conversar com você sobre isso. Você já tem metade dos meus bens. Quero que use esse dinheiro na realização de seus sonhos.

— Meu pai nunca deixou faltar nada para mim e depois que me tornei adulta me ajudou muito. Eu não preciso desse dinheiro.

— Não é questão de necessidade, mas de direito. O dinheiro já foi destinado a quem deveria. Está em uma conta no seu nome.

Estranho ter me tornado da noite para o dia uma garota rica, sem que fizesse o menor esforço por isso. Andamos pelo *shopping* olhando as vitrines e quando vi estávamos na frente da loja do vestido lilás.

Ele me observava, me fazendo acreditar na possibilidade de me tornar uma fada em um passe de mágica. Minha mãe percebeu meus olhos brilhantes para o vestido e me puxou pela mão, dando um ritmo acelerado e animado à compra.

— Oi. — Ela sorriu para a vendedora. — Minha filha amou aquele vestido longo lilás que está na vitrine. Pode pegar um para ela provar, por favor?

— Claro! Sua filha é bonita e o vestido vai ficar perfeito nela. Você veste 38?

— Isso!...

— Enquanto ela pega o vestido, vamos ver mais coisas para você, filha.

Eu tinha sonhado tanto com o dia de poder viver qualquer momento rotineiro com a minha mãe!... Agora estávamos ali... A vendedora não tinha a menor ideia do que significava aquela compra para mim e minha mãe.

A dona Cecília estava muito chique, perfumada, tinha gestos leves, não se parecia com a mulher que eu visitara na Clínica Conteúdo. Imaginei que pudesse ter seu estilo, caso tivéssemos convivido mais. Ela notou meu olhar de avaliação.

— Ainda sou novidade para você, não é?

Uma vendedora encostada no balcão nos olhou. Como uma mãe faz essa pergunta para a filha?

— Quero aprender a ser elegante como você...

Foi essa ridícula frase que me veio à mente quando reparei uma vendedora nos examinando. Minha resposta não pareceu ajudar a decifrar o enigma.

— Filha, você é linda!

Nós nos abraçamos.

Antes que algo mais fosse dito, a vendedora chegou com o vestido, que era ainda mais bonito de perto.

Ele ficou perfeito. Minha mãe não deixou que eu pagasse. Disse que fazia questão que, ao usá-lo na festa, eu me lembrasse dela. Ganhei também um colar coincidentemente de borboletas, de uma estilista mineira, com tecido, pedras, bordado... Parecia ser feito com sobras. Perfeita combinação com o vestido.

Saímos da loja com minha mãe dizendo que não me preocupasse com as sandálias. Ela me enviaria dois pares e eu escolheria a que mais me agradasse.

— Vou também mandar as asas para combinar com sua roupa.

Abraçadas, tentávamos recuperar aqueles anos de distância.

Meus olhos se encheram de lágrimas. Queria que tivesse sido assim o tempo todo. Rendi-me ao passado e fui levada pelo presente ao lado de quem sempre amei, sem jamais ter conhecido.

Sabíamos ser impossível resgatar o tempo que estivéramos distantes uma da outra, mas algumas vezes pouco importa o passado diante da vontade extrema de ser feliz.

Ela me contou que meu pai a havia convidado para o casamento. Mas ela não achava elegante comparecer e provavelmente não viria. Prometeu mandar um presente para os noivos e me pediu que lhe enviasse por *e-mail* fotos minhas com meu vestido de fada.

Antes de nos despedirmos, minha mãe me olhou mais uma vez de um jeito especial e me pediu:

— Querida, vou ser bem direta. O Marcelo ama você. Não deixe que essa história fique pela metade. Me diga pelo menos que vai pensar...

— Ok. Prometo pensar.

Ela sorriu.

A gente tinha o mesmo jeito de sorrir.

Depois de uma tarde frugal, dessas bem comuns na rotina das pessoas, fui embora me sentindo filha da minha mãe pela primeira vez na vida. O que isso significava? Eu não tinha ideia. Podia ter sido apenas aquele dia ou o começo de algo muito rico para nós.

Capítulo 16

Agora tenho asas

Só de pensar em voar, me vejo linda no espelho.

As asas chegaram.
Chegaram em uma grande caixa em tom pastel com bolinhas azul-claras e um enorme laço azul-royal. Veio também uma caixinha de joias com um anel de ouro branco em formato de coração. E um envelope com a seguinte mensagem:

Piera, espero que goste das asas e do anel que vão como um singelo presente para te acompanhar e dar sorte daqui por diante.
Assim que vi as asas, me lembrei de um texto do poeta Guillaume Apollinaire, que nasceu em Roma, mas conquistou seu sucesso na França. Ele escreveu textos magníficos e morreu jovem, com apenas 38 anos, em 1918, vítima da gripe espanhola, em uma pandemia que matou muita gente, inclusive no Brasil. Está enterrado no cemitério de Père-Lachaise, em Paris.
Por que estou falando desse homem?
É que um de seus textos me acompanhou ao longo da vida, dando ainda mais graciosidade ao meu amor pelas borboletas, amor hereditário, já que você também tem essa paixão. O texto diz que não devemos ter medo.

"Aproximem-se da beirada — disse-lhes. Não podemos, temos medo — responderam. Aproximem-se da beirada — repetiu. Não podemos, cairemos — queixaram-se. Aproximem-se da beirada — insistiu. E se aproximaram. Ele os empurrou e levantaram voo..."

Piera, não tenha medo de voar! Não tenha receio de mergulhar intensamente nos seus sentimentos, mesmo quando parece se aproximar de um penhasco. Lembre-se apenas de não magoar as pessoas... Eu não sou um exemplo a ser seguido... Ame intensamente, sem tantos receios... No caminho da felicidade existe risco, minha querida. Espero que um dia você possa me amar...

Ai, ai...

Senti um arrepio na alma.

Aquele texto tinha muito a ver comigo. Talvez eu estivesse com medo de me aproximar da beira do penhasco e estava adiando ou perdendo a oportunidade de voar.

Que coragem têm as borboletas para mergulhar em precipícios de ar! Borboletinhas corajosas!

Resolvi experimentar as asas.

Apesar de serem delicadas, pareciam bem resistentes. Não consegui achar um defeito sequer. Asas bem leves e tinham um suporte acima do ombro, forrado com o mesmo tecido do vestido. (Depois soube que minha mãe havia encomendado essa forração.)

Que sensação gostosa colocar as asas nas costas!

Tudo ficou lindo! O anel também belíssimo, com um gracioso coração, combinou demais com o vestido e as asas. Eu me tornei uma fada de asas nas cores azul-furta-cor, com brilhos lindos, acabamento perfeito, me fazendo ter asas de borboleta em tamanho gigante.

Naquela noite, dormi feliz, observando meu traje devidamente pendurado na porta do armário. Estava fascinada por ele... Adormeci com um sorriso nos lábios e o anel de coração no dedo anular.

A semana voou.

No dia do casamento de meu pai, abri os olhos de manhã e me deparei com as asas. Eu as havia namorado por todos aqueles dias seguidos. Na última noite, sentia-me a protagonista de uma linda história de amor... Uma mistura de fada, borboleta... Livre para voar...

Meu pai entrou no quarto tão feliz que imediatamente essa felicidade me contagiou. Fazia muito bem vê-lo, no auge dos 58 anos, realizando seu sonho de viver um grande amor.

— Filha, chegou o grande dia!

— Êeee, paizão! Você vai se casar!

— Já liguei para a Rose várias vezes, com medo que ela desista, mas ela também está me ligando, achando que posso fugir...

— Ela não vai perder um partidão como você!

Enquanto olhava para ele, me perguntava por que minha mãe o havia deixado. Não conseguia compreender...

— Ah, isso vindo da minha filha amada, posso considerar um grande elogio. Afinal, sou pai de uma borboleta!

— Estou louca para usar essas asas, pai!...

— Já ensaiou seu voo?

— Voo?

— Ué! Vai ter que voar para comemorar meu casamento!...

Caímos na gargalhada.

Eu adoraria voar. Talvez tivesse mesmo dado pequenos voos sem perceber.

Por exemplo, assumi a relação com a minha mãe, aceitando suas qualidades e defeitos. Assumi não ter tido uma mãe de me levar ao balé, de cuidar de mim nos dias de febre, de me dizer onde guardar os dentes de leite, de caminhar de mãos dadas comigo ou de mergulhar comigo no mar. Isso não era lá muito confortável, mas e daí? Quem tem tudo perfeito na vida?

Meu pai se mostrava diferente de todos. Ele vivenciava as minhas dificuldades de todo dia, procurando ajudar quando eu precisava. Ele me acompanhou no hospital numa crise de alergia por comer chocolate envolvido por uma capinha de corante colorido, me ajudou quando quase fui reprovada em Português (sempre fui um desastre em gramática), me matriculou em ótimas escolas, me fez estudar Inglês, comprou um sítio só para eu ter uma infância em contato com árvores, plantas, flores, cachoeira e animais, foi capaz de guardar todas as mágoas da minha mãe, sem jamais ofendê-la ou criticar sua ausência... As provas de amor foram muitas! Como pai, ele foi a melhor mãe para mim!...

Não sei explicar direito, mas sou capaz de fechar os olhos e ver nitidamente meu pai andando pelo apartamento desorientado, me carregando em seu colo, sem saber se trocava minha fralda ou me dava mamadeira. Relembrar essa cena me emociona...

— Você merece muito o dia de hoje, pai!...
— É, filha!?... Filha, posso te fazer uma pergunta?
— Claro que pode!
— O que você acharia de ter um irmão?
— Vocês estão pensando em ter um bebê?
— Estamos, filha. Rose não tem filhos e está com 47 anos. Uma amiga dela aos 49 foi mãe de gêmeos depois de um tratamento. Ela sonha com isso e acho que eu gostaria também...
— Que fofo! Então quer dizer que vamos ter bebês nesta casa?
— Imagina!? Meus filhos brincando com meus netos!?
— Ah, pai, isso vai demorar um pouquinho... Mas aprovo a ideia!

Ele saiu do quarto como se tivesse feito um gol.

O dia correu animado em casa. De tarde, amigos do meu pai vieram visitá-lo e ficaram na varanda, brindando o momento. Enquanto isso, fui para o salão de beleza cuidar do cabelo, para realçar discretos fios dourados e pintar as unhas de azul-jeans.

Denise, minha amiga amada, costumava dizer: "Quando uma garota cuida do cabelo, ela quer mudar um pouco a própria vida". Quem sabe? De qualquer forma, saí do salão vendo o sol mais bonito e acreditando que a festa à noite seria um marco.

Rose e eu falamos por uma hora antes de eu sair para a festa. Ela estava animada, gargalhando bastante e dizendo:

— Estou me sentindo uma menina, minha borboleta preferida. Vou me casar hoje e, para isso, estou me tornando a princesa mais bonita do reino!
— Rose, estou louca para vê-la de noiva!...
— E eu quero ver você com suas asas!... Vai ficar linda!

Rimos. Todos em casa estavam na maior expectativa por meu voo solo, como se eu tivesse mesmo o poder de voar.

Cheguei em casa e meu pai estava começando a se arrumar. Parecia um menino feliz depois de ganhar o melhor presente de aniversário.

Para animar nossa festa, Drê, Denise e Renata vieram se arrumar na minha casa, em uma daquelas grandes bagunças de mulherada, com direito a guerrinha de creme hidratante e risada em cima da cama, as três olhando o teto e confabulando sobre as possibilidades da noite. E então:

— Como vai ser com o Marcelo? — Drê perguntou com um tom preocupado.

Congelamos, os sorrisos ficando amarelos.

Fiquei olhando para o lustre.

— Não sei. Quando ele chegar, vejo... — respondi, tentando pensar no dia da compra do lustre, com a tia Soraia.

— Bem, já disse o que acho. Fique esperta para não perder o bonde da felicidade.

— Ai, não é assim! Eu não posso chegar para ele falando que quero nosso namoro de volta!

— E por que não pode?

Denise queria me bater. Como sempre, a primeira a reclamar das minhas inseguranças.

— Sério, se eu fosse gata igual você, não ia ter medo. Encarava tudo. Filhona, o mundo tá disponível, vai viver! Eu saio logo com o sorrisão na cara, cheia de mim, pensando que o gato vai me amar!

Ai, minhas amigas eram demais, faziam parte da minha família! Tinham me dado a maior força no reencontro com a minha mãe e torciam por um final feliz na minha história com o Marcelo, tanto quanto eu. Umas fofas! Éramos um grupo de amigas de anos! Nos conhecemos na escola e tínhamos certeza de que essa amizade seria por toda a vida.

Terminamos de nos maquiar. Eu não sabia que corretivo deveria passar depois da base e do pó. Drê achava que deveria passar o corretivo depois da base e antes do pó. Renata tinha comprado um estojo de sombras especialmente para o dia do casamento. Tinha um monte de cores lindas. Drê pintou meus olhos com tons de azul-claro, lilás e azul. Meus olhos ficaram parecendo uma asa de borboleta, dessas de revista geográfica!

Coloquei nos cabelos soltos uma presilha de pequenos brilhantinhos, com uma borboleta azul que parecia estar voando por cima da minha cabeça.

Sensação boa me ver bonita. Parece que aquela produção provocava em mim algum efeito interno, eu conseguia ter mais otimismo em relação a meu futuro...

Minhas amigas começaram a dar pulinhos de felicidade ao me ver. Elas queriam levantar meu astral de alguma forma e, apesar da minha alegria aparente, o laço de amizade detectava algo triste no canto do meu olhar, imperceptível para quem não tinha tanta intimidade comigo.

Quando coloquei as asas, me senti a pessoa mais leve do mundo! A minha ideia de me caracterizar de borboleta deu tão certo que eu definitivamente, por uma dessas equações que fogem da realidade, me transformava internamente em uma borboleta.

Denise estava vestida de cigana. Ela tinha mesmo um quê de adivinha: adorava dar palpite na vida das amigas e carregava o lado quente e apaixonado das ciganas. A fantasia em tom de laranja combinava com sua alegria. Drê estava vestida de enfermeira. Ela tinha a cara de quem vivia cuidando do coração dos amigos e dando apoio quando estávamos no pior momento. Renata, aventureira querida, com as melhores intenções de buscar diversão para os amigos, foi vestida de Lara Croft, com um rabo de cavalo no alto da cabeça à la Angelina Jolie e poderosa com camiseta e shortinho.

— Ai, que máximo! Nunca imaginei ir de shortinho e camiseta a um casamento!

— Não é a cara da Rose? Minha madrasta é fofa!

Denise também adorava a Rose.

— Naquele dia em que saímos e paramos no shopping tagarelando horrores e rindo muito, deu para notar como ela é querida...

De madrugada ela preparou aquele lanche maravilhoso pra gente e me conquistou de vez. Seu pai se deu bem!

— Sua mãe vai?

— Não — respondi, e as garotas mudaram o assunto.

Minha mãe disse de forma irredutível que não viria e deixou claro que ficara surpresa com o convite. Honestamente, veja como meu pai é mesmo do bem, querendo em um dia tão feliz da sua vida a presença da mulher responsável por fazê-lo tão infeliz durante anos...

Chegando ao sítio, local do casamento, coloquei minhas asas. Um arrepio percorreu a espinha. Encontraria Marcelo depois de muitas semanas.

Como seria vê-lo novamente?

De mãos dadas com meu pai, entramos.

O local estava simplesmente lindo. Todas as portas da casa estavam abertas. Em um dos salões, havia uma mesa com o bolo, doces trabalhados quase como joias e a decoração impecável em tom verde-claro. Viam-se também mesas ao redor da piscina, um palco com músicos já se organizando. A iluminação contribuiria para emocionar a todos naquela noite...

— E aí, filha? O que achou?

— Tudo ótimo, pai! Eu sabia! A Rose tem muito bom gosto, escolheu tudo com muito carinho.

— Nossa festa vai ser marcante, filha. Uma festa minha e da Rose e sua também...

— Pai, quero ver você feliz! Você merece muito o que está acontecendo. Tô torcendo demais por sua nova história!

— Sonho não tem idade, querida. Vale para quem quer e batalha por ele.

Minhas amigas aplaudiram meu pai e nós nos abraçamos, em um momento coletivo de total felicidade.

Os convidados foram chegando.

Meu pai recebia as pessoas com um grande sorriso. Vestido de príncipe, ele realmente estava adorando a brincadeira séria de se casar. Os amigos tinham entrado no clima do evento: chegou o He-Man, o Super-Homem, bombeiro, o Máscara, padre e até um presidente da República. A mulherada também caprichou: Julieta, espanhola, Beyoncé, dançarina do ventre, miss, coelhinha... Havia um gostoso clima de brincadeira e muita alegria no ar.

Mas a cada carro que chegava, meu coração vinha à boca. Pânico de encontrar Marcelo e perder o chão. Não tinha ideia de como reagir. Tentei ensaiar um "Oi! Tudo bem?" carinhoso, mas a única certeza é que, se algo ia sair errado naquele casamento, dizia respeito ao encontro da borboleta com seu ex-namorado. Ficava tensa de pensar que a qualquer momento nosso encontro aconteceria...

Consegui esquecer um pouco do assunto quando Drê, Renata e eu, com o Diego e o Caio, filhos de amigos do meu pai, ríamos do relato da última paixão platônica da Denise.

De repente Denise engoliu em seco, ficou vermelha como se estivesse engasgada e arregalou os olhos. Olhei para a escada do varandão e vi o Marcelo. E nosso olhar se encontrou. Meu Deus! Meu Deus! Meu Deus! Não achei que fosse ser tão devastador! Consegui gaguejar até no pensamento.

Percebendo algo "diferente", os rapazes se afastaram.

Vestido com uma farda de militar, todo de branco, o visual de Marcelo era encantador!... Meu coração batia de maneira acelerada... Sorri para ele automaticamente.

Minhas amigas me faziam ficar ainda mais nervosa: falavam em voz baixa, tentando não ser notadas — um tanto ridículas. Queria bater em todas elas! Denise avisou: se eu não fosse imediatamente até Marcelo, ela iria. Renata comentou como ele chamava a atenção. Drê ressaltou como tínhamos tudo a ver!

Eu só conseguia sorrir para Marcelo, praticamente congelada. Ficaria ali olhando para ele a festa toda, não fosse Denise me dando um empurrãozinho na direção dele. Minha asa não funcionou. Em vez de voar, quase tropecei.

Ah, o que seríamos sem as amigas?

Ao mesmo tempo em que Marcelo desceu as escadas, dei alguns passos em sua direção. Sorrimos na mesma sintonia. A festa inteira parecia nos olhar.

— Você está linda, Piera! É uma fada?
— Mais ou menos. Um pouco borboleta...
— Uma borboleta com aparência de fada.
— Obrigada! Você também está muito bem de militar!
— Sabe aquele filme antigo do Tom Cruise, *Top Gun*? Lembrei dele. Se eu não fosse psiquiatra, acho que seria militar, mergulhador. E você? Se não fosse fada, seria borboleta?
— Acho que sim. Voar é um sonho antigo...
— Moça Piera, vou repetir: você está acima de qualquer expectativa minha...
— A festa merece. Hoje é um dia tão feliz para o meu pai!... E eu o amo tanto!...
— Obrigado pelo convite. Obrigado por ter deixado que eu viesse. Queria ver você e não queria perder essa comemoração...
— Imagina! Jamais seria contra!
— Certo... Seu pai merece, Piera. Encontrei com ele na entrada. Está eufórico. A Rose vai chegar em alguns minutos...
— Bem, enquanto ela não chega, vamos conversar com meus amigos — e caminhei.
— Piera!... — Marcelo segurou meu braço.

Nós nos olhamos. Foram três segundos tão intensos que quase gritei, fazendo a festa inteira voltar-se para mim.

Tá, tá, tá, muito óbvio: eu ainda estava apaixonada pelo Marcelo e continuava com os mesmos sentimentos de quando namorávamos.

Por que os sentimentos continuam vivos, mesmo que a gente não os alimente mais?

Mesmo tendo a noção real do tamanho do meu envolvimento, isso não me faria me jogar em cima dele.

Com a presença de Marcelo travei. Senti meus pés fincados no chão.

Cadê a borboleta? Nada. Tudo parecia uma mentira. Sentia um aperto só de relembrar nossos encontros, o abandono de André e o desprezo da minha mãe por tantos anos.

Por que é tão difícil assumir que estamos morrendo de medo da própria vida e deixamos que os outros peguem nosso destino no colo e cuidem de toda a cena?

Queria tanto ser durona, forte, mas, só de olhar Marcelo, sentia vontade de correr para um refúgio distante...

De repente, houve uma correria feliz, e fomos avisados da chegada da noiva.

Meu pai sorriu para mim de longe e todos caminharam até o altar montado especialmente para a cerimônia, onde um juiz de paz aguardava.

Rose surgiu na escada comovendo os convidados. Seus olhos estavam iluminados, além das purpurinas colocadas nos cílios postiços. Seu sorriso ainda mais feliz e as lágrimas pareciam se segurar em ganchos para não rolarem rosto abaixo. Lindo o seu vestido de princesa!

Ao vê-la, meu pai ficou radiante! Isso me deu a certeza de que estava vivendo um dos dias mais felizes da nossa família...

Marcelo ficou do meu lado e nos olhávamos discretamente ao longo da cerimônia.

O juiz não demorou muito com seu discurso. Logo escutamos o "sim" do casal apaixonado e vimos a emocionante troca de alianças. Os noivos se beijaram e todos aplaudimos.

Agora ele teria uma esposa, uma pessoa maravilhosa, que tinha chegado para unir ainda mais a nossa família. Não me sentia perdendo meu pai, muito pelo contrário: ele estaria ainda mais animado, feliz e realizado, com uma mulher perdidamente apaixonada por ele.

Uma enorme onda de alegria tomou aquele sítio.

Chorei discretamente.

Meu pai e Rose vieram me abraçar e agradeci por tê-los na minha vida.

Meu pai pediu o microfone e, emocionado, agradeceu a presença de todos.

— A graça desta festa vem da presença das pessoas que amamos. Quero agradecer os meus amigos queridos do trabalho, minha família, os amigos do prédio em que moramos há tantos anos. E, claro, essa festa só tem graça porque minha filha está do meu lado, apoiando esse meu desencalhe...

Todos riram.

— É!... Vocês acham que homem também não se sente encalhado? Mas agora não posso mais, mocinhas. Agora tenho uma esposa e nós estamos definitivamente unidos para sempre. Aproveito para convidar vocês para um brinde nesse momento. E depois abram a pista de dança! Viva a boa música e que a nossa felicidade envolva todos vocês! Hoje é um dia inesquecível!...

Eu já estava devidamente contagiada.

Diego, Caio e minhas amigas vieram me dar muitos abraços.

Os meninos puxaram conversa com Marcelo, querendo saber de onde nos conhecíamos. Discreto, Marcelo não comentou muito sobre a minha mãe; desviou a conversa para o *kitesurf*. Os meus amigos adoraram. Denise puxou Caio para dançar, Renata e Drê foram dançar com seus pares, Diego, com uma sobrinha da Rose. Marcelo e eu ficamos rindo da *performance* dançante dos meus amigos.

— Quer dançar?

Marcelo estendeu a mão, imaginando que eu fosse aceitar. Eu estava com saudade de abraçá-lo. Sorri. Fomos andando para a pista de dança montada ao lado da piscina. As luzes davam um toque cinematográfico. Tive que concordar com meu pai que aquele dia já seria inesquecível.

— Estou feliz de estar aqui, Piera! Tão bom ver você bem, feliz, comemorando esse momento com seu pai!...

— Estou mesmo muito feliz! Meu pai finalmente vai viver o amor que sonhou...

— Eles estão muito simpáticos vestidos de príncipe e princesa. Nunca escutei falar de um casamento feito em uma festa a fantasia.

— Nem eu! Achei o máximo a ideia da minha madrasta.

Marcelo e eu nos abraçamos. Achei engraçada a cena de um militar e uma borboleta dançando.

Meu sangue parecia correr com mais intensidade. Eu sentia a respiração do Marcelo entrando no mesmo ritmo que a minha. Fomos girando lentamente, abraçados. Esqueci das pessoas ao redor e parecia estar voando de verdade como fazem as borboletas...

— E você? Como está?

Marcelo interrompeu nossos passos e congelou o corpo me olhando com aqueles olhos verdes-azuis luminosos, como se estivessem ligados em uma tomada.

— Estou bem. Feliz por você ter vindo!

— Podemos nos ver novamente?

— Podemos marcar um café qualquer dia desses.

— Piera, você sabe que não quero ser um "café qualquer dia desses".

— Desculpa!

— A gente namorou por um tempo curto, mas você me fez ter vontade de seguirmos mais de perto... juntos... A gente ainda se gosta. Você sabe disso.

— Não posso.

— Por que não pode? Somos adultos, nos gostamos...

— Não sei viver isso da maneira como você merece. Desculpe.

Paramos de dançar, mas conversamos ao longo de toda a festa, ele e eu, nós e os meus amigos.

Caio falou no meu ouvido que não havia comparação possível entre Marcelo e André. Impressionante como o fim do meu namoro com André tinha sido comemorado entre os meus amigos...

A festa foi linda. Rose arrasou dançando com meu pai um *pot-pourri* dos Beatles. Meu pai arrasou quando ajoelhou, segurou a mão de Rose e cantou com olhar apaixonado para ela. Os convidados se animaram com a *performance* quase ensaiada dos noivos e a pista de dança ficou lotada por mais uma hora.

Em certo momento vi meu pai e Marcelo conversando no bar montado especialmente para a festa. Mesmo me aproximando um pouco, não consegui escutar.

Deveria ter colocado uma escuta no bar — não teria coragem de perguntar nada ao meu pai.

Observar aquele encontro de longe, sem ter noção do que estava sendo dito, me incomodava um pouco. Renata também reparou:

— Amiga, genro e sogro conversando!?

— Só faço bobagem na minha vida. Dei um meio "não" para o Marcelo.

— Deixa ver se entendi. Tá de novo mandando embora o cara que você ama?

— Ai, eu sei, sou uma burra!

— Bem, acho que você vai se arrepender. Já falei.

— Já.

Durante a festa Marcelo e eu trocamos olhares várias vezes enquanto curtíamos a merecida comemoração do meu pai.

Aquele casamento foi a festa mais bonita que vi na vida. Para minha alegria, meus amigos concordavam.

Meu pai e Rose seguiram direto para a lua de mel em Las Vegas.

Marcelo gentilmente me trouxe em casa. O Top Gun levava a borboleta para casa.

Durante o trajeto, não falamos sobre nós.

Mais uma vez ele elogiou meu pai e sua agora esposa e nossa conversa fluiu sem nenhuma cobrança.

Rimos relembrando alguns momentos da festa, algumas fantasias... Teve gente que decidiu usar uma fantasia mais poética como Chaplin e O fantasma da Ópera, outros escolheram personagens mais engraçados e foram de Bob Esponja, Picapau, Jaspion, Fred Flintstone.

Foi uma noite de muitos encontros, conversas, risadas, fotos históricas e a certeza de que alguns momentos são melhores do que a imaginação. Aquele casamento entraria para a história!...

A festa tinha sido em um sítio em Vargem Grande. Quando estávamos passando pela Barra a caminho da Gávea, Marcelo me fez um convite:

— Aqui perto tem uma padaria maravilhosa. Vamos tomar um café?

Apesar de ter aproveitado a festa, não tinha comido quase nada, preocupada em dar tudo certo, ajudando a recepcionar as pessoas da melhor maneira...

— Claro! Nada mal devorar um pãozinho quente...

— Também adoro. Se tiver um suco de melão junto, então!...

— Não costumo tomar suco.

— Sério?

— Só água, água de coco, refrigerante, chocolate quente... No máximo suco de laranja.

— Por quê?

— Ah, não gosto. Na infância e adolescência, meu pai me obrigava a tomar vitamina todo dia, preocupado que eu ficasse doente. Traumatizei. Em compensação adoro salada. Serve?

— Serve! Tem um restaurante vegetariano maravilhoso em Ipanema. A salada quente de queijo de cabra deles é impossível esquecer. Aceita ir comigo lá um dia?

— Vou adorar!...

Era cedo. O expediente da padaria estava começando — os empregados ainda com cara de sono e um senhor muito simpático nos receberam com um bom-dia cativante.

As mesinhas redondas com pequenos jarros de flores do lugar e as paredes em tom de terra proporcionavam um ambiente bem aconchegante.

Marcelo e eu fomos nos servir em uma espécie de bufê, com pães quentinhos, pratos quentes com ovos, queijos, cremes, frutas... Ele foi colocando coisas no meu prato, eu tirando e a gente rindo. Quando nos sentamos com nossos pratos cheios de delícias, Marcelo disse:

— Bom dia, moça Piera!

— Bom dia, doutor Marcelo.

— Não. Nada disso, ainda sou o Tom Cruise!

— Ah, foi mal, então, Top Gun!

— Eu não queria repetir, demonstra falta de criatividade, mas você de borboleta está linda!... Aliás, reparou como nos olharam quando entramos aqui?

— Não é mesmo muito comum encontrar uma combinação de Top Gun com borboleta logo cedo...

— A graça da vida está nas combinações inesperadas, minha querida.

— É verdade.

Fiquei um tempo olhando para ele.

— Marcelo, quero agradecer sua paciência comigo.

— Eu gosto de você, Piera. Isso não vai mudar. Não é todo dia que acontece algo como o nosso encontro.

— Eu sei. Sinto muito não ser quem você precisa. Não sou forte. Quero ser, vou lutar por isso, mas por enquanto não sou capaz...

— Capaz de quê?

— Não sei bem. Não sei um monte de coisas. Eu queria muito!...

— Piera, *a gente* quer...

— Vamos tomar nosso café. É um pecado esse pão esfriar!...

Ele me olhou de maneira triste. Eu sei, tinha acabado com o café da manhã. Sorri, tentando amenizar o momento, ele sorriu de volta.

Recomeçamos a falar besteiras. Marcelo comentou que na festa só chamava os convidados pelo nome das personagens. Saindo do banheiro, deu de cara com o He-Man:

— Fala aí, He-Man! — E o He-Man era o contador do meu pai.

O jeito alegre de Marcelo viver a vida me envolvia. Apesar de eu envenenar nossos encontros com dramas, ele sempre me fazia rir.

Ao lado dele, eu acreditava na possibilidade de ser feliz intensamente como nos filmes...

Capítulo 17

Nas nuvens da paixão

Pode fugir, mas sou o amor e vou te reencontrar.

Marcelo me deixou na porta do prédio. Nós nos despedimos. Ele segurou meu rosto com carinho e me beijou a face. Fechei os olhos.

Senti saudade dos nossos beijos e desejei que aquele minuto durasse o dia inteiro...

Como ele me fazia bem!...

Respirei fundo, peguei as asas no banco de trás do carro e disse, abrindo a porta:

— Obrigada por tudo, Marcelo. Olha, posso dizer sem medo de errar que você é o cara mais especial que conheci na vida!

— Você também é uma garota especial, Piera!... Te quero muito bem...

— Quero me desculpar com você...

— Sem desculpas! Não aceito mais nenhuma desculpa sua. Esquece essa palavra, por favor. Fica bem. Se quiser me procurar, vou querer te ver.

Apertei os lábios.

Estava morrendo de vontade de beijá-lo, mas simplesmente não tinha coragem nem de assumir minha saudade.

Marcelo segurou meu braço, parecendo entender o que eu sentia.

— Fica bem. Eu vou estar sempre por perto...

Desci do carro, tentando não olhar para trás. Mas olhei.

Marcelo me observava. Quase voltei para aquele carro para assumir de uma vez o amor da minha vida. Ele acenou...

Virei as costas, subi os degraus da portaria. Lágrimas desceram pelo meu rosto enquanto eu chegava ao *hall* e chamava o elevador...

Dormi a manhã toda.

Acordei com um vazio no estômago, de fome e de tristeza.

Rose carinhosamente tinha me mandado uma cesta do melhor da festa. Com o mimo, um envelope:

Peguei seu pai emprestado, mas aqui estão estas guloseimas para fazer você sorrir.

Enquanto tomava meu segundo café da manhã na varanda, fiquei vendo a vida correr, as pessoas nos outros prédios, as vozes e as famílias ao longe...

Lembrei-me das crianças do Lar. Estava com saudade delas.

Em uma varanda perto dali, vi um casal feliz namorando. Ele tentava beijar o pescoço dela, ela ria e o empurrava. Em uma janela, uma garota com ar de resolvida, feliz, com um coque no alto da cabeça, óculos escuros enormes, falava ao telefone, também sorrindo muito, parecendo contar uma história bombástica, gesticulando.

Eu estava personificando a solidão. Imaginei como meu pai estava feliz naquele momento. Isso me bastava.

Me joguei no sofá, liguei a TV e dei de cara com Beyoncé vestida de noiva, emocionada, lembrando um ex-namorado e de como o amou no clipe de "Best thing I never had". Impossível não lembrar do André.

A gente tinha namorado tantos anos e eu simplesmente o sentia como um conhecido, alguém em quem eu tinha esbarrado na vida, tido um contato, e que tinha me decepcionado.

Lembrei-me de quando, depois do "Descobri que não amo mais você. De tarde eu volto aqui", tive certeza de que tinha sido traída.

Um dia, voltando da casa da Renata, vi o carro de André na porta do prédio da ex dele de adolescência. Imediatamente concluí que estavam juntos. Depois, todos passaram a comentar, a história se tornou comum entre os amigos e muitas vezes desejei furar os pneus do carro do André, mas não tive coragem nem achei que ele fosse merecedor de qualquer sentimento meu, mesmo que de ódio. Engoli aquela traição descarada.

Beyoncé continuou cantando... Parecia que a música tinha sido escrita para mim...

É, eu sabia bem o que acontece ao se sentir agradecida por algo ter dado errado na vida. Eu jamais seria feliz com André. Daria errado, e meu futuro seria um cotidiano de decepções. Depois de sofrer por aquele cara, eu definitivamente não sentia nada por ele.

A herança daquela decepção remetia à minha total dificuldade de conseguir seguir em uma nova relação. Apesar de amar muito Marcelo, não conseguia dizer "sim" para ele. Minha felicidade parecia aos poucos se distanciar e não me sentia capaz de me autorizar a viver um momento tão especial.

E se me desse mal? E se, de alguma forma, o amor não fosse como mostrava ser? Como superar outra dor? Como respirar quando tudo desse errado?

Aquele dia foi um dos mais solitários na minha vida.

Enquanto meu pai e Rose chegavam a Las Vegas e respiravam o perfume das alegrias, eu pegava no sono no sofá da sala. Acordaria às 6 da tarde, sem ter o que fazer e sem nenhuma perspectiva de minha vida melhorar.

Meu alívio foi visitar as crianças do Lar, levar vários docinhos para elas, tirar fotos com brigadeiro na boca e dançar, comemorando a vida. Não, minhas crianças tinham muitas expectativas e ainda era cedo para descobrirem o significado da palavra tédio...

Segui assim a semana toda.

Marcelo não telefonou. Apenas mandou um e-mail comentando mais uma vez a alegria de estar na festa, parabenizando novamente os noivos e colocando sutilmente que, se eu precisasse dele, poderia ligar.

Precisei dele a semana toda, mas não liguei.

Minha companhia de solidão foram os mergulhos no mar e a caixa de borboleta. Li novas cartas da minha mãe. Com ela eu compartilhava os sentimentos de recomeços, destruição pessoal e vazios. Ela parecia ainda mais frágil do que eu supunha...

> *Hoje, me sinto mais sozinha do que todos os dias da vida...*
> *Mal consigo me mexer.*
> *Meu marido viajou, minha filha, distante, em algum lugar desconhecido por mim, empregados me perguntando a todo instante se preciso de algo, o poder sempre desejado jogado aos meus pés... E eu me sentindo só.*
> *Ai, que medo eu tenho do medo!...*
> *Saí para dar uma volta de carro.*
> *São Paulo é tão diferente do Rio!...*
> *Fico buscando alguma rua para dar na praia, lindos prédios me olham e todos, sem exceção, parecem apressados para ir a algum lugar que jamais saberei.*
> *Parei na porta de uma loja enorme, linda, vendedoras me acharam com cara de rica e me mostraram a loja toda. Comprei dois vestidos. Usarei um deles para ir ao teatro.*
> *Marco Nanini estará na cidade com uma peça. Li elogios. Quero assistir.*
> *Ontem vi uma bailarina em uma vitrine e lembrei da minha filha. Que ela tenha muitos dias de piruetas e sorrisos...*

Estranho ler aqueles pequenos trechos sobre seus sentimentos, suas impressões no dia a dia.

Difícil imaginar não existir um motivo para eu ter sido deixada de maneira tão dura. Mas quanto mais pensava na minha vida, mais perdoava minha mãe e menos perdoava André. Ela tinha uma doença, havia me amado a distância. André havia sido cruel, destruído nosso relacionamento, covarde.

Alguns dias depois, Marcelo ligou.

— Piera, sou eu. Preciso te ver...

— Marcelo!...

— Posso passar na sua casa?

— Po... po... pode! Pode, sim! — gaguejei.

— Então passo aí depois do almoço, tá?

Antes que eu pudesse dizer qualquer outra coisa, ele desligou. Fiquei tensa. Não sabia o que pensar...

O que Marcelo queria? Como seria revê-lo? Teria forças para dizer "não" mais uma vez?

Que presunçoso da minha parte vislumbrar um pedido para voltarmos. Vamos combinar que nada é pior do que uma mulher "se achando". Tentei relaxar e deixar de fazer suposições.

Claro que minhas amigas quiseram me bater ao escutar meu desabafo, enquanto escolhia a roupa para receber Marcelo.

— Não interessa o que ele vem fazer aqui, Piera! Importa que ele vem. Pelo amor da *night* mais perfeita de todas, minha filha, agarra esse homem! — Denise me sacudiu.

— Como é que vocês não conseguiram se acertar nem depois do casamento do seu pai? Aquela festa parecia o baile da Cinderela. Como pode alguém querer perdidamente alguém e ao mesmo tempo querer ficar longe?

Eu não tinha respostas.

— Quando estou com ele, eu travo.

— Piera, você precisa resolver isso! A sorte não volta na vida da gente. Ele ainda está na sua, mas até quando? Acorda!

Eu tinha medo dos "acordas" da Drê. Ela sempre me mandava acordar no momento certo.

— A gente sabe que você tem seus traumas. Mas, pô, também tenho, todo mundo tem!

— Não sei mais ser abandonada, Denise. Acho que ficou mais fácil terminar com o Marcelo. Dessa vez, quem foi embora fui eu.

— Pra quê? Pra se sentir mais forte ou mais protegida? Perder faz parte da vida, garota! Você perdeu sua mãe e não teve culpa nisso. Perdeu o André e ainda bem, porque aquele cara era um mala.

Depois que Renata disse isso, Drê e Denise me olharam. Eu detestava quando minhas amigas faziam pressão, mas nossa amizade tinha esse lado sincero. Nenhuma de nós escondia os pensamentos.

Nosso pequeno grupo deu certo. Jamais existiu mentira, falsidade e disse que disse entre nós. Eu me sentia muito sortuda por ter essas pessoas tão queridas próximas há tantos anos. Em muitos momentos de dor minhas amigas foram fundamentais.

— Eu espero que, quando o Marcelo chegar, eu não fique tão na defensiva...

— A gente espera que você não use nenhuma arma de defesa. — Renata estava sendo bem enérgica.

— Prometo.

Minhas amigas esperaram que eu tomasse banho e me ajudaram com a roupa. Vesti um *jeans*, uma camisetinha branca com bolinhas pratas na alça e uma rasteirinha prateada. Como tinha chovido e estava friozinho, coloquei um casaquinho bem básico, cinza. Soltei os cabelos.

Denise ainda ficou tentando arrumar meu cabelo da maneira mais sensual possível. Para minhas amigas, aquele encontro precisava *funcionar*. Mas achava apenas que eu precisa *sobreviver*.

Rolaram ainda muitos conselhos que só as mães sabem dar. É, elas vestiam mesmo a carapuça e se dedicavam a ensinar as coisas que achavam saber e outras de que tinham certeza.

Nós nos abraçamos, as três com falas do tipo "Vai dar tudo certo", "Confia"... Não sei dizer quanto tempo durou aquela coreografia quase indígena com frases de impacto, mas, quando abri a porta para que elas fossem embora, Marcelo estava parado nos olhando.

A primeira coisa que pensei foi: "Meu Deus, ele escutou a Denise berrando 'Amiga, esse cara é teu. E ainda por cima é gato!'".

Por que a gente só paga mico na frente dos caras com quem estamos envolvidas emocionalmente?

— Oi, Marcelo! A gente já está indo embora. Você agora cuida da nossa amiga, tá?

Denise continuava com sua metralhadora incansável.

— Vamos indo...

Renata foi puxando a mulherada.

Marcelo entrou na sala e imediatamente senti seu perfume. Respirei fundo, o mais discreto possível para não denunciar meus pensamentos.

Quando fechei a porta, ainda escutei Denise falando no corredor enquanto elas esperavam o elevador. Estava completamente sem graça, tendo que olhar Marcelo, com as gargalhadas das minhas amigas como fundo musical. Eu sabia do que elas estavam rindo.

Marcelo parecia meio tenso.

— Podemos sentar?

— Claro! Como você está? — perguntei, desejando que ele fosse direto ao assunto.

Uma avalanche de informações latejava na minha cabeça.

— Desculpa vir aqui assim, mas não vou adiar o que preciso dizer. Sua mãe sofreu um acidente. Ela estava em casa. Por causa dos medicamentos que toma, caiu da varanda e está no hospital. Comprei duas passagens de avião e temos quatro horas para estar no aeroporto. Mas eu não sei mais detalhes sobre o estado de saúde dela.

— Meu Deus! Não sei por que achei que isso aconteceria... Ela me pareceu tão frágil!...

Comecei a chorar. E me lembrei de que meu pai estava em lua de mel em Las Vegas. Eu estaria nisso sozinha ou nem tanto...

Marcelo segurou minha mão.

— Estou com você nisso e, por favor, não me mande embora.

Como poderia? Eu me sentia muito frágil e ao mesmo tempo muito atraída por ele...

Ficou impossível administrar meu lamento pela saúde da minha mãe e a proximidade entre nós que havia naquele instante.

Marcelo apertou minha mão, e eu inclinei levemente minha cabeça em seu ombro. Senti seu cheiro... Estremeci. Meus batimentos cardíacos aceleraram um pouco. Respirei fundo. Fechei meus olhos e suspirei. Então senti seu beijo no meu pescoço. Retribuí e, quando vi, estávamos juntos em mais um beijo, como antes.

Tudo de novo.

Eu e o cara perfeito de olhos verdes que chegam perto do azul e voltam para o verde, indo mais uma vez no azul e... Que bom repetir aquele encontro!...

Nos beijamos por muito tempo. Uma saudade mútua... Mesmo sem saber o que aconteceria dali em diante, foi uma espécie de alívio sentimental.

— Senti muito sua falta, Piera!

Abracei-o. Não sabia direito o que pensar...

Nem sempre nossa mente funciona direito e o mundo cobra amadurecimento, mas a gente mal sabe se consegue dar um passo adiante.

— Preciso ver a minha mãe...

— Faça a sua mala. Vou esperar você aqui. Vamos para São Paulo ainda hoje. Comprei as passagens usando a documentação que você deixou quando foi na Clínica.

— Tá. Não demoro.

Levantei e novamente me sentei.

— Se você não quiser ir, Marcelo, não precisa...

— Piera, sou um quase médico e sei que posso ajudar você em São Paulo. Abaixa um pouco a guarda! Sua mãe precisa de você e vou para ajudar. Quero estar ao seu lado.

— Está bem! Não demoro!

Em uma hora minha mala estava pronta. Antes de sair, olhei a sala da minha casa e reparei como tudo mudara depois que minha mãe apareceu.

Conheci Marcelo, me apaixonei por ele, meu pai também encontrou seu amor, e minha mãe foi embora de novo.

Será que as pessoas precisam aparecer na nossa vida, causar verdadeiras revoluções e depois partir?

Fechei a porta e acho que de alguma forma uma etapa da minha vida ficou ali.

Um táxi nos esperava. Olhei o taxista, e duvidei de que ele tivesse uma rotina mais confusa que a minha.

Marcelo e eu fomos da Gávea até o aeroporto de mãos dadas. Tivemos uma conversa leve, sem maiores decisões. Marcelo, meu ex, temporariamente de novo meu namorado, perguntou se eu tinha medo de avião.

— Só um pouco. Meio tenso estar no ar.

Ele nitidamente tentava evitar que eu pensasse na minha mãe. Embarquei na dele e grande parte da nossa viagem pareceu uma simples saída para encontrar os amigos.

Depois de um *check-in* demorado, ficamos esperando a chamada do voo.

— Não sei por que, lembrei de suas amigas. Elas são engraçadas.

— É. São, sim. Sabe que somos amigas há anos e nunca tivemos nenhum atrito? Sempre as quatro. Eu, a Drê, a Denise e a Renata. A Drê é a romântica, a Denise fala tudo o que pensa e a Rê, a livre, adora viajar, festas, e é a que mais teve namorados.

— E você, como é?

— Eu? Essa é a pergunta mais difícil de todas. Você está perguntando como psiquiatra?

— Quando estou com você, não penso como psiquiatra.

— Sou alguém que tem medo de ser abandonada. Fui deixada pela minha mãe, por um ex-noivo e ainda não sei bem lidar com isso.

— Você não é só isso.

— Ah, me acho alguém do bem, uma garota da Gávea, carioca apaixonada pelo Rio, adoro olhar o céu da minha cidade, me considero feliz e o que mais queria aconteceu: conhecer a minha mãe... Posso fazer uma pergunta?

— Claro! Comigo, você pode tudo...

— Tudo?

— Bem, melhor dizer quase tudo. Nunca sabemos o que pode sair de uma criativa cabeça feminina. Diga.

— Existe alguém normal, normalzinho, sem nenhum defeitinho na cabeça?

Marcelo deu uma gostosa gargalhada, colocou a mão no queixo e fingiu pensar.

— Piera, esse termo "normal" fica muito mal explicado. Melhor falar de seres humanos saudáveis. Aquelas pessoas do bem, como você falou, que acordam buscando ser alguém melhor, sem buscar felicidade no inferno do outro.

— Triste pensar que existem pessoas que são infelizes quando o outro está se dando bem na vida, conquistando suas coisas... Tem gente que fica infeliz assistindo ao sucesso alheio, e isso pode se tornar crônico. A pessoa nada faz por si, gasta seu tempo amargando os avanços da vida alheia.

— A inveja é muito ruim...

Eu me sentia meio idiota conversando com um psiquiatra assuntos da mente humana, mas o papo estava bom.

— O mais triste na inveja fica por conta do incômodo que a pessoa sente observando a vida que não é sua. Ela nada cria para sua própria vida e despreza a ação do outro para se sentir melhor.

— Olha, Marcelo, tive poucas, mas verdadeiras amizades. Disso não posso reclamar. Poucas pessoas por perto, mas todas de uma essência maravilhosa!...

— Piera, a base da inveja não é desejar coisas boas para si, mas coisas ruins para o outro. Penso que inveja é aquilo que a pessoa tem daquilo que ela não tem. A pessoa é capaz de pouco se importar consigo e foca sua energia no outro, para que *ele* não tenha.

— Sua inteligência me encanta...

Deitei minha cabeça no ombro dele, e mais uma vez nos beijamos.

Feliz e triste, contrastes na minha vida. Conexão estranha com dois polos de sentimentos.

Queria ir e, ao mesmo tempo, ficar. Desejava rever minha mãe e fugir para uma ilha deserta com Marcelo...

Pronto. Éramos novamente um casal, como fomos nos vários dias que passamos juntos.

Voltei a olhá-lo.

— Às vezes, parece que acordei de um pesadelo... Sabe, vivi muitos anos um relacionamento e acho que de alguma forma ele me ensinou a desgostar de mim, a achar que nunca mais seria feliz com ninguém e realmente alimentei isso até o dia em que reencontrei minha mãe e conheci você.

— Isso é uma declaração de amor?

— Para, Marcelo! — Eu ri.

— Posso te beijar de novo?

— Antes deixa eu falar mais uma coisa. É que conhecer você me forçou a me olhar de novo, a me reparar, justamente no momento em que minha mãe surgiu com todas aquelas cartas...

— Entendi. Vim para *bagunçar* a sua vida.

Marcelo era um homem, nada tinha da molecagem vulgar do André. Não sentia nele rodeios e, confesso, me via imatura com tanta determinação. Ele estava ali no aeroporto comigo totalmente decidido e certo da nossa viagem. E eu, que fora insegura a vida toda, o observava. Muito ruim ser frágil...

— Hum... Não sei se você *bagunçou*. Talvez você tenha *arrumado*... Sabe quando você entra na casa de alguém, está tudo fora do lugar e resolve dar uma mãozinha e arruma tudo?

— Quer dizer que vim para *arrumar* a sua vida, moça Piera?

— Talvez sim... Você tem me ensinado coisas...

— Eu também aprendi com você, Piera. Achei bonita a maneira como você aceitou sua mãe.

Beijei Marcelo mais uma vez. Enquanto o sentia em mim, escutamos a chamada do nosso voo. Agora, hora de voar e encontrar minha mãe.

Assim que nos sentamos na poltrona do avião, Marcelo disse:

— Piera, fala uma música! — Marcelo falou isso com a animação de um menino de 10 anos.

— Deixa eu pensar! Assim, qualquer uma?

— Qual vem na sua cabeça?

— "Streets of New York", da Alicia Keys! Adoro dirigir com essa música tocando...

— Sei qual é. No refrão ela diz *"New York"* umas mil vezes...

— Gosto da parte que diz: "É como uma selva, aqui. Tanta luta, aqui"...

— E é a maior verdade!

— Mas por que você me perguntou isso?

— A filhinha de um médico da clínica me disse hoje que conhecemos alguém pelo que eles dizem e pelas músicas que escolhem.

— Nossa, pequena e sábia!

— É. A Joana é demais. Tem 10 anos, mas parece uma adulta. Fico impressionado em ver como os novinhos de agora dão um banho na minha geração!

— E o que você descobriu da música que escolhi?

— Não muita coisa. Só que você curte Nova York.

— Estive lá duas vezes com meu pai. Adorei!

— É? É muito bonita a relação de vocês dois...

— Posso falar outra?

— Claro! Qual é?

Respirei fundo e cantei o comecinho de "All star", do Nando Reis:

— Eu me lembro de você com essa música.

— Adorei saber disso. Nando Reis manda muito bem. Ele fez essa música para a Cássia Eller, sabia?

— Sabia. É emocionante a versão da Cássia. Meu pai adora...

O avião decolou.

Enquanto eu via o mundo lá fora passando acelerado, Marcelo apertou minha mão e me senti plena. Estava preocupada com minha mãe. Torcia para que o acidente não fosse nada sério e que tudo ficasse bem.

O voo até São Paulo passou muito rápido.

É sempre assim quando estamos com alguém de quem gostamos: o tempo passa rápido, em uma espécie de curto-circuito do relógio central que nos desestabiliza e faz com que meia hora com aquela companhia pareça dois minutos.

Eu estava nas nuvens. Não só literalmente, mas com a cabeça encostada no ombro de Marcelo e recebendo carinho, e isso me acalmava.

Tentei me distrair, mas não tinha ideia do que encontraria em São Paulo. Minha mãe sofrera um acidente. Que acidente? Estava machucada? Inconsciente?

Marcelo fingiu não saber de nada. Pediu que fôssemos até o hospital para obter informações. Estava na cara que eu estava sendo excluída das notícias. Agora Marcelo estava diferente do normal. Distante... Pensativo...

Meu pai também não sabia de nada. Para que incomodá-lo na lua de mel? Poxa, depois de tantos anos esperando a felicidade chegar, não tinha graça atrapalhar aquele momento tão pessoal. Minha relação de afeto com meu pai era tão profunda que suas palavras de apoio estavam ali comigo, mesmo sem sua presença...

Aterrissamos.

Passamos no hotel, localizado próximo à Avenida Paulista, apenas para deixar as malas e correr para o hospital. Marcelo subiu e fiquei ali na recepção.

Algo doía em mim.

Intuição feminina, daquelas que ficam latejando com os batimentos do coração. Minha respiração estava atravessada, mas me contive. Não podia ser fraca. Iria ao hospital, encararia o estado da minha mãe. Sem lamentos. Seria forte como meu pai me ensinou...

Novamente no táxi, fui olhando a imensidão das construções de São Paulo e lembrando as descrições da minha mãe sobre a cidade.

As ruas bem mais limpas que as do Rio de Janeiro, as calçadas mais bonitas, os prédios mais chiques, mas no quesito verde... minha cidade dava um banho.

Para mim, Rio e São Paulo se complementam. Segundo um amigo meu, o fim de semana perfeito é manhãs e tardes cariocas e noite paulistana.

Estava observando a grandiosidade das construções e as muitas lojas espalhadas pela cidade quando escutei o taxista e Marcelo em um animado papo sobre casa, filhos... O taxista contava da sua vontade de mudar para o interior com a esposa e os dois filhos menores. Segundo ele, lá tem mais qualidade de vida e as escolas para os filhos são mais bem estruturadas. Quem aguentava trabalhar em um táxi cortando a cidade por vinte anos?

Chegamos ao hospital.

Enquanto caminhávamos, Marcelo tentou me acalmar.

— Você está muito pensativa, Piera. Não fica assim... Vai dar tudo certo...

— E você não quer mesmo me dizer exatamente o que aconteceu com a minha mãe, né? Ela deve estar mal...

— Olha, me avisaram superficialmente. Prefiro que a gente converse com o médico.

— Que confuso: fico a vida inteira sem mãe, ela aparece, me diz que não pode ser minha mãe e agora está mal nesse hospital.

— Me dá sua mão, Piera. Já conheço você, sei como é uma pessoa boa. Seu olhar de esperança lá no Lar está vivo aqui na minha mente. Essa fé é o que vai fazer você suportar e seguir. Eu tô com você aqui e vou ajudar no que for preciso.

Capítulo 18

A verdade mais difícil

Sabe aquilo tudo em que você acreditou?
Nunca existiu.

Minha mãe estava internada na área de Ortopedia e Traumatologia do Hospital Sírio-Libanês, no bairro da Bela Vista.

Marcelo descobriu que ela tinha sido transferida da unidade crítica para uma unidade semi-intensiva e agora estava no quarto.

Eu não conseguia processar as informações, estava nervosa. Por isso Marcelo me levava conduzida pela mão, sem questionar, agradecia por ele estar ali comigo.

Finalmente nos encontramos com o médico que cuidava da minha mãe. Ele nos informou que, três dias antes, ela caíra, assim como nos filmes, da varanda de sua casa, rolando por uma escadaria do jardim. Tinha batido a cabeça, quebrado os dois braços e precisou fazer uma cirurgia em um deles. Agora estava tudo bem. O acidente poderia ter sido grave, mas ela havia tido sorte. Agora estava consciente e podia nos receber.

A demora para que eu tomasse conhecimento do acidente foi por causa dos empregados da casa, que faziam somente o que minha mãe autorizava. Como estava inconsciente, eles acharam que não tinham permissão de ligar para mim ou para o Marcelo.

O médico ficou explicando tudo o que tinha acontecido e a atual situação da minha mãe. Mas a única informação realmente importante que gostaria de ouvir era "Pode entrar para vê-la". Então finalmente o médico autorizou minha entrada. Segurou delicadamente meu braço e adiantou:

— Talvez ela esteja um pouco fora de si...

Como explicar para aquele médico que ela já estava fora de si fazia muito tempo?

Marcelo decidiu me esperar no corredor. Abri a porta do quarto e um silêncio assustador reinava ali. O ambiente estava na penumbra, uma acompanhante estava sentada em uma cadeira e, antes que eu pudesse dar um segundo passo, escutei a voz da minha mãe:

— Piera? É você?

— Sim — respondi.

— Reconheci pela sua sombra. Pelo menos, conheço algo em você...

Ela estava inerte e o olhar, opaco. A enfermeira acendeu a luz e avisou que sairia para tomar um café.

O lugar estava frio como todo quarto de hospital, mas o semblante da minha mãe não parecia tão ruim quanto eu imaginara. Os olhos inchados, os cabelos fragilmente penteados para trás.

Ela era minha mãe. E eu de novo com nenhuma intimidade ao encontrá-la. Tentei me concentrar na situação. Esqueci todo o resto, mesmo que todo o resto fosse toda a minha vida e as histórias dos meus dias compactadas, indefesas e repletas de hiato.

Ela me olhava, parecia observar cada centímetro do meu rosto.

— Você se parece comigo!

— Sou sua filha!

— É mais bonita do que eu, filha... *Fi-lha*. Filha é uma palavra de sonoridade diferente para mim.

— Mãe, não fala muito, não... Descansa... Vim ver você, e estou feliz que esteja bem.

— Mas eu não estou bem!

— Penso que sim. O médico disse que foi só um susto...

— Precisamos conversar, Piera.

Ela me olhou de um jeito que jamais vi, mas achei familiar. Um olhar trêmulo de quem pedia ajuda e, ao mesmo tempo, queria se jogar do alto de um penhasco.

— O que você tem, mãe?

— Preciso contar uma coisa para você.

— Não, não precisa! Descanse, por favor... Teremos muito tempo para conversar depois...

— Eu poderia ter morrido naquele tombo.

— É... O médico falou...

— E, quando acordei, percebi que estava viva! Desde então tenho pensado mais ainda em você, no quanto deixei a desejar como mãe... E percebi a urgência de te contar algumas verdades...

— Mãe, eu li seus escritos..., sei o que sentiu. Você não me deve mais explicação. Eu quero apenas vê-la bem!...

— A minha vida está cheia de mentiras, Piera!

— Olha, não importa mais! Está tudo resolvido entre nós! Só quero que você possa me conhecer.

— Não! Preciso te contar meus motivos.

— Motivos de quê?

— De ter sumido, ter partido, te deixado. Eu fiz isso por questões que você jamais entenderá. Você nunca se perguntou sobre a causa de eu ter ido embora? Ou se perguntou sem realmente perguntar?

Comecei a me preocupar levemente. Tive a mesma sensação que tive na recepção do hotel: algo estava por vir e não esperava que fosse bom.

O que minha mãe tinha para me contar de tão assustador?

— Quando te deixei com ele...

A quem ela estava se referindo?

— Meu pai?

— ... é porque sabia que você ficaria muito melhor do que comigo. Deus sabe como sofri para manter o casamento. Não tenho uma vírgula para criticá-lo, condená-lo, reclamar direitos... Ele fez de você alguém muito melhor do que eu faria. Você não tem sentimentos ruins dentro de si. Podia ser uma garota vingativa, amarga, mas, ao contrário disso, como ele, você ajuda pessoas, não é fútil, tem uma alma. O que você poderia herdar de mim, dos meus defeitos, foi embora pelo ralo, se misturou ao nada.

— Mãe, se acalme... Melhor chamar a enfermeira.

— Por favor, me deixe falar. Eu tinha medo e não soube lidar quando aconteceu.

— O quê?

Senti uma palpitação, uma vontade de chorar...

— Você precisa saber das minhas verdades.

Continuei ouvindo seu desabafo. Algo me dizia que logo, logo eu perderia meu chão.

— De que "verdades" você está falando?

— Seu pai.

— O que tem meu pai?

— Os erros que cometi... Seria o *grande* erro ou o *maior* erro que cometi?

— Como assim, *grande* erro, *maior* erro? Do que você está falando? Fala de uma vez! Estou ficando nervosa!...

— Eu deveria, mas nunca consegui engravidar.

— Como assim nunca engravidou? Depois de mim, você tentou ter mais filhos?

— Depois de você, eu não queria mais filhos.

— Não entendi. O que você está tentando me dizer?

— Sinto muito. Desde o começo, desejava que fosse do seu pai, mas infelizmente não aconteceu assim.

— Que papo é esse, mãe, de "não aconteceu assim"? Fala!

— Minha filha, o destino me deu coisas maravilhosas, mas não soube aproveitar bem.

Eu estava engasgada como nunca na minha vida. Nem a decepção de um namoro que acabara sem mais nem menos estava me doendo tanto quanto aquelas frases perdidas da minha mãe.

— Explica melhor, por favor, mãe!

— Filha, me perdoa! É isso mesmo que você entendeu...

— Mas eu não entendi! Eu não entendi.

— Antes de me casar com seu pai, eu tinha um relacionamento com outro homem. Algo confuso. Casei com seu pai e mantive por pouco tempo o outro relacionamento. Brigamos, ficamos distantes por poucos meses e, depois, em uma recaída minha, veio a gravidez. Eu já estava casada com seu pai, um homem maravilhoso, mas não o amava, nunca o amei. Também não amava o outro. Com a gravidez, o relacionamento extra terminou e nunca mais tivemos contato. Minha cabeça ficou tumultuada, basicamente porque sabia que o filho seria de outro homem e não daquele com quem eu tinha me casado.

— Meu Deus! Você não está dizendo isso! Você não está me dizendo que o meu pai não é meu pai!

— Dói demais em mim dizer isso.

— Dói? O que você entende de dor? Você ficou dezenove anos sumida, escrevendo cartas para mim que nunca li. Aí você aparece e diz: sabe essa vida que você acha que é sua? Não é! Você achou que tirou pouco de mim?

— Mas seu pai te ama como se fosse seu pai!

Eu estava estarrecida. Aquela não podia ser minha mãe.

Pelo amor de Deus! Como a gente faz para não viver os piores momentos da vida? Eu não queria aquela verdade e odiava aquele desabafo da minha mãe tanto quanto a detestava a partir daquele momento.

Como ela podia me tirar o chão daquela forma? Queria não ter entrado naquele quarto, queria nunca ter morado naquela barriga!...

— Eu estou com nojo dessa história! Isso não pode ser verdade!

— Sabia que passei esses dezenove anos sofrendo por esse dia? Eu sabia que um dia teria que te contar. Ao mesmo tempo, você e seu pai sempre foram uma família tão unida que parecia que tudo tinha que ter sido como foi.

—Meu Deus! Meu pai fez de tudo para me fazer a pessoa mais feliz do mundo! Sou sua única filha... Como você foi capaz de... Ele sabe disso?

— Não.

— Uau! Você está aqui me dizendo que o meu pai não é meu pai, eu nem consigo acreditar nisso e, na verdade, percebo que essa notícia só me confirma o que a minha vida toda pensei: você nunca *foi* a minha mãe. Nunca *agiu* como mãe, nunca teve espaço para a mãe da Piera dentro de você. E agora me fala isso só para se sentir melhor, para seguir com essa sua vida vazia em que tudo está ligado a dinheiro...

— Não me odeie, por favor, Piera! Eu não tive coragem antes, mas estou aqui agora...

— Odiar você? Não vou perder o meu tempo! Tem gente que não tem família nenhuma e vive muito feliz. Eu nunca, nem por um segundo tive mãe. Você foi egoísta até quando engravidou. Fiquei anos juntando restos de fotos para entender fisicamente quem tinha me parido. É isso que você vai voltar a ser: uma colagem, cheia de mistérios, com vazios que jamais vão se encaixar!

— Minha filha, pense, reflita... Eu precisava te contar...

Não respondi.

Saí daquele quarto sentindo vontade de vomitar, as pernas bambas, o corpo dolorido... Eu tinha levado uma surra naquele quarto!

O meu pai não era mais meu pai!

Como aceitar isso? Como alguém brinca dessa maneira com a vida dos outros? O que ele diria sobre nunca ter sido meu pai? Que mãe era aquela que a vida tinha me reservado?

Marcelo percebeu que eu ia desabar e veio na minha direção:

— Tudo bem com a sua mãe?

— Ela não é minha mãe! Nunca foi! Não pode ser! Você não acredita no que ela me disse...

— Calma! Vamos embora.

Saí chorando pelos corredores do Sírio-Libanês. Quem me via caminhando aos prantos imaginava que alguém da minha família tinha morrido. E tinha mesmo.

Como explicar que todas as minhas crenças tinham sido furadas? Como diria ao meu pai que todos os seus anos de dedicação tinham sido para uma filha que não tinha seu sangue?

No hotel, mais calma, controlando o choro, sentada na cama, contei detalhes da conversa para Marcelo. Ele, em uma cadeira diante de mim, fez questão de se aproximar para segurar minha mão. Seu olhar demonstrava entender minha decepção e dor.

— Piera, seu pai é o pai que você conhece! Verdades não fazem cair por terra as verdades existentes.

— Por isso ela tinha todas as crises, não conseguia conviver com essa mentira. Teve uma filha, entregou na mão do ex-marido e sumiu no mundo. Meu pai biológico é um desconhecido. Como eu vou contar isso para o meu pai?

— Da mesma forma que você me contou!

Aquele dia parecia um pesadelo em minha vida, minha intuição tinha sido mais uma vez certeira. O jantar chegou ao quarto e não me animei a comer. Marcelo gentilmente me serviu, lembrando que eu precisava me alimentar, não tinha comido nada o dia todo...

Durante a refeição, o clima melhorou um pouco. Marcelo contava histórias de um jeito sempre divertido. E eu adorava suas histórias...

Quando vi, estávamos nos olhando, nos olhando... E nos beijamos. Marcelo me abraçou.

— Estava com muita saudade de você!

A gente combinava de um jeito que eu não sabia explicar.

Naquela noite ficamos juntos na cama, ele acariciando o meu braço... Junto dele, eu me sentia protegida... Até que peguei no sono...

Quando acordei, parecia que a tarde do dia anterior tinha sido um pesadelo. Inacreditáveis as verdades sobre meu passado! Eu precisava decidir sobre o que queria fazer: ir embora de São Paulo, voltar para casa e pensar em como contaria aquela notícia para o meu pai?

Descemos para tomar café de mãos dadas. Aquela história toda tinha nos reaproximado. Não tinha ideia de como seria minha vida dali em diante, mas queria crer que continuaria vendo Marcelo... Assim que nos sentamos para o café da manhã, ele ficou me olhando e disse:

— Você está linda!

Tem coisa mais especial do que ser elogiada mesmo com a cara amassada de sono?

— Eu acabei de acordar!

— Não importa. Está linda!

Rindo enquanto provava mamão com granola, castanha e amêndoas... Fragmentos de decepção começaram a cair do céu.

Então lembrei que precisava conversar com Marcelo. Não fazia mais sentido ficar em São Paulo.

— Podemos voltar para o Rio hoje mesmo?

— Você não quer conversar mais uma vez com sua mãe?

— A gente não tem mais nada pra conversar. Ela me explicou muito bem meu passado. Tenho nojo de imaginar a maneira como fui envolvida em uma história em que não me perguntaram se eu queria entrar.

— Sei como está sendo duro pra você, querida. A declaração da sua mãe explica muito do comportamento dela, os medos e o receio da sua reação...

— Juro que a respeito, a doença, mas *perdoar*? Simplesmente não sou filha do meu pai que é definitivamente a pessoa que mais amei todos esses anos! Ele me criou achando que eu era sua filha! Como vou dizer isso a ele? "Olha, sabe esses anos todos em que você se dedicou a mim? Então, você perdeu o seu tempo, porque nunca fui sua filha!" Ah, faça-me o favor!

— Mas você sabe que ele não perdeu tempo. Você perdeu seu tempo sendo filha dele?

— Será que ele me criaria sabendo estar com a filha de uma traição da ex-mulher?

Marcelo levantou as sobrancelhas.

Quem poderia responder?

Meu celular tocou. Atendi. Denise, toda animada, me fez refletir se eu contaria as últimas horas da minha vida para as minhas melhores amigas.

— Oi, Piera! Tudo bem?

— Tudo! — falei da maneira mais rotineira possível.

— A gente está marcando hoje na casa da Drê. Vamos ficar no varandão comendo uns belisquetes. Topas?

— Topo. Posso levar o Marcelo?

— Ah, pode, claro! Ué? Vocês estão juntos?

Não respondi. Marcelo me olhou, como que perguntando aonde eu queria levá-lo.

— Ok, tá marcado, amiga!

— Meu Deus! Se você não respondeu é porque ele está do seu lado. Diz que sim.

— Sim, amiga, adoro você! Tchau!

— Eba! Vou ligar agora pra Rê e pra Drê para contar essa coisa boa! Ai, você e aquele gato! Menina, parte para o ataque, taca-lhe um beijo!... Se joga nesse jaleco, amiga! Se joga!

— Tá, Denise! Um beijo! Até mais tarde...

Desliguei o telefone com um sorriso meio sem graça.

Expliquei para Marcelo sobre o convite e que ele estava intimado a comparecer à casa da Drê. Pedi a ele que se possível fôssemos do aeroporto para a casa da minha amiga. Não queria continuar em São Paulo e também não queria ficar na minha casa chorando até dormir. Também lhe pedi que não comentasse com as meninas sobre nossa viagem e muito menos sobre a notícia que eu recebera. Eu ainda pensaria em como contar a bomba para as minhas melhores amigas.

— Olha, Piera, pra mim você está coberta de razão. Melhor não pensar muito hoje. A gente chega no Rio e encontra suas amigas, amanhã você acorda e pensa melhor. Meu pai costumava me dizer algo que funciona: "Quando surge um problema na nossa vida, achamos que será enorme, mas o tempo melhora tudo, inclusive traz as respostas".

Não sabia como seria dali em diante, mas queria acreditar que tudo ficaria bem.

Minha maior preocupação envolvia os sentimentos do meu pai.

Como ele receberia aquela triste notícia?

Pelo menos por enquanto ele estava ocupado e feliz em sua lua de mel...

Chegando ao Rio, pegamos um táxi e fomos calados, olhando a vista do aterro do Flamengo. Minha cabeça fervia.

Já na Gávea, Marcelo perguntou:

— Que horas vamos para a casa da sua amiga?
— Às 8 horas. Pode ser?
— Claro! Pego você às 8. Onde ela mora?
— No Leblon.

Desci do táxi primeiro e Marcelo, supereducado, não aceitou de jeito nenhum que eu pagasse a corrida.

As malas ficaram na sala do apartamento. Eu parecia estar carregando um elefante nas costas.

Corri os olhos pela casa, meu quarto... Uma vida inteira com meu pai... Pela primeira vez senti que estava vivendo a vida que deveria ser de outra pessoa... A da filha que meu pai não teve a chance de ter.

Se dona Cecília não tivesse me deixado para trás, meu pai teria se casado novamente e construído uma família do tamanho de seu merecimento.

Deitei-me na cama. Um cansaço nas pernas, os pensamentos entorpecendo qualquer conclusão. Coloquei o alarme do celular para tocar às 6 da tarde. Fechei os olhos e dormi.

Tive um pesadelo horroroso: meu pai me olhava sério, sem emoção nenhuma, parecendo um boneco de cera; minha mãe recontava a história cruel que parecia uma faca afiada penetrando minha pele.

— *Você não é a filha do seu pai! Eu arrumei outro pai pra você!...*

Quando olhava para o lado, tinha um homem estranho, sujo, com um sorriso amarelo, roupas cheias de lama e barba enorme me olhando. Comecei a chorar dizendo que aquele nunca fora meu pai, ele sequer sabia meu nome!... Mas minha mãe sorria e respondia:

— Não. Este é o seu pai...

Acordei suada, com vontade de chorar, como se estivesse engasgada.

Mas eu não ficaria mergulhada em nenhuma depressão... Não voltaria a ser escrava de passado algum! Hora de levantar a cabeça!

Tomei um banho e tentei esvaziar a mente. Encontraria Marcelo naquela noite e estaria com minhas amigas. Não queria pensar na minha mãe, nas suas atitudes e nas próximas decisões que eu tomaria.

Às 8 horas em ponto, Marcelo chegou.

Como eu amava estar ao seu lado!

Entrei no carro e imediatamente o perfume no ar me fez um bem enorme.

A temperatura havia baixado bem e meu acompanhante usava uma blusa branca, com uma camisa aberta quadriculada em azul claro com cinza, calça *jeans* e sapatênis. Eu gostava do seu estilo casual de se vestir.

Só de estar com ele me sentia mais animada.

— Oi, moço Marcelo!

— Oi, moça Piera!

Rimos.

— Você está melhor?

— Tô sim. Mas não quero ficar pensando no que aconteceu em São Paulo. Vou esperar meu pai voltar e ver o que faço.

— Estou com você nisso, no que precisar. Você sabe.

Aquelas foram as únicas palavras que trocamos aquela noite sobre o assunto.

Na casa de Drê, estavam assistindo ao clipe "We are young", da banda Fun, que vinha bem a calhar!

Enquanto abraçava minhas amigas, Marcelo cumprimentava Cláudio, atual companhia inseparável da Drê.

Minha amiga estava insuportavelmente feliz e confesso que, nos assuntos do coração, eu também estava me sentindo a cada minuto mais confortável ao lado de Marcelo.

Renata estava novamente solteira. Douglas tinha partido dessa para uma nova garota e minha amiga estava planejando uma viagem para a África do Sul, assim que o escritório desse trégua.

Enquanto matávamos a saudade daqueles poucos dias, na TV, Nate Ruess aparecia em *slow motion*, causando uma espécie de contaminação em todo mundo que aparecia no clipe.

Sua vida já esteve em *slow motion*?

Meu coração parecia bater devagarinho, como se precisasse de tempo para pensar no que fazer. *"Tonight we are young...* (esta noite somos jovens)"

Denise nos mostrou as bebidas na geladeira. Comidinhas na mesa, sobremesas deliciosas viriam depois. Tinha uma galerinha no canto da varanda jogando buraco, uma turma de meninas tagarelando no meio do ambiente e uma mesa nos esperando no outro canto, em frente da sala onde ficamos eu, Drê, Cláudio, Marcelo, Renata e Denise, que não parava quieta no seu momento anfitriã. Detalhe: a casa pertencia à Drê!

Cláudio e Marcelo descobriam suas afinidades e já estavam conversando sobre as novas versões de carros. Marcelo comentou do *kitesurf* e Cláudio demonstrou interesse em conhecer mais o esporte. Drê e eu prometemos acompanhá-los tomando sol na areia. Rimos com as histórias de tombos no mar e como o vento favorecia a prática, deixando-a ainda mais divertida.

Denise chegou na sala com um violão, contando que estava decidida a aprender. Duvidamos. Ela tinha unhas enormes e teria que eliminar as garras...

— Mas é meu sonho tocar violão! Sou capaz de lixar as unhas no sabugo!

— Posso olhar?

— Claro, Jaleco! Quer dizer, Marcelo. Foi mal, teu apelido interno é Jaleco. Se joga no Jaleco, Piera! Pronto, falei!

Caímos na gargalhada e fiquei com as bochechas bem próximas do roxo-batata.

Minha amiga estendeu o violão para Marcelo, que ficou olhando o instrumento. Aí ele o colocou em seu colo e começou a tocar. Ficamos um minuto em silêncio e, então, concluímos o óbvio: Marcelo sabia tocar violão!

Não tinha jeito: eu estava dominada por ele, da maneira mais intensa possível, em porcentagens altas de desejo e admiração. Leve, doce, e ao mesmo tempo muito seguro de si, como quem nada deve, sem querer provar nada... E um sorriso encantador.

Ele estava meio tímido, mas, já que havia começado a tocar, não o deixamos mais parar. Começou com Jota Quest, passou por Legião Urbana e nos animou com Capital Inicial. Gargalhávamos nos desafinos ou erros de letras de um e de outro... Quase todo mundo derrapou em algum momento...

Olhando aquela cena, dava até para esquecer minhas complicações pessoais.

Minhas amigas questionaram se estava tudo bem mesmo. Disse que sim. Não tinha como falar "Sabe o meu pai? Então, ele não é meu pai!" e voltar a cantar Capital Inicial...

Naquele momento desejei apenas não relembrar as palavras de minha mãe e não reencontrá-la.

Para que ficarmos frente a frente se tudo que ela me dizia me levava à instabilidade?

— Tudo bem? — Marcelo encostou o violão na parede.

— A-hã! Estava pensando aqui em como você toca bem e nunca me contou...

— Ah, besteira! É só para diversão. Não toco nada, engano muito.

Denise me chamava para ajudar a encenar suas histórias. E eu aproveitava para completá-las com a minha versão. Ela exagerava, gesticulava e depois cabia a mim diminuir! Rimos muito quando ela contou sobre suas tentativas de ser discreta...

Marcelo ria e me olhava, feliz. Parecia curtir muito os meus amigos.

Ali, naquele momento, tudo parecia bem. A vida tranquila, segura e cheia de alegria, como sempre desejei. E o olhar de Marcelo para mim me enchia de paz...

A reuniãozinha findou às 4 da manhã. Eu e Marcelo voltamos relembrando a noite e rindo muito. A certa altura do caminho, ficamos em silêncio. Marcelo me disse, decidido:

— Queria te fazer um convite...

— Claro!

— É que não queria que a noite acabasse agora... Queria te convidar para dormir lá em casa. Prometo me comportar!...

Fiquei rindo do seu jeito de falar. Sempre com respeito. Ficava tranquila com seu jeito de me tratar.

— Eu vou, Marcelo.

Respondi assim, clara e direta. Hora de não adiar a felicidade.

Aquela noite foi uma daquelas inesquecíveis.

Conversamos um pouco sobre coisas de cozinha. Caímos na risada quando ele foi abrir o refrigerante e espirrou para todos os lados. Corremos para limpar a sujeira e preparamos juntos sanduíches de queijo quente. Marcelo se mostrava habilidoso na cozinha. Contou que sabia cozinhar desde os 8 anos e achei fofo quando disse:

— Meu estrogonofe é ótimo!

— Hum... Quero provar! Eu faço pudim de leite condensado.

— Oba! Adoro isso!

Enquanto gotas de coca-cola ainda estavam pelo chão e o queijo quente derretia no pão, nos beijamos.

Que momento bom!... Eu não tinha beijado muito, então não me considerava uma especialista, mas aquele beijo ganhava prêmio na categoria "Uau! Quero mais!". Marcelo segurou minha cabeça com a mão e me senti dominada. Docemente dominada. Um beijo que nunca deveria acabar. O queijo quente queimaria, enquanto nos beijávamos... Desligamos a sanduicheira...

Depois do lanche, Marcelo determinou: eu dormiria na cama e ele, no sofá. Quando deitamos já eram quase 6 da manhã.

— Muito bom estar aqui...

— Pra mim também, Piera. Eu não queria deixar de te ver. Nem que fosse assim... Você enche meus momentos de felicidade!...

— Que bom!... Eu gosto quando você me olha assim...

— Assim como?

— Como se fosse a última vez...

— Adoro olhar você, moça Piera.

E, enquanto o sono chegava, fiquei olhando seus olhos azuis, que pareciam brilhar mais do que nunca na penumbra do quarto, graças a um leve feixe de luz vindo do corredor.

De fundo, o silêncio... Mas eu escutava "Call me maybe", da Carly Rae Jepsen...

Dormiria assim todos os dias, deitada em uma cama, olhando para ele, recebendo seu calor, mesmo não estando grudado em mim... Adormeci.

Acordei com a voz de Marcelo me chamando docemente bem baixinho:
— Bom dia, moça Piera!

Ele passava a mão nos meus cabelos e, quando me dei conta, estava colocando a cara no travesseiro, a vergonha saindo pelos poros.

— Fiz um café para nós dois... Vou deixar você sozinha aqui para acordar com calma. Fique à vontade. Te espero.

Ele fechou a porta e eu respirei fundo.

Corri para o banheiro. Aparelho de barbear, loção pós-barba, desodorante masculino, perfumes fortes, o banheiro todo branco com tapetes pretos e toalhas também pretas. Era um local bem masculino — tudo ali indicava ausência de mulher havia muito tempo. Lavei meu rosto, quase sem acreditar que estava ali.

É bem curioso entrar no mundo pessoal de alguém que estamos começando a conhecer. Aos poucos, Marcelo se tornava ainda mais real para mim. E continuava um príncipe, uma pessoa cheia de boas atitudes, com naturalidade e uma vontade de me fazer bem.

No espelho, meu rosto não estava lá dos melhores. Um corretivo nas olheiras resolveria o problema.

Não seria uma marquinha no rosto que me afastaria de Marcelo. Lembrei-me de um amigo da faculdade dizendo: "Vocês, mulheres, se preocupam com questões imperceptíveis aos olhos masculinos...". Nunca mais esqueci isso. Depois comprovei que celulite não é observada por muitos homens. Aliás, meu sábio amigo volta e meia me dizia: "E não sei a diferença entre celulite, estria e calo!..."

Cheguei na sala meio tímida.

O sol invadia a casa através das cortinas abertas. Forrada com uma toalha verde-água e decorada com um pequeno jarro com rosas brancas, a mesa próxima da varanda estava convidativa: café, pãezinhos, queijo, presunto, requeijão, geleia de framboesa... Tinha até água de coco!...

Fiquei sem ar. Não estava acostumada com tanto carinho em um relacionamento...

— Nossa! Parece café da manhã de hotel! Você preparou tudo isso sozinho?

— Sim! Especialmente pra você, moça Piera!...

Sentamos para o café da manhã mais fofo da minha vida. Marcelo colocara tudo com tanto capricho!... Enquanto fazia minha refeição, agradecia cada comidinha gostosa naquela mesa.

Para o nosso café havia também pequenos sonhos deliciosos. E minha vida ali parecia um delicioso sonho também...

Depois do café, Marcelo se preparou para ir para o trabalho. Ele me deixou em casa e seguiu.

Eu estava exausta com tantas emoções. Precisava urgentemente ficar um pouco sozinha.

Peguei a caixa de borboleta.

Agora todas as frases escritas por minha mãe pareciam ter mais sentido. Ainda assim não conseguia entender por que ela fugia tanto das verdades que me pertenciam.

Abri a caixa e peguei mais um escrito. Nesse, a letra parecia mais calma, mas as palavras não fugiam dos incômodos. Escrito em vermelho, minha mãe anotou a letra da música "Cão sem dono", sucesso na voz de Elis Regina.

> *Ontem Piera fez aniversário.*
>
> *Mais um ano de encontros adiados, de um adeus pela metade que parece para sempre.*
>
> *Mando daqui meu pedido de perdão por erros profundamente imperdoáveis.*
>
> *Ontem chorei, mas hoje estou melhor. A casa está vazia, sempre vazia.*
>
> *Compro bonecas e dou depois de alguns dias para a filha da empregada, que tem 8 anos. Os olhos da menina brilham ao receber as bonecas. Ela sorri um sorriso da felicidade para sempre.*
>
> *Crianças e suas felicidades gigantes com coisas pequenas.*
>
> *Decidi ficar um mês sem sair do quarto. Minha culpa anda forte. Queria poder dizer como aconteceu, mas nem eu mesma saberia explicar.*
>
> *Estou chorando novamente. Estou tão chateada há tantos anos...*
>
> *Feliz aniversário, minha filha!*

Ontem foi seu dia e quero te desejar as coisas boas que as pessoas desejam nos dias de aniversário. Sorria, querida!...
Vou tentar dormir. Um mês de olhos fechados para curar minhas dores.
Perdão, filha, pelas coisas que não fiz e, pior ainda, pelas que fiz.
Não tenho mais como voltar atrás.

Não. Eu não ficaria como a minha mãe, me desculpando por coisas que não fiz.

Então, lembrei-me da minha caixa de ontem, meus restos de coisas com o André, meus entulhos emocionais.

Peguei no lugar onde meu pai guardara a caixa com as coisas que faziam parte da minha história com o André. Mas aquelas coisas não eram mais as *nossas* coisas, não mais *nos* pertenciam. Aqueles objetos tiveram para mim uma magia especial, mas agora não tinham nenhum significado, nenhum sentido positivo. Por que continuar velando uma história terminada, e de um final tão doloroso?

Peguei os ursinhos de pelúcia e tudo o que ganhara de André e me dirigi até o Lar Felicidade Taquara.

Ao receber esses mimos, o sorriso das crianças parecia o mesmo da filha da empregada da minha mãe ao ganhar uma boneca. A diferença estava em nós. Eu os entreguei sem culpa nenhuma, enquanto minha mãe nada sabia além dos lamentos que destruíam seus pensamentos.

Eu agora tinha apenas uma missão: dizer ao meu pai que tinha uma mãe, sem jamais ter tido, e que ele era o meu pai mesmo sem nunca ter sido, o melhor pai com que alguém pudesse sonhar...

Capítulo 19

Única vontade

Se pudesse e conseguisse, ou se fosse capaz, fugiria de mim mesma.

Dias depois, meu pai e Rose retornaram.

Pareciam estar encantados: sorrisos enormes, malas cheias de presentes, histórias e mais histórias....

— Piera, meu amor, acredita que tinha show da Britney Spears em Las Vegas?

— Sério? E vocês foram vê-la?

— Claro! Seu pai foi por minha causa! E eu adorei! Foi ótimo, dançamos como se tivéssemos 15 anos.

— Essa muher é demais! Consegue me levar até ao show da Britney Spears!...

— Ah, meu amor, foi divertido, vai!...

— Quem não consegue se divertir com você, dona Rose?

— Falem mais, recém-casados!

— Ah, filha, Las Vegas realmente impressiona. Luz para todos os lugares... Lembrei-me de *007: Os diamantes são eternos* e *Onze homens e um segredo*, os dois filmes foram feitos lá.

— E a Las Vegas Boulevard é ainda mais bela ao vivo! Fomos a uma festa no Cassino Monte Carlo, conhecemos o Bellagio e o Caesars Palace. Estávamos hospedados no Luxor, né!...

— Que chique, hein! Tô muito feliz por vocês!...

A alegria dos dois contagiava.

Sabe esses casais em completa sintonia? Eu e André nunca fomos assim. Não tínhamos os mesmos gostos, não combinávamos ao contar histórias, um costumava discordar do outro, querendo algo além do que fora dito. Impressionante como meu pai tivera a sorte de encontrar alguém que combinava tanto com ele! Rose e meu pai exalavam felicidade!

— E você, filha? Como está?

— Vocês querem saber como foi o final da festa para mim?

— Não. A gente quer saber se você e Marcelo se entenderam.

Rose não fazia muito rodeio. Quando queria dizer algo, dizia. Simples assim.

— Eu espero que vocês tenham se entendido. Você gosta dele, ele gosta de você...

Meu pai não conseguia entender por que Marcelo e eu não estávamos juntos. Aliás, isso ninguém conseguia entender. E eles falavam sem parar, e não me deixavam contar a novidade.

— ... Ou você não gosta dele?

— Pai, eu amo o Marcelo. Amo. Amo como nunca amei e amo com vontade de ficar ligada a ele por toda a vida!... Com ele, me sinto leve, feliz, com vontade de viver um monte de coisas, mas...

O "mas" dizia respeito à minha mãe.

— Mas o quê? Como vocês, mulheres, às vezes conseguem ser tão complicadas!? Não dá pra simplificar mais as coisas?

— A Piera tem medo de sofrer de novo.

Rose se sentou do meu lado e ficamos de mãos dadas. Os dois ficaram me olhando, como se esperassem uma resposta. Mudei de assunto.

— Pai, minha mãe teve um problema...

Meu pai e Rose escutaram tudo o que aconteceu com ela. Comentei que a visitei em São Paulo, mas omiti os detalhes sobre minha filiação paternal.

Ficamos em casa juntos aquele dia inteiro. Eu escutando as histórias do meu pai com Rose, todos nós dando risada... Rose entrava em cena, muito carinhosa comigo.

No dia seguinte, depois que cheguei do escritório, Rose entrou no meu quarto, deixou uma bandeja cheia de delícias, deu uma piscadela e saiu. Não disse nada. Sorri. Apesar do pouco tempo de convivência, a esposa do meu pai já me conhecia um pouquinho.

Voltei a abrir a caixa de borboleta.

Eu ainda não tinha coragem de contar a ele a mais recente descoberta. Minha mãe parecia ler meus pensamentos...

Senhor Destino, como não foi capaz de me colocar na rota certa? Que medo eu tenho de viver, de encarar meus fatos, de ser grande o bastante para ser eu, de me olhar de igual para igual no espelho!...

Amor, borboletas e loucura sempre guiaram a minha vida. Amei intensamente, me perdi na vida por amor... Não amei quem deveria, amei quem me amou, abandonei quem mais amei — minha filha, Piera...

Vi borboletas nas paredes, no céu, em sonhos, em dias longos, tristes, vazios, solitários... Fui companheira da loucura... Tanto que virei filha da loucura impiedosa que me obrigava a tomar remédios, a ser fraca o bastante para não saber ser forte para vencê-la.

Senhor Destino, talvez seja bom estar longe da minha filha...

Não quero ser exemplo ruim para ela, não imaginar minha filha perdida em si mesma, sem saber como se salvar dos resultados no futuro, se envolvendo com quem não deve. Ela precisará ser forte para não se entregar em histórias óbvias e necessitará encarar as verdades para respirar ar puro para sobreviver...

Já havia se passado um mês depois da chegada de meu pai e de Rose de sua lua de mel.

Eu estava me arrumando para encontrar minhas amigas quando meu pai entrou no meu quarto.

— Oi, pai! Tudo bem?

— Tudo bem. Rose saiu, foi cortar o cabelo.

— Ela me falou.

— Quero conversar com você, filha.

— Pode falar!

— O que está acontecendo? Eu te conheço!... Você está com dificuldade de aceitar a Rose? Bem, semana que vem vamos começar a procurar um apartamento. Sinto que você não está confortável aqui em casa...

— Pai, não tem nada a ver com a Rose!...

— Claro que tem!

— São coisas minhas, pai...

— Piera, eu te conheço mais que você a si mesma. Sinto seu olhar perdido no jantar, observando a cena, Rose fala e você não responde. Sabe, filha, demorei minha vida inteira para encontrar uma mulher que eu amasse...

— Pai, você está vendo coisas que não existem! Não tenho nada contra a Rose.

— Mas você nunca ficou tão desconfortável aqui, tão distante... Você tá diferente, Piera... Então é alguma coisa com o Marcelo?

— Não, pai! Eu e ele estamos ótimos!

— E por que você não fala mais da sua mãe?

— Ué, porque ela está em São Paulo! Vou falar o quê?

— E por que você não fala em vê-la, em visitá-la?

— Eu vou, pai, mas estou enrolada com a faculdade...

Ele ficou me olhando. Eu estava mentindo, ele sabia.

Precisava tomar fôlego e então encontrar a maneira certa de contar-lhe sobre nós. Enquanto isso, continuava tentando escapar de um confronto.

— Pai, minhas aulas acabam semana que vem. Eu poderia ficar em Búzios?

— Claro! Você sabe que sua tia Soraia adora que fiquemos na casa dela.

— E quando ela volta de Miami?

— Ah, pelo jeito não volta. Está envolvida na decoração de um hotel lá...

Perfeito. Tinha encontrado uma maneira de não atrapalhar os dias felizes do meu pai e de Rose, não ser observada por eles... E encontraria uma maneira de dizer a ele a curta frase: "Pai, você não é o meu pai".

Precisava de tempo. Um período longe para pensar e definir como falaria. Mas eu não conseguia mesmo disfarçar algum incômodo, meu pai continuou supondo que minha insatifação tinha a ver com dificuldades de convivência com a Rose.

— Achei que estava tudo bem entre vocês...

— Mas está, pai!

— Filha, vejo nos seus olhos, você não está bem. Não me casei para deixar você com esse olhar triste, distante, insegura...

— Pai, por favor, juro que não é isso!...

— Então o que é, Piera?

— Pai, você sabe que te conto tudo, e eu não vou deixar de te dizer qualquer coisa que eu deva te dizer, mas preciso pensar, ok? Preciso pensar...

— Por que, minha filha?

— Porque preciso processar os pensamentos...

— E quer fazer isso em Búzios?

— Quero... Vou me sentir melhor se puder passar uns dias lá, tá?

— Piera... Você é parte do meu sonho com a Rose...

— Eu sei disso, pai, e acredito nisso...

— Olha, a gente está planejando uma nova casa com um quarto lindo para você. Sei que isso é uma bobagem, mas estaremos juntos e só terá sentido se você estiver com a gente. Mas só se você quiser... Se se sentir à vontade...

— Pai, me dá uns dias!?...

Ele saiu do quarto meio decepcionado.

Olhar meu pai e saber que um teste de DNA simples daria negativo para nossa ligação genética me afundava em tristeza...

Mas o que eu deveria fazer? Ficar o resto dos meus dias sem tocar no assunto, deixando meu pai fazer papel de bobo? Eu não podia dar continuidade àquelas mentiras.

Só precisava de um tempo, para pensar em como explicar sem ferir tanto, sem magoá-lo demais...

Certa noite, logo que minhas aulas acabaram, encontrei Marcelo e lhe expliquei minha necessidade de pensar.

— Piera, não faz sentido. O quanto antes você falar é melhor!

— Não consigo. Tentei, mas não consigo!

— Você está dando continuidade a um erro de anos atrás! Você não acha que seu pai gostaria de saber essa verdade? Não acha que ele tem direito?

— Claro! Sei disso tudo. Tentei falar, mas não consegui.

— Você vai viajar para quê?

— Para pensar!...

— Por quê? Existe a possibilidade de você não contar?

— Eu vou contar...

— Então, o que você está indo pensar em Búzios? É falar e pronto!

— É a minha vida nisso, sabia? Ah, para de me pressionar!...

— Você quer que eu passe a mão na sua cabeça? Apoie essa sua mania de adiar as coisas que precisam ser resolvidas? Desculpa, Piera, mas você está sendo extremamente infantil!

— Você não sabe o que estou sentindo...

— Não, Piera. Eu não sei! Não sei mesmo, porque cada dor é uma dor única, interna, pessoal, pertence ao seu próprio dono... Mas não vou ser conivente com essa sua postura só porque não sei o que você está sentindo!... Olha, perdi minha mãe, sei como dói a ausência quando a gente ainda está subindo degraus. Meu pai foi mais ausente que sua mãe porque ele sabia onde eu estava — sempre soube! Mas eu não o vejo há dois anos! Quando nos falamos é só sobre dinheiro, negócios, a Casa de Repouso, os bens da família... Desde os meus 18 anos vivo isso, essa distância progressiva... Conquistei a maioridade e meu presente foi: aprender a cuidar de mim sozinho, das questões do meu pai, dos bens que temos, dos negócios... Desculpa, Piera, mas você acha que só sua vida foi dura... Tem horas que você só pensa nisso! Só pensa em você, nos seus problemas, nas suas descobertas, nas suas reflexões... E os outros?

Que papel têm os outros na sua vida? Você está preocupada em como contar isso para o seu pai, mas parece pouco incomodada em há quanto tempo ele acredita na história criada pela sua mãe, sem saber da verdade!...

— Você não tem *direito* de me julgar! Desde os 5 anos de idade cuido de uma casa!

— Ei! Estamos numa corrida? Quem chega mais rápido? A menina cuja mãe abandonou ou o garoto cuja mãe morreu dormindo?

Ele nunca tinha me contado sobre as circunstâncias do falecimento da sua mãe. Que triste!

Perdi o chão. Não sabia mais como argumentar. Senti pena de nós dois. Ao mesmo tempo, estava magoada com a maneira como ele falara comigo.

E ele não parou.

— Eu gosto muito de você, Piera. Adoro nossos momentos juntos, não tenho o que reclamar... Você é parceira, amiga, maravilhosa, especial... Nunca vou me esquecer de como você lida com aquelas crianças do Lar Taquara... Mas não vou concordar com esse seu adiamento da verdade!...

— Marcelo, meu pai sempre foi tudo o que eu tive. É duro demais saber que, na verdade, nunca fomos pai e filha...

— Eu sei, Piera! E seu pai precisa saber disso e decidir o que fazer.

— Mas você não pode me pressionar assim!

— Você está sendo criança!

— Ai, Marcelo! Por favor! Quem você pensa que é?

— Seu namorado!...

Fiz uma cara de nojo tão feia que Marcelo interrompeu o pensamento.

— Por quê? Não sou mais seu namorado?

— Marcelô! Por favor...

Sabe aquelas briguinhas em que a gente aumenta o tom de voz e de repente percebe o peso do vazio, da frase dita pela metade?

A conversa chegou até:

— Se você não consegue me entender, realmente não serve pra ser meu namorado. Então a gente não deve ficar junto... Errei uma vez, me envolvi seis anos em um relacionamento totalmente sem futuro. Não quero mais gastar meu tempo para dar em nada...

Eu estava com raiva de mim e mais uma vez cogitando a possibilidade de a gente se separar.

Mas desta vez ele não teve muita paciência e me interrompeu:

— Bem, Piera, se tem algo que não faço é insistir com as pessoas... Pelo menos sei a hora de parar de insistir. Então é melhor a gente acabar com isso mesmo. Você está muito confusa e não sei mais se posso ajudar você.

— Parece até um psiquiatra falando comigo!... — provoquei.

— Tá vendo? Você está nervosa e a gente vai acabar se aborrecendo. Estou indo.

Estávamos no carro dele, logo aquele "Estou indo" na verdade seria um "Você poderia sair do meu carro?".

Desci do carro tensa, chateada, arrependida, chorosa e decepcionada. Burra demais ou pouco esperta, porque simplesmente não sabia como gerenciar meus namoros, meus conflitos. Sempre, em algum momento, tudo dava errado...

O carro se afastou devagar.

Já em casa, arrumei minha mala e fui para Búzios.

Às 2 da manhã, quando cheguei, a cidade dormia...

A casa da tia Soraia era muito aconchegante. Parecia uma casa de boneca: decoração colorida, quadros constrastando em paredes branquíssimas e sofás tão fofos que dava vontade de nunca levantar deles...

Fiquei olhando o teto da sala.

Em vinte e quatro horas, detonei minha vida. Estava fora de casa, sem coragem de contar para o meu pai que não tínhamos o mesmo DNA e tinha perdido meu namorado por ser cabeça-dura demais.

A decepção com a minha mãe tinha revirado tudo e estragado minha própria vida. Eu faria o que me propus a fazer: pensar em como dizer a verdade ao meu pai.

Marcelo? Acho que nosso namoro tinha acabado mesmo.

Pela manhã, comuniquei de uma só vez Drê, Denise e Renata por conferência telefônica o fim do meu namoro. Elas me responderam com um silêncio tenso. Fiquei imaginando a cara de cada uma do outro lado da linha. Não entenderam bem minha decisão, mas a respeitavam.

— Ai, desculpem por não ser a pessoa bem resolvida que as pessoas esperam... Eu juro que vou tentar colocar a cabeça no lugar.

Desliguei o telefone, e fiquei pensando que, mesmo tentando proteger meu pai, eu o tinha decepcionado. Quando saí de casa, não me despedi dele nem de Rose. Aproveitei a tensão da briga com Marcelo e seu resultado — o fim do nosso namoro —, arrumei a mala e deixei uma carta para os dois, brincando que continuassem aproveitando a lua de mel sem mim.

Naquele dia, fiquei assistindo à televisão até tarde, como se em algum momento alguém fosse aparecer na tela para me dar as respostas que eu queria e me trouxesse de volta a paz.

Passei vinte dias na casa da tia Soraia, literalmente escondida na toca.

Todos os dias meu pai ligava tentando demonstrar tranquilidade — ele não me perguntava absolutamente nada.

Tia Soraia também ligou um dia gritando ao telefone:

— Liguei para dizer que aproveite a casa! Estou indo para a piscina com minhas amigas! Miami está linda! Como sempre!

Eu andava descalça pela casa, ficava deitada na *chaise* da varanda... Aproveitei o tempo livre para ler. Li dois livros grossos inteiros...

Saí apenas para comprar comida e tomar um banho de mar nos fins de tarde. Não saí nenhuma noite. Tinha receio de encontrar Marcelo e, pior ainda, dar de cara com sua ex-namorada grávida. Afinal foi lá que a conheci...

Marcelo não me ligou. Eu também não liguei para ele. Estávamos magoados.

E cada dia que passava mais caía a ficha do papel ridículo que eu tinha feito. De novo Marcelo estava certo.

Eu já deveria ter conversado com meu pai sobre aquilo. Ele *tinha* que saber, ele *precisava* saber. E eu não podia esconder dele a maior verdade da nossa vida como se fosse algo somente meu. Eu me tornara cúmplice de minha mãe antes do meu próprio nascimento.

Todos os dias demorava a dormir. Uma noite, deitada na cama, fiquei pensando no que gostaria de dizer para Marcelo. Lembrei da música "Por onde andei", do Nando Reis...

Quase três semanas depois do meu retiro voluntário, decidi voltar para o Rio na segunda-feira seguinte. A solidão estava começando a causar erosões em mim.

No último fim de semana em que estive na casa de tia Soraia em Búzios, minhas amigas apareceram. Fiquei feliz em vê-las.

As três desceram do carro muito estranhas. Sim, eu não sabia explicar, mas elas estavam estranhas... Só podia ter acontecido algo...

— Olá, meninas! Bom, ótimo receber vocês!... Mas aconteceu alguma coisa?

— É, Piera, viemos contar uma coisa para você...

— Que coisa? Tá tudo bem na minha casa? Falei com meu pai hoje, ele não disse nada!...

— Ah, na sua casa parece que está tudo certo. Encontrei seu pai e a Rose passeando na Lagoa, apaixonados.

Denise parecia estar com o astral um pouco para baixo, mas tentava disfarçar.

O que teria acontecido?

— Que bom...

Então Renata, que me olhava levantando a sobrancelha, me perguntou:

— Amiga, por que você saiu do Rio?

— Ah! Umas coisas...

— Mas que coisas? — Drê perguntou, me olhando com carinho.

— Meninas, vamos ali na varanda. Parece que vocês é que têm algo para me contar...

— É, Piera. Temos.

As três falaram mais ou menos juntas. E eu senti um arrepio com aquela sincronicidade sinistramente tensa.

Combinamos que eu contaria primeiro.

Por que algumas vezes é tão doloroso contar o que fizeram com a gente se não carregamos nenhuma culpa? Eu tinha culpa sem cometer crime nenhum!...

Só de contar o encontro com a minha mãe, com seu desespero, me senti frágil de novo. Quando desabafei minha tristeza por não ser filha do meu pai, Denise, Drê e Renata ficaram boquiabertas.

É... pelo jeito, a notícia não chocou apenas a mim...

— Bem, meninas, imagino que a notícia de vocês não seja tão terrível como a minha.

— Não, não é, mas é bem tensa também... — Renata disse sem olhar para mim.

— Tá. O que aconteceu de tão terrível a ponto de vocês ficarem com essas caras?

Eu não tinha a menor ideia. Para mim, nada poderia ser pior do que aquele encontro com minha mãe...

— É o Marcelo, Piera — Drê falou de uma vez.

— Hã, o que tem "o Marcelo"? Aconteceu alguma coisa com ele? Fala, gente!

— Não sabemos mais informações, mas o Cláudio encontrou com ele e achou tudo muito estranho. Ele estava cheio de mistério, sem graça, parecendo querer esconder alguma coisa... Saiu um minuto para atender um telefonema, mas o Cláudio entendeu algo ligado a "casamento". Amiga, juro que não gostaria de te dar essa notícia!...

— Ligado a "casamento"? Explica melhor, Drê.

— É, Piera. O Cláudio acha que ele tá pra casar. Ele não disse nada e meu namorado também não teve a cara de pau de perguntar.

— Ah, gente, vocês estão brincando! A gente terminou tem vinte dias!...

Eu estava zonza.

Marcelo pegara uma noiva da cartola? Tá. Tudo bem, tem casais que se casam rápido mesmo, se conhecem, ficam loucamente apaixonados e decidem se casar, mas onde eu estava nisso? Tinha ido tomar banho enquanto o cara encontrou a mulher da vida dele e decidiu *se casar*? Naqueles vinte dias ele conheceu alguém e eu me tornei passado, assim, em vinte dias?

Senti frio e calor ao mesmo tempo, vontade de chorar... Mas comecei a rir.

— Queridas amigas, essa história é uma loucura, não faz sentido algum. A gente tinha voltado, estava namorando, muito feliz. Eu *via* nos olhos dele!... Há quatro fins de semana estávamos na praia apaixonados...

— A gente não sabe explicar, Piera.

Agora estava entendendo o semblante estranho das minhas amigas. Beirava mesmo o inexplicável.

Senti explodindo na minha frente uma imagem da Daniela, ex de Marcelo, lambendo sorvete.

— Ele vai se casar com a ex!

Minhas amigas redobraram o terror no rosto.

— Você acha? — Renata perguntou, sem entender nada.

— A ex, a grávida que você disse ter encontrado aqui em Búzios?

— Só pode ser! Brigamos, ele se encontrou com ela e reataram! Simples assim!

— Que *trash*! — Denise fez um bico e ficou pensativa — Ah, gente, o Jaleco não faria isso...

— Nossa! Como fui idiota... Fiquei pensando nele esses dias, achando, sei lá...

Denise, Drê e Renata não disseram nada.

Mais uma vez eu tinha tido azar no amor. Que situação mais estranha!... Que padrão mais malogrado!... André me traiu e, pelo jeito, Marcelo tinha feito o mesmo!...

— Bem, amiga, tá na hora de você voltar para o Rio, conversar com seu pai, contar essa história da sua mãe... — Drê disse isso, segurando a minha mão.

Minhas amigas queriam ficar o fim de semana em Búzios, de modo que fui voto vencido. Ficamos todas na casa da tia Soraia.

Foi meu último fim de semana em Búzios, mas mesmo assim não saí de casa. Elas, sim. Fiquei lendo, dormindo, comendo, devorando brigadeiro e tendo a certeza da enorme necessidade de me resolver emocionalmente.

No domingo de noite, retornamos ao Rio. Eu no meu carro com a Renata, escoltada pela Denise com a Drê.

Falamos pouco na viagem. Pequenas bobagens para nos distrair. Renata estava menos realista do que de costume. Parecia ter esquecido seu jeito sincero de dizer o que pensa.

Acho que eu também não queria ouvir mais nada. E minha amiga parecia entender meu dilema.

Eu estava desnorteada por dentro, sem saber para onde ir...

Deixei minhas amigas na porta do prédio da Denise e fui para casa.

Meu pai e Rose já estavam dormindo.

Tentei fazer o mínimo barulho possível. Não queria acordá-los... Fui caminhando pelo corredor pé ante pé.

Entrei no meu quarto.

Tudo que sentia dentro de mim estava espalhado lá.

Uma foto minha com Marcelo aumentou a dor e decretou um luto estranho, latejando forte.

Fechei a porta, acendi o abajur e fiquei deitada olhando o teto. Além de resolver as coisas com meu pai, tinha agora mais uma coisa para resolver dentro de mim: Marcelo...

Então o sono chegou.

Capítulo 20

Sonhei que perdia

De olhos fechados, continuo pensando em você. Dormindo, estou sofrendo por nós.

Acordei às 11 horas.

Senti a garganta raspando. Primeiro achei ser gripe, mas concluí que só podia ser emocional. Meu pescoço estava apertado, latejando...

Um passo de cada vez. Primeiro conversaria com meu pai, acalmaria a alma e tentaria voltar ao trabalho. Com a chegada do fim de ano, eu teria três meses de férias na faculdade. Então também me jogaria no trabalho voluntário com as crianças do Lar Felicidade Taquara.

Escutei a voz de Rose pela casa. Não tinha mais como me esconder. Meu pai estava trabalhando em casa.

Fiquei parada na porta do escritório. Percebendo a presença de alguém, virou-se.

— Filha! Que saudade! Você chegou agora?

— Não, paizão! Cheguei ontem!

— E por que não nos acordou?

— Ah, cheguei tarde... Não queria incomodar!...

Rose escutou minha voz e também entrou no escritório.

— Piera! Como sentimos sua falta!...

— Também senti falta de vocês, Rose! Estava com saudade do seu astral...

Meu pai sorriu. Como ele podia não ser meu pai? Por que não ser o meu pai? Eu tinha somente ele!

Imagens de todos os nossos dias moravam no lugar mais doce do meu interior. Ninguém fizera tanto por mim... Fiquei me lembrando dos cafés da manhã perfeitos que meu pai adorava preparar, cheio de delícias, animado, cantando, comemorando a vida, parecendo garoto propaganda da felicidade...

Ele me ensinou a comemorar a vida e agora eu o estava decepcionando ao mergulhar em tristezas as quais não mereciam que eu gastasse um minuto, que dirá dias e mais dias...

Respirei fundo.

Sentia-me bem por estar ali, de volta ao nosso apartamento. O melhor foi sentir que a energia positiva de Rose contagiava o ambiente.

— Piera, nós gostaríamos que você fosse ver o novo apartamento. Ele está ficando lindo, mas queremos sua opinião!...

— Você tem ótimo gosto, Rose. Certamente vou adorar tudo!

— Tá certo. Bem, vou deixar você com seu pai. Preciso cuidar do almoço. Já, já, estará na mesa. Hoje teremos uma saladinha com alface, pepino, tomate, palmito e um canelone de ricota com espinafre, olha, uma delícia!... Não percam!

Rose saiu rindo.

Meu pai me abraçou. Afastei-me e sentei no sofá. Chegou a hora de pôr o dedo na ferida e jogar álcool na dor.

— Pai, tenho que te contar uma coisa.

— Eu já sei o que é, minha filha. E estou muito triste por isso. Mas olha, estarei do seu lado como sempre estive, todo o tempo...

Meu pai estava calmo. E eu de tão tensa continuei falando, sem prestar muita atenção no que ele disssera.

— Então, pai... Não sei o que pensar, não sabia como você reagiria...

De repente, me surpreendi.

Espera aí, como meu pai ficara sabendo? Quem teria contado a ele sem minha autorização? Marcelo?

— Ah, pera aí, pai! Você *já* sabe?

— Já!

— O Marcelo que te disse?

— Sim, ele me contou! Ele me ligou e me contou!

Mas isso não era uma coisa que *eu* devia resolver? Não entendi bem porque Marcelo ligou contando a meu pai algo que deveria ser dito por mim...

E meu pai continuou impassível.

— Como você está com essa notícia, filha?

— Ah, pai, é difícil!... Confesso que nunca pensei nessa possibilidade, até porque a minha mãe foi um mistério em pessoa e quando ela me disse...

— Pera aí, pera aí, o que tem a sua mãe a ver isso?

— Tudo, ué! Afinal...

— Sua mãe tem tudo a ver com o fim do seu namoro com o Marcelo?

— Ah, o *fim do meu namoro com o Marcelo*!...

Obviamente não estávamos falando do mesmo assunto. Ufa! Nem sei se essa confusão me aliviava em alguma coisa...

— Ué, você e o Marcelo não terminaram? Ou eu não entendi nada?

Fiquei sem ação. Marcelo vai se casar, meu pai não é meu pai... Frases ecoavam na minha cabeça.

Agora eu tinha que mudar a chave do meu cérebro para o lado "Marcelo".

— E o que o Marcelo disse para você, pai? Ele entrou em detalhes? Falou algo sobre a vida dele?

Eu estava gaguejando, não conseguia acreditar...

Será mesmo que Marcelo se casaria?

— Não sei mais detalhes, filha. Ele me ligou, perguntou como eu estava e comentou que vocês tinham terminado! Lamentei porque realmente, depois do André, você merecia alguém melhor. E ele me pareceu ser essa pessoa.

Não me lembro bem do final dessa conversa.

Acho que larguei meu pai falando sozinho e saí para encontrar Drê, Denise e Renata no Shopping da Gávea.

Fui caminhando pelo corredor do shopping como se os barulhos do lugar estivessem multiplicados. Virei um corredor, passei por uma galeria de arte, por um dos teatros do shopping, por uma loja de presentes. E, então, conversando animadamente em frente a uma vitrine: a esposa de André e a ex-namorada de Marcelo.

Hã? Como assim? Elas se conheciam? Mantinham amizade? Desde quando? De onde? Sabiam de mim?

Que cena estranha!...

Instintivamente, antes que as duas me vissem, voltei um pouco e fiquei de longe observando. Juro que tive a sensação de escutar as gargalhadas das duas. Elas tinham bastante intimidade...

A barriga de Daniela estava enorme... A esposa de André pareceu mais bonita...

Quando elas entraram na loja, me dei conta do meu atraso. Minhas amigas estavam esperando!

Cheguei ao restaurante combinado e as meninas já estavam lá.

Contei tudo: meu pai achou que eu queria contar sobre o fim do meu namoro com o Marcelo e eu acabara de dar de cara com a esposa do meu ex acompanhada da ex do meu ex. No mínimo confuso, não? Que quebra-cabeça!

As três me olharam, sobrancelhas em pé, semblantes parados, boquiabertas mais uma vez em um breve período de tempo. Continuávamos sem acreditar naquela história de casamento:

— Então, ainda não consegui contar para o meu pai... Sei que o Marcelo não me deve nada, mas não tem nem um mês que nos separamos! É desconfortável... E essa história me atrapalhou falar. Eu ia dizer que tanto faz ele ser meu pai no sangue ou não, ele vai ser sempre meu pai! Simples assim!

Mas o foco das minhas amigas se dirigia para a história com o Marcelo.

— Amiga, a gente ama você. Agora, o Marcelo é um gato, lindo, desses raros, gente boa, cheio de bom humor, divertidérrimo, tem uma vida ótima... Você deixou livrinho!...

Renata estava sendo sincera e tinha razão.

— Eu sei... Ele é um cara maravilhoso! Isso se não estava comigo e a ex ao mesmo tempo... Eu já vi esse filme!... É... Acontece!... Nas melhores famílias!...

— Piera, numa boa: você precisa rezar. Que uruca é essa, amiga? E se você ligasse para ele? "Jaleco, você vai casar? E a gente?"

— Ah, será, Denise? Não consegui assumir meu amor por ele, fui fraca pra caramba... Eu que terminei mais de uma vez... Ele tem o direito de seguir com a vida, mas eu só queria saber a verdade.

— Ah, não, cara! Ele não pode estar casando por amor... Ele demonstrava amar tanto você!...

Drê era a que mais tinha saído conosco e presenciado como nossa união fazia bem aos dois na mesma intensidade.

— Gente, tem alguma coisa errada nisso aí! Vocês estão apaixonados! Isso só pode ser mentira!

— Não. Pior que não é, não. Ele mesmo telefonou para o meu pai dizendo que a gente terminou. Só faltou falar do casamento!

— Gente, que loucura! E você não vai procurá-lo? — Renata fazia a pergunta deixando claro estar do meu lado e pronta para me ajudar no que fosse necessário.

— Tô pensando se devo. Ele me procurou tantas vezes, tentou, lutou por nós... Sei que vou me arrepender o resto da vida se não for lá... Naquele dia brigamos, nos magoamos, mas, como sempre, ele tinha razão!... Eu que sou durona, quero as coisas do meu jeito, no meu tempo... Não pensei exatamente em ser um adeus para sempre...

Comecei a chorar.

O que eu estava pensando mesmo dizia respeito a comparecer em outro casamento de ex-namorado. Se Marcelo fosse mesmo se casar, certamente eu compareceria ao seu casamento.

Muito triste imaginar que veria um segundo ex-namorado se casando. Dessa vez, a culpada se chamava Piera. Deixara Marcelo tomar essa decisão. Vê-lo se casando mataria de uma vez qualquer pensamento de nós juntos...

— Piera, a gente sabe que você passou momentos ruins, mas, cara, nem sempre a vida se repete! Várias vezes, ela surpreende! O destino da gente pode parecer uma coisa, mas só parece. O André não prestava mesmo, mas, se você ama o Marcelo, precisa dizer isso a ele.

— Eu juro que vou pensar como resolver isso. O que seria de mim sem vocês, as gatas mais lindas e maravilhosas do Rio de Janeiro?

— Ai, gente, que trágico!... Não podia ser pior essa notícia. Tô quase ligando para o Jaleco: "Meu filho, como assim? Vai casar com quem, Jesus?".

Denise conseguia ser engraçada até em situação de luto.

Aquele dia foi difícil voltar para casa e dizer ao meu pai que estava bem.

Relembrava meus encontros com Marcelo, nossos dias felizes com sol no rosto, as conversas na praia, risadas e abraços demorados, tomar *milk-shake* no mesmo copo...

Lembrei-me do dia em que mergulhamos de roupa na praia e do dia em que pegamos chuva enquanto caminhávamos pelo Leblon... Também do dia em que caminhamos na Lagoa, olhando a natureza ao redor...

Como deixar de lado o apoio no reencontro com a minha mãe? Ou os longos telefonemas? Como não me lembrar de quando íamos ao *shopping* e a sensação de não haver ninguém ao redor, apenas nós dois? Nossos beijos, o perfume de Marcelo, nossas longas conversas, a maneira doce como ele conversava comigo, sua compreensão em relação às minhas bobagens, sua maneira simples de observar a vida e entender as pessoas.

Marcelo trabalhava com a loucura humana. Ele cuidava de mentes doentes, mas transmitia uma sensação leve ao falar de seu trabalho; realmente gostava da profissão que escolhera. Não parecia que ele medicava pessoas, acompanhava internações e até mesmo presenciava a morte de alguns pacientes... Não parecia que via famílias se esfacelando...

Eu não sabia o que seria de mim.

Tinha perdido a partida? Tinha deixado meu "final feliz" para outra? E quem seria ela? Eles se conheciam fazia muito tempo? Será que ele se casaria com a namorada grávida de outro homem? Eu tinha sido apenas uma diversão para Marcelo? E por que afinal a esposa do André e a Daniela estavam juntas no Shopping da Gávea?

As peças não se encaixavam.

Naquela noite foi quase impossível dormir.

Quando o sono veio, tive um pesadelo digno de cinema! Seria impossível esquecer...

Sonhei que eu recebia o convite de casamento de Marcelo com sua ex-namorada. Seria às 19 horas, mas lá pelas 4 me arrumei e fui. Queria sair cedo para não ficar presa no trânsito. Decidi colocar o vestido da festa à fantasia do casamento do meu pai. Estava tão feliz no dia do casamento dele... Queria repetir a sensação de me sentir a mais abençoada de todas. As asas estavam guardadas e meu coração disparou quando as peguei. Lembrava-me de Marcelo me olhando, elogiando minha roupa... Estávamos sentindo muita paz naquele reencontro. Eu mais uma vez seria uma borboleta.

Quando entrei no elevador, parecia uma repetição do dia do casamento do meu pai. Eu estava com a mesma roupa, o mesmo penteado, a mesma maquiagem, com a pintura nos olhos, o mesmo sapato e o mesmo perfume. Liguei para meu pai para que ele não ficasse preocupado. Ele não atendeu. Possivelmente seu passeio com Rose estava animado...

O trânsito fluiu melhor do que imaginei. Estacionei meu carro no local mais distante do terreno da Casa de Festas. Desci do carro sem as asas — não queria que Marcelo me visse. (Quem não veria de longe uma borboleta?)

Na entrada da festa, uma parede verde, simulando um jardim vertical, impedia que eu conseguisse ver o salão. Aquilo logicamente atrapalharia minha visão. Eu teria muito tempo para esperar.

Algumas pessoas na entrada do salão conversavam animadamente. Pareciam funcionários organizando os últimos detalhes.

Fiquei sentada me sentindo a personagem de um filme.

Daria um bom enredo uma mocinha assistindo ao casamento de mais um ex-namorado...

Seria meu destino? Sempre assistiria ao casamento dos caras com quem me envolvesse? Melhor seria não namorar mais...

Os convidados começaram a chegar. Uma moça que estava com um vestido lilás chamava a atenção num grupo de pessoas em que chegou sorridente. Poderiam ser amigos ou familiares do noivo ou da noiva.

Olhando ao redor, vi um local para estrategicamente me esconder melhor. Depois, caso fosse possível, quando todos estivessem olhando para o altar, me aproximaria e assistiria ao casamento sossegada. Estava me sentindo uma profissional de assistir a casamentos de ex, com táticas bem pessoais e estratégias dignas de planejamento de guerra...

Assistir ao casamento do André não tinha sido simplesmente nada perto da tristeza, da decepção com a vida e da vontade de voltar no tempo e salvar meu próprio final feliz com Marcelo. Tudo parecia tardio, a cena sem áudio, eu escutava apenas minhas reclamações correndo pela corrente sanguínea. Mais uma vez, perdera a chance, a grande oportunidade, e agora viveria meu momento *déjà-vu*.

Muita gente bonita chegava à cerimônia.

Tentei me posicionar na parte escura do estacionamento, pateticamente me abaixando e fugindo de qualquer olhar. Eu parecia estar transparente. Não fui notada por absolutamente ninguém. Quando vi que não havia ninguém por perto, andei na claridade, passei junto da entrada da cerimônia e fui me esconder atrás de uma parede de concreto, que depois percebi ser um oratório de Nossa Senhora da Vitória.

Ouvi risadas, me lembrei de Marcelo e eu rindo juntos. Acho que nunca mais eu sorriria de maneira tão franca... tão espontânea...

Escutei vozes animadas, e imaginei que o noivo estivesse por perto. Ao me virar, procurando de quem eram aquelas vozes, dei de cara com minhas três amigas.

O quê?! Drê, Denise e Renata? O que elas estavam fazendo ali?

Tudo bem elas terem feito amizade com Marcelo, mas irem ao casamento do *meu* ex?

Por um segundo senti vontade de me levantar e reclamar meus direitos de amiga, mas como explicar o papel ridículo? Elas estavam tão felizes!... Senti-me completamente desenturmada...

Então me sentei de costas para a igreja. Não queria mais ver minhas melhores amigas naquela comemoração.

Lágrimas começaram a cair do meu rosto. As mesmas lágrimas de sempre, que já conheciam os caminhos da minha pele, os motivos das minhas tristezas...

Flashes de cenas vinham na minha mente... Eu estava fora do contexto dos meus sonhos... Inútil tentar pensar qualquer coisa boa...

Quando estava no fundo de mim de novo, como naquele dia na praia, totalmente sem chão, senti uma mão tocar levemente meu ombro.

A cena da praia estava se repetindo.

Agora noite, não tinha mar, ou tinha, mas ele estava geograficamente mais distante e eu, novamente, não sabia quem tinha me encontrado ali... Da outra vez, o sol escondia o personagem... Desta vez, a luz de um poste me cegou... Só conseguia ver o corpo magro, bonito, e sentir o perfume. *Aquele* perfume...

Virei minha cabeça um pouco para o lado e o vi. Marcelo, vestido de noivo, me observava.

— Ai, tá bom. Sou ridícula mesmo, vim ao seu casamento. É isso.

A cena ficou patética: eu, sentada atrás do oratório de Nossa Senhora da Vitória, Marcelo de noivo, meu rosto cheio de lágrimas, ele com um sapato lustrado, pisando em uma terra, quase lama.

— Você nunca consegue ficar feia, moça Piera... Está chorando e continua linda!...

— Como você me encontrou aqui?

— Pensei na possibilidade de você estar aqui, afinal você foi ao casamento daquele seu ex-noivo... Esqueceu que sei tudo da sua vida? Piera, querida, sinto informar, mas você é um pouquinho previsível!

— É, as pessoas repetem as maldades contra si mesmas. Eu voltei à cena do crime. Não quero que ninguém me veja. Me ajuda a ir embora daqui? — supliquei.

— Só me responde uma coisa: por que você fugiu de mim, se, quando eu decidisse me casar, você viria assistir ao meu casamento?

— Por favor, Marcelo, não tente entender a minha mente...

— Não vou tentar mesmo! Já tive vários tipos de paciente, mas nunca vi alguém capaz de chutar a própria felicidade!...

— Aprendi isso com a minha mãe. Eu deveria pedir desculpas, mas aprendi com você a não pedir.

— Até por que acho que você deve desculpas somente a si mesma!...

— É... Talvez eu não tenha cura, Marcelo. Talvez este seja meu destino: assistir a casamentos dos meus ex, me fazer de coitada, dramática e irritar as pessoas...

— Que besteira, Piera! Até quando você vai continuar sendo a própria inimiga? Até quando vai se sabotar, vai continuar burlando a própria felicidade?

— Tudo bem, Marcelo. Olha, desejo muitas felicidades para você e seja lá quem for a sua noiva.

— A minha noiva...

— Ok, não precisa entrar em detalhes. Você me pediu pra gente seguir juntos, sei que fui ridícula. Você tem todo o direito de conhecer alguém, se casar...

— Mas eu não a conheci agora, Piera.

— Ah, você já conhecia?

— Já!

Acordei suada e assustada com aquele "Já!" seco e distante de Marcelo.

Deveria ter um assistente de pesadelo dentro da nossa cabeça. Alguém para nos avisar quando estivéssemos sonhando: "Ei, garota, calma! É sonho, *sonho*. Não sofre que nada disso é real! Segue o sonho, segue o sonho... E o sonho seguia...

Dormir depois daquele sonho foi trágico. Mas eu estava tão cansada que só acordei às 11 da manhã.

Aquele pesadelo tinha mudado algo em mim. Talvez o assistente de sonho tivesse decidido não me avisar que aquilo foi apenas um pesadelo.

Capítulo 21

Surpresas do amor

Não quero te decepcionar, mas as verdades estão girando por aí. Corra para encontrá-las.

O pesadelo na noite anterior foi a deixa para eu tomar uma atitude.

Aquilo realmente aconteceria caso eu não fosse forte o bastante e resolvesse a minha vida sem fugir como uma imatura.

Cansei de ficar divagando feito idiota, sem fazer nada por mim.

Quase no automático, tomei um banho e me arrumei: *shorts*, regatinha, relógio, chinelo. Desci o elevador quase mergulhando no mundo e caminhei até o prédio de Marcelo.

Não ficaria acomodada diante de tanto mistério.

A meu pedido, o porteiro interfonou e Marcelo desceu.

Estava lindo. Que saco! Ele me olhou desde o momento em que saiu do elevador. Eu estava na rua, encostada em um carro. Antes mesmo que ele chegasse perto, seu perfume já estava em mim.

— Tudo bem, Piera? Aconteceu alguma coisa?

Só faltou falar: "Ué? Por que você está me procurando? Nós terminamos, não foi?"

— Não, não. Não aconteceu nada. Quer dizer, aconteceu.

Bur-ra! Eu não conseguia sequer expressar meus sentimentos!... Alguém me passa o manual?

Ele riu.

— Aconteceu ou não aconteceu, moça Piera?

"Moça Piera"!? Pegou pesado, não?

Foi como se todo o nosso namoro viesse à tona de uma vez só, sem me dar chance de tomar fôlego.

Fingi que não escutei e continuei:

— Eu queria conversar com você, Marcelo. Queria te fazer uma pergunta...

— Tá! Pode fazer!

— Você me traiu?

Ele me olhou decepcionado. Fiquei sem graça. Me senti patética.

— Piera, olha, tudo bem que não nos conhecemos há muito tempo, mas acho que nossa convivência deveria te dar essa resposta. Você acha que eu traí você? Não consigo nem pensar com quem seria? Eu posso ser informado de qual seria a mulher com que eu fiquei enquanto namorava você?

— Olha, eu sei a pessoa que você é. A minha vida inteira eu vi pessoas errarem na minha cara, mudando drasticamente meu destino. Em contrapartida tenho um pai de um caráter exemplar que me ensinou que nem todos mentem. Desculpe. Foi apenas uma pergunta.

— Ok, eu vou te responder! Eu *nunca* traí você, Piera. Jamais trairia. Honestamente, nunca traí *ninguém* com quem me relacionei. Se eu quero ficar com outra pessoa, penso que o melhor é terminar. Por que você está me perguntando isso?

— Complicado explicar...

— Por que você foge, Piera? Sempre! Por que você está sempre fugindo? Qual é o seu problema desta vez? O que você sente? Você encara muito bem o mundo, trabalha, estuda, ajuda as crianças no Lar, mas na hora de encarar você mesma, desculpa, mas você é péssima!

Marcelo parecia meio irritado.

— Vai listar meus defeitos agora?

— Estou fazendo isso para te ajudar...

— É que eu não consigo entender como o nosso namoro acaba e você se relaciona com outra pessoa tão rápido!...

— Mas quem te disse que estou me relacionando com outra pessoa, Piera?

— Não é importante quem me disse.

— Claro que é! Algum maluco foi na sua casa falar de mim?

— Só me responde uma coisa, Marcelo: se você fosse se casar com outra pessoa, você me avisaria?

— Avisaria! Não seria canalha com você, principalmente pelo que vivemos.

Meus olhos se encheram de lágrimas. Tudo o que eu menos queria era chorar durante aquela conversa.

— Olha, Piera, não sei que tipo de pessoa você acha que eu sou, mas o que me incomoda é como você acha que eu me relacionei nisso tudo. A gente termina e eu me caso com outra pessoa no mesmo mês? Tudo bem que isso acontece com um monte de gente por aí, mas o que a gente viveu foi muito forte para mim... Não sai da cabeça assim!... E tem mais: quem terminou nosso relacionamento foi você, partiu de você! Você deve se lembrar...

O jeito de ele falar "E tem mais" me fez sorrir apesar do momento. Como era mestre em trazer leveza para a situação, Marcelo perguntou:

— Por que você sorriu?

— Achei engraçado! — respondi meio sem graça.

— Não, não é isso. Você apenas está me lembrando de como fica linda sorrindo...

— Obrigada! Olha, eu não quero que a gente brigue, eu adoro você, adoro muito, você é muito especial para mim e eu queria muito me desculpar se não fui capaz de...

Marcelo me beijou.

Tudo estava de volta... Uma bomba nuclear dentro de mim, me lembrando de como eu o amava, como perdia o ar com ele...

Um arrepio circulava pelo meu corpo... Como eu tinha sido idiota! Considerei ficar sem ele quando, na realidade, eu estava perdidamente apaixonada!...

Nós nos beijamos longamente. Saudade, desejo, amor...

— Eu estava com muita saudade de você, Piera.

— Eu também. Desculpa ter vindo aqui assim...

— Ah, as desculpas da Piera!

— Não, desta vez, eu devo desculpas mesmo. Eu cheguei aqui armada... Você não merece isso.

— Eu sou bom em desarmar você...

— Eu vi a Daniela com a esposa do André no *shopping*...

— André?

— É! Meu ex!

— Eu já te falei o que sinto em relação à Daniela. Nada mudou. Ela continua sendo parte do meu passado. As duas estarem juntas foi uma coincidência, eu nunca soube que se conheciam. Não sei nada mais sobre essas duas. E, honestamente, nem me interessa saber. Eu sempre soube que a Daniela significava um momento que nunca se resolveria. Quando terminamos, para mim acabou mesmo, para sempre. Foi bem diferente de nós dois!

Marcelo me puxou e me beijou mais uma vez. Senti a mão dele na minha nuca e retribuí, passando a mão em suas costas. Todo o resto parecia simples.

Tomei fôlego e falei:

— Marcelo, ainda não conversei com meu pai...

— Você vai encontrar a hora certa, querida. Existem verdades que ficam presas por anos e quando são ditas não têm mais nenhuma importância.

— Espero que não tenha mesmo importância para ele...

— Não vai ter. Vai por mim, Piera. Vai dar tudo certo na sua vida, você merece.

— Bem... Eu preciso ir...

— Como assim? Você vem aqui, briga comigo, me beija e vai embora? Assim fica fácil!...

Eu ri.

— Eu nunca vivi com ninguém nada tão especial como é a nossa história, Marcelo. Você mudou minha maneira de olhar a vida...

Eu vivia bem, mas não vivia para viver bem e isso faz uma diferença enorme... E eu amo você como sempre duvidei quando lia nos romances aqueles amores intensos, únicos, lindos!...

— Mas quem disse que amor de livro não existe no mundo real?

— Tem gente que não acredita!

— Bem, eu não sou perfeito como os príncipes das histórias encantadas, mas amo você e minha vida tem sido bem estranha distante da garota que chegou e bagunçou tudo. Quero você de volta na minha vida, Piera...

Eu já estava de volta na vida dele. Não sabia ser diferente.

Quando você conhece a pessoa fundamental para sua vida, você simplesmente sabe disso. Mesmo que não saiba sobre o futuro, quer viver aquele encontro...

Marcelo voltava a ser meu namorado. Estávamos felizes como se não tivéssemos ficado longe em momento nenhum. Ele morou dentro de mim o tempo todo...

Marcelo foi me deixar em casa.

Enquanto caminhávamos, ele me pediu:

— Promete que nunca mais vai terminar comigo sem motivo?

Nós nos beijamos mais uma vez, no meio de uma bucólica rua da Gávea.

As pessoas nos carros não sabiam que ali uma garota carioca estava encontrando parte da paz que mais queria.

Com a obra no apartamento novo, meu pai e Rose simplesmente não paravam em casa.

Parecia que minha mãe tinha sumido de uma vez por todas. Pelo menos não me procurou novamente, nem eu a procurei.

Uma semana depois de reatar com Marcelo, eu ainda não tinha acertado os ponteiros com meu pai. Eu esperava a hora certa.

A casa estava vazia. Meu pai e Rose estavam no novo apartamento.

Fui para o nosso escritório. Fiquei olhando a planta de um andar inteiro de escritório que estava quase pronta. Meu pai tinha desenhado os mobiliários, as entradas, as saídas, grandes mesas para reunião. Pelo que vi, um projeto moderno e tinha uma proposta nova para a disposição do organograma: os funcionários não teriam uma mesa específica, assim, coordenadores poderiam um dia dividir espaço com estagiários.

Depois de semanas, voltei a ler as cartas da minha mãe.

Agora que eu sabia mais sobre meu passado, aquelas palavras tinham outro peso, outra densidade.

Tento me libertar de cobranças... Quase impossível!

Minha médica disse que com os medicamentos estarei cada dia mais livre dos pensamentos intrusivos.

Estou cansada de pensar coisas ruins, decepcionar pessoas...

Rubens diz me amar como sou, mas eu duvido. Não deve ser fácil me adorar, me receber todos os dias de braços abertos, enquanto choro...

Onde cheguei me cobrando tanto, não me achando merecedora da felicidade?

Acredito que vivem melhor as pessoas que seguem seus dias sem maiores questionamentos, sem buscar respostas para cada dia vivido.

O que conquistei?

Meus colares de ouro e pérola me observam...

Amanhã daremos uma festa aqui.

Não interessa o tamanho da tristeza, as festas nunca param...

Por que minha mãe parecia sempre buscar algo que não existia? Ela me contaminava com uma tensão que nada tinha a ver com as minhas escolhas.

De certa forma nosso encontro me fez caminhar em seus passos... Talvez se ela não tivesse sido tão terrível, me dando a pior de todas as notícias, eu ainda estaria sendo envolvida por toda aquela dor, talvez até achando que a culpa da sua partida me pertencia...

Enquanto remexia a caixa de borboleta, o telefone tocou. Marcelo na linha.

— Oi, meu amor! Tudo bem?

— Oi, amor! Tudo!...

Marcelo voltar a ser o meu "amor" era a melhor coisa da minha vida!

— Então. Hoje o dia vai ser lindo, hein?! Tô cheio de ideias. E preciso de você. Pode me ajudar?

— Ué, claro! Quer dizer, acho que posso... Pra quê?

— Agora não posso falar. Mas faz assim. Anota um endereço. Preciso que você chegue lá umas 6 da tarde. Pode ser?

— Às 6 da tarde? Ah, tá. Pode ser. Tudo bem...

Peguei um papel e uma caneta e anotei o endereço de uma casa de festas no Alto da Boa Vista. Juro que tentei descobrir mais detalhes, mas Marcelo disse apenas:

— É uma festa. Só que eu vou mais cedo para ajudar meu amigo. Você pode me encontrar lá às 6, então?

— Tá, tudo bem! Vou muito arrumada?

— Pode ir como você quiser. Estará linda de qualquer forma!

Com a agenda cada dia mais agitada, meu pai e Rose foram cedo para um almoço na casa de uma prima dela e depois iriam para uma festa na casa de um amigo do meu pai.

Então deixei um bilhete para eles em cima da mesa da sala:

Fui a uma festa com o Marcelo! Amo vocês! Beijos...

Saí de casa feliz, pensando no quanto minha vida tinha mudado até ali: meu relacionamento com André empurrado com a barriga fazia finalmente parte do passado, minha mãe apareceu cheia de notícias assustadoras, mas decepções me fortaleciam pouco a pouco, meu pai tinha encontrado a mulher da sua vida e parecia um menino de 20 anos, e eu estava perdidamente apaixonada por um cara maravilhoso que me completava o coração, a alma e os pensamentos — e era correspondida!

Cheguei ao local pontualmente às 6 horas da tarde. Eu não tinha ideia de como seria, de quem viria... Marcelo tinha falado tão rápido comigo que concluí que estava ocupado demais.

Parei o carro em um estacionamento e, de longe, percebi que pessoas se movimentavam rápido pelo salão.

Marcelo me dera certeza de que chegaria antes de mim. Como não tinha ideia de onde ele estava, subi os degraus da casa meio sem graça, olhando à sua procura. Além disso, não tinha a menor ideia de em que festa estava e quem encontraria.

O salão era lindo!

Dentro dele, várias pessoas arrumadas, curiosamente todas de costas para a entrada.

De repente, senti uma mão no meu ombro. Quase dei um grito. Quando me virei:

— Marcelo! Que susto! — Meu coração estava acelerado.

Então todos foram se virando e comecei a reconhecê-los: meu pai, Rose, Drê, Denise, Renata, Sobral, Rita, outros amigos, outros parentes...

— Ei! O que está acontecendo? Por que vocês todos estão aqui?

— É uma festa, Piera! Não te falei? Uma festa muito especial!...

Uma cena estranha. Todo mundo me olhando com semblante feliz. Um rapaz filmava tudo, especialmente minha conversa com Marcelo...

Comecei a me sentir parte de um plano do qual eu não tinha a menor ideia. Uma moça trouxe um microfone e o entregou a Marcelo.

E, olhando para mim, ele começou a falar!

— Piera, você sabe que nenhum de nós dois programou nosso encontro... O destino foi muito maior do que pensávamos. Sempre imaginei minha vida sendo de casa para o trabalho, do trabalho para a praia e da praia para um bom livro, uma boa música e alegrias ao longo do caminho... Mas, de repente, esse meu plano mudou e eu passei a desejar que minha vida fosse do meu trabalho para o seu coração, do seu coração para os nossos sonhos e dos nossos sonhos para muitos dias felizes como só nós sabemos viver. Piera, eu jamais imaginei amar e desejar uma mulher como tudo o que sinto por você. *Você* me fez chegar até aqui... Uma vez perguntaram a John Lennon por que não podia ficar sozinho, sem Yoko Ono. E ele respondeu: "Eu posso, mas não quero". E eu digo a você, moça, Piera: Eu não quero mais ficar sem você. O que eu mais quero hoje é ser feliz do seu lado e realizar todos aqueles sonhos bem loucos que a gente falava de madrugada. Piera, eu te amo! Você aceita se casar comigo?

— Meu Deus! — Levei as mãos à boca, aberta.

Jamais imaginei que um dia eu teria um casamento surpresa!...

— Eu sabia que, se você soubesse, você daria um jeito de fugir do próprio casamento!...

Todos riram.

Aquela declaração soava como a coisa mais louca de se ouvir. Como assim? Ele está falando do *meu* casamento e eu não fui convidada?

— Marcelo!...

Eu não conseguia falar. O olhar emocionado das pessoas que eu mais adorava no mundo estava ali, diante de mim!... E elas esperavam a minha resposta...

— Você me responde uma coisa?

— Claro!

— Você me ama?

Por alguns segundos, me senti em um *reality show*. *Que ver-go-nha!*

A câmera chegou mais perto e começou a pegar detalhes do meu olhar molhado, da minha mão trêmula e do meu pânico exposto de ser tão declaradamente feliz.

Olhei para Marcelo e respondi:

— Claro que te amo!

— Então, Piera. Não sou e nunca fui um cara inconsequente. Pelo contrário, sou muito realista e determinado. Amo você, e não amo, nem nunca amei sozinho. Você chorou com o seu pai, disse me amar, e eu sabia da sua total incapacidade de encarar as coisas boas da sua vida. Ao contrário, você foi ao encontro das dores. Tem uma determinação imensa para viver as tristezas, e não sabe nem como começar a respirar a felicidade que é sua.

Marcelo estava certo. Eu estava ali para sofrer mais uma vez, para me verem numa situação triste, encarando minha dor, para depois tentar seguir em frente.

— Só que não tem outra noiva aqui além de você!

Resolvi dar um ponto final nos meus dias de ócio na felicidade. Naquele momento, ficou claro que todos tinham participado do plano para a realização do meu casamento daquele jeito. Não tive como ficar chateada com ninguém. As pessoas que eu amava estavam ali me olhando com carinho, olhos brilhantes, sorrisos, conscientes de como eu amava Marcelo.

Meu pai veio caminhando na minha direção, no seu olhar o amor da pessoa mais presente na minha vida...

— Filha, desculpa seu pai não ter dito nada pra você, mas foi a maneira mais certeira de trazer você até aqui sem que você se sabotasse novamente!... Mas nada vai acontecer se você não quiser... E eu sei o quanto você ama esse rapaz.

— Pai!... Nem conseguiria ficar chateada. Sei que estavam pensando no meu melhor...

— Mas agora você precisa dar a sua palavra, filha. A decisão é sua, mas você precisa dizer... Nós preparamos seu casamento da mesma maneira que você fez no meu casamento com a Rose, mas ele só vai acontecer se você quiser e não fugir do seu desejo...

Marcelo e eu nos olhamos.

Não havia a menor dúvida da existência de um amor verdadeiro. Com nenhum namorado que tive houve a cumplicidade que havia entre nós. Eu não podia mais uma vez fugir de mim mesma, dos meus sentimentos...

Então sorri para ele, peguei o microfone e falei para todos:

— Vocês todos são loucos! Nunca imaginei nada igual... Eu amo o Marcelo... Ainda bem que vocês sabiam disso tanto quanto eu! Mas, pai, antes eu preciso te contar uma coisa...

— Filha, sua mãe me ligou, disse que vocês conversaram e agora sei de tudo o que ela lhe disse. Na verdade eu sempre soube, não precisava ela dizer. Anos mais tarde, quando você teve anemia, descobri isso por exames de sangue. Isso nunca teve importância para mim!

— É, pai. — Com a voz embargada, fechei os olhos e chorei. — Por isso fui para Búzios. Não sabia como te contar...

— Piera! A vida toda fui seu pai, porque amei você como filha desde o primeiro instante. Você é a minha filha... Claro que te amo! Foi a minha filha e será por toda a vida!...

— Mas eu achei que quando você soubesse que eu não sou sua filha...

— Quem te disse que você não é minha filha? Por que não temos o mesmo sangue? Piera, eu crio você desde que você nasceu, passei todas as noites e os dias pensando na sua felicidade... Quando sua mãe foi embora, você, com um mês de vida, passou dias e dias chorando mais do que o costume... Eu andava pelo corredor com você a madrugada toda!... Te ajudei tanto nos deveres de casa, te ensinei a ser uma pessoa de bem... Agora é um DNA que determina o tamanho do nosso amor? Sinto decepcionar você, mas não temos como jogar fora nossos dezenove anos de convivência!...

— E eu, pai, mesmo quando soube de tudo, não deixei de me sentir sua filha.

— Porque somos, Piera. Acima de tudo, somos pai e filha. Amo você, minha menina! Não me tire o direito de continuar sendo seu pai!...

Eu o abracei. Meu coração estava aliviado de poder continuar tendo a pessoa mais importante da minha família ao meu lado.

Uma cena de novela!... Aquele dia parecia ser um dos dias mais felizes da minha vida.

Meu pai segurou minha mão e disse:

— Filha, confie na força da vida, que nos ajuda todos os dias a recomeçar. Às vezes, parece que não estamos nos nossos melhores dias, mas na verdade é apenas um período de mudanças para surgir o novo, o melhor.

Emocionada, me lembrei de uma das cartas da caixa de borboleta em que minha mãe escreveu: "A fé constrói nosso mundo. Quero tentar me reconstruir da melhor maneira. Viro borboleta e sou alguém novo na alma da mesma pessoa. Ah, e que alegria quando posso ser eu mesma em novos dias"...

Então eu falaria. Chegou a minha hora.

— Gente, mas como vou casar com essa roupa?

— Nós pensamos em tudo, querida!

Rose se aproximou, animadíssima, com as minhas amigas. O que não era novidade...

— Eu peguei suas medidas no vestido que usou no nosso casamento. Lembra quando conversamos sobre meu vestido de noiva e você me disse como gostaria de estar vestida para casar? Fizemos um vestido de acordo com as suas ideias. Acho que ficou bom!

— Tem um maquiador e um cabeleireiro esperando você lá dentro. Rose e suas amigas prometeram acompanhá-la na preparação.

Marcelo também tinha pensado em tudo.

— Mas que horas vai ser?

— Assim que você estiver pronta, meu amor! Estarei aqui te esperando...

Marcelo me deu um abraço forte, beijei seu rosto e senti sua pele perto da minha, me arrepiando a alma.

Ter aquele homem inteiramente meu soou como a melhor notícia de todas!

Posso dizer que fui a primeira garota a não saber do próprio casamento. Como costumava acontecer, minha vida continuava fugindo dos padrões...

Fiquei pronta em uma hora.

Drê, Denise e Renata estavam animadíssimas. Fizemos uma bagunça enquanto me arrumava.

Adorei meu vestido! Parecia que eu tinha orientado sua confecção. Totalmente branco, com um corpete bem justo, com rendas costuradas em cima do tafetá branco. A saia de princesa, rodada do tamanho certo. Uma coroa de pequeninos brilhantes foi colocada na minha cabeça, e meu penteado foi com os cabelos soltos. O maquiador e o cabeleireiro foram fofos e fizeram exatamente o que pedi. Pintei bastante os olhos com um tom perolado e coloquei um batom cor de boca.

E Rose não mandou fazer um véu, mas, sim, asas brancas...

— Ai, amiga, só você para casar com asas...

— Eu disse para a Rose que queria muito me casar com asas... Não sei como ela se lembrou!

Rose trouxe os sapatos *peeptoe*, rosa, com um enorme laçarote de gorgorão.

— Está linda demais! Assim o ficante que eu trouxe no casamento vai se apaixonar por você...

Renata estava com um quase namorado novo. Feliz e cheia de histórias, queria passar uns dias em Paraty com ele. Rose riu quando ela disse que eu estava louca de me casar tão jovem...

— O amor deve ser mesmo algo muito forte. Você está aceitando nunca mais pegar outro cara e isso aos 19 anos! É uma decisão e tanto!

— Bem, já que o assunto é casamento, não posso deixar de contar a novidade. Fui pedida em casamento ontem pelo Cláudio.

Drê terminou de falar e já estávamos comemorando...

— Que máximo! Então, você sabe o que estou sentindo! Nenhuma outra pessoa me importa. Marcelo é o homem da minha vida!...

— É, minha filha, o homem é especial mesmo! Até que enfim o Jaleco desencantou!

Denise nunca mais chamaria Marcelo de Marcelo, só de Jaleco...

— Acho que vocês dois têm tudo a ver.

Drê, desde o início, foi a maior madrinha do meu namoro.

— Seu casamento também será lindo, Drê!

Abracei minha melhor amiga. Estava emocionada com tanta notícia boa.

Rose trouxe uma caixa de veludo vermelho e me entregou. Abri. Ela continha um conjunto de colar, brinco e um anel com um brilhante.

— Sua mãe mandou esse presente pra você, Piera. Aceite usar, ela ficará feliz.

Fiquei olhando o presente.

Nem tudo na vida conseguimos resolver. Final totalmente feliz só na ficção. No mundo real, algumas questões não são totalmente solucionadas e assim se tornam solucionadas.

A missão da minha mãe comigo talvez tenha sido me entregar nas mãos do melhor pai do mundo e indiretamente me apresentar ao homem da minha vida. Se não voltasse para me encontrar, eu talvez jamais conhecesse Marcelo.

Que tristeza uma vida inteira sem encontrar o grande amor!

Eu não a culparia mais. Sua solidão a distância já indicava um castigo honestamente lamentável.

Com o tempo a gente vai se acostumando com a presença de alguns, a ausência de outros e as peças da vida em suas posições mais adequadas.

Quem sabe um dia, eu a encontraria sem mágoas?

Rose e minhas amigas deram as mãos. Depois de tantos dias ruins, eu sentia vontade de sorrir.

No instante em que terminei de me arrumar, meu pai ligou para saber notícias.

— Filha, como vocês estão? Onde está a fada mais linda do planeta? Seu futuro marido está ansioso aqui!

— Estou indo, pai. Se sou a fada mais bonita, não sei, mas sou a fada mais nervosa!...

Caminhei pelo corredor do salão com uma emocionante sensação de festa. Meu pai me encontrou, segurou minha mão e a beijou.

— Filha, que a partir de hoje você seja muito feliz, como merece desde que nasceu!

— Obrigada, pai! Eu serei. Obrigada por tudo!

Uma porta montada na segunda metade do salão se abriu. Próximo a um altar estava Marcelo, lindo, me olhando com seus olhos brilhantes e um sorriso emocionado.

De repente, uma surpresa: a minha turminha do Lar Felicidade Taquara estava ali, pronta para entrar na minha frente como daminhas e pajens. Meus olhos se encheram de lágrimas... Como estavam lindos os meus pequenos!... Minhas crianças preferidas estavam em um dos dias mais marcantes da minha vida!...

Caminhando até o altar, cada passo na direção de Marcelo confirmava a certeza de uma vida nova.

A cerimônia foi emocionante.

Minhas amigas escolheram uma trilha sonora que adorei. Na hora do "sim", sorri para Marcelo e o aceitei para sempre. Trocamos alianças, eu com lágrimas nos olhos, e Marcelo carinhosamente as enxugando.

Tinha sido assim desde nosso primeiro encontro.

O padre terminou suas bênçãos, nos declarou casados e autorizou Marcelo a me beijar.

— Eu te amo — Marcelo falou.

Nosso beijo foi emocionante... E, enquanto me entregava àquele tão sonhado beijo, pude escutar a animação dos presentes.

Meu casamento foi todo lindo.

A festa conseguiu ser mais animada do que algum dia imaginara. Dançamos muito, rimos muito, ficamos juntinhos, partimos o bolo, fotografamos felizes e escutamos muitos votos amigos de felicidades.

Além de todos os detalhes fofos que Rose preparou, como a decoração deslumbrante, um dos sucessos da festa foi o DJ. Sim, eu tive o melhor de todos! Além de escolher as melhores músicas, conseguia animar a todos na festa. Tocou músicas ótimas, fez todo mundo dançar por horas, puxou pulinhos de comemoração, sorria o tempo todo e, claro, a pedido de Marcelo, colocou nossa música, "Brighter than the sun", da Colbie Caillat.

Quando a festa acalmou, eu e Marcelo fomos pra fora, onde podíamos ver um gramado muito bem cuidado.

— Marcelo!

— Fala, meu amor!

— Obrigada!

— "Obrigada"? "Obrigada" por quê?

— É, eu mudei. Não vou mais dizer "Desculpa!", agora vou dizer "Obrigada!". Quando cheguei aqui e vi essa festa, não imaginei que seria a *nossa* festa. Isso porque desde o dia em que conheci você, esqueci meu passado e as coisas que vivi. Minha vida, mesmo no auge de um problema, com você do meu lado, passou a ser maravilhosa. Obrigada! Parece que tive que perder minha mãe durante tantos anos para conhecer você...

— Piera, não foi uma troca! O destino não é cruel assim! Você é um presente para mim e espero ser um presente para você também. Nossa vida está começando agora.

— E seremos muito felizes, meu amor... O que aprendi com tudo isso? Que existem pessoas passando momentos muito piores que eu e estão vivendo. Já disse como você está lindo?

— Ah, é? A Rose me ajudou a escolher este fraque!...

— A Rose é mesmo uma querida... Um presente para a nossa família!...

— Mas faltou eu contar uma coisa! Você não está curiosa de saber onde vai ser nossa lua de mel?

— Ah, depois de tantas surpresas, nem me lembrei desse detalhe...

— É, mas eu não esqueceria... Quero que a gente comece nossa vida comemorando. Vamos para Paris! Não existe outra cidade mais romântica... E então? Gostou?

É... Eu tinha muito o que comemorar mesmo!...

A vida me ensinou tantas coisas em tão pouco tempo!...

Primeiro aprendi as diversas interpretações do "Claro que te amo!". Tive um namorado traidor que me dizia "Claro que te amo!" sem nenhuma verdade, só para se libertar das obrigações de sentimentos.

Quando sentimento é uma obrigação, não vale nada o relacionamento.

Com meu pai, aprendi que o "Claro que te amo!" pode ser o mais puro e singelo amor, desses inesquecíveis, eternos, sentimento doce de um pai por sua filha, sentido da forma mais bela.

E tem o "Claro que te amo!" do grande amor da nossa vida, sentido no lugar mais íntimo do coração.

Ao ouvir esse "Claro que te amo!" você terá certeza da força que ele tem para te tirar das profundezas e te fazer renascer.

Somente quando nos encontramos com o amor verdadeiro, entendemos quem somos.

Tinha me encontrado com o amor de Marcelo, que foi mais forte que as minhas dores e decepções. Naquele instante, entendi por que minha vida não funcionou como desejei. Existia algo maior e mais bem guardado para mim.

Marcelo chegou perto de mim e me beijou. Ao longe as crianças do Lar Felicidade, meu pai, Rose, minhas amigas e todos os familiares e amigos dançavam "This love", de Adam Levine, cantada pela banda Maroon 5.

Rodaram um vídeo com fotos do nosso namoro, e chorei quando vi uma imagem nossa em Búzios... Cheguei a achar que aquele momento não se repetiria nunca mais.

Jantamos com nossos convidados e partimos o bolo. A festa estava perfeita!

Estava encantada com a família do Marcelo. Seu pai viera de Paris especialmente com a esposa francesa, e os dois foram imensamente simpáticos e animados. O pai dele pediu que eu cuidasse do filho... Também conheci tios e primos de Marcelo, todos um encanto...

Quase 4 horas da manhã... Todos estavam muito animados e distraídos... Saímos por uma porta lateral e entramos em um Cadillac Fleetwood Limousine 1954 branco.

— Seu pai quis alugar esse, porque foi o carro preferido do Elvis Presley, segundo ele.

— E ele é lindo! Vou adorar ir para o hotel nesse carro! Todo mundo vai olhar para a gente... Ai, Marcelo, nem tenho como descrever o quanto estou feliz!...

— Eu também, minha princesa!... Quis ser otimista, mas estava com receio dessa noite dar errado. É... E se você não viesse?

Fiquei tímida, lembrando que cheguei a imaginar Marcelo se casando com a ex.

— Mas eu vim! Então, para onde vamos, marido?

— Comemorar só nós dois. Estou morrendo de saudade de você, esposa!

Eu nunca mais diria adeus àquele homem. Aqueles olhos azuis-verdes finalmente tinham me domado.

Entramos no carro, um sonho.

Olhei para o lado e no jardim, ao longe, vi André. Com o rosto cansado, ele me observava sorrindo e conversando com Marcelo. Fingi não notar e tentei agir com a mesma naturalidade. Jamais estragaria minha noite com meu amor por alguém sentimentalmente sem importância para mim.

Meu ex-namorado tinha assistido ao meu casamento, e eu sabia bem o que ele estava sentindo...

Fechei os olhos. O carro andou. André e todo o meu passado ficou para trás.

Abracei meu marido. Seu perfume me envolvia para sempre e prometi abandonar minhas ligações pessoais com a tristeza para assumir minha fatia da felicidade até então intocável.

O melhor de tudo ficava por conta da certeza que eu tinha acabado de me casar, mas me sentia a pessoa mais livre do mundo.

De repente, o sonho acontece, só porque sempre existiu dentro de você.

Leia também

Garota Replay

Capítulo 1

Aquela garota

Eu estava ficando louca. Foi isso que pensei quando aquilo aconteceu. Difícil admitir os últimos acontecimentos da minha vida, porque eles ocorreram de maneira tão misteriosa que durante muito tempo questionei minha sanidade. Assim como duvidei que Robert Pattinson, Brad Pitt e Ashton Kutcher existissem de verdade porque mais pareciam combinações perfeitas dos caras mais bonitos da vida real. No caso da minha vida, só com o correr dos dias aquele quebra-cabeça foi explicado. Tudo tinha um motivo, cada detalhe o seu porquê e minha vida mergulhava em mudanças.

Pergunto a mim mesma o que diriam as pessoas se pudessem saber exatamente o que eu vivi. O que poderia ser para alguns uma crise psicológica, ou algo da minha imaginação, acabou tendo provas óbvias, pelo menos para mim, do que foi, não foi e do que virou. Os fatos apresentavam uma cronologia própria e de certa forma assustadora. Por que a gente, tão acostumada a viver uma vida simples, quando algo bombástico acontece e coloca tudo de pernas para o ar, fica se perguntando onde foi parar aquela calmaria? Quando eu menos esperava, estava mais uma vez ali, parada na frente do espelho do meu quarto, passando rímel nos olhos, reparando uma pequena marca de espinha irritante na testa e me arrumando para sair naquela noite em que tudo começaria sem freio e sem respostas.

Naquele momento, eu era uma garota quase solteira. O quase é fundamental para explicar o estado civil. Tinha um namorado, mas não o apresentaria mais como tal e não o queria ao meu lado.

O relacionamento só não fora oficialmente encerrado porque Tadeu estava dopado em um hospital depois de uma noite cheia de burradas. Detalhes que só a minha vida desencontrada podia ter. Fiquei conhecida como o tipo de mocinha que ganhava um grande kit promocional de maquiagem e, quando iam entregar, tinha saído de casa, sendo desclassificada da premiação. Minha vida pessoal flutuava no ar depois de um escândalo de traição que estava tendo que enfrentar. Apesar da crise no relacionamento de um ano, não me sentia péssima e também não mostrava a menor vontade de escutar as desculpas do Tadeu. No meio de toda lama, existia apenas uma certeza: meu futuro ex-namorado tinha uma saída para me fazer entender por que havia beijado outra na frente de pessoas conhecidas e me feito passar por papel ridículo. Eu desconhecia as desculpas, porque ele dormia com a ajuda de medicamentos no hospital.

Uma música triste tocava no meu ouvido com um refrão em que a palavra "traída" aparecia várias vezes. Um misto de vergonha, de arrependimento e uma vontade tripla de berrar com o Tadeu e reclamar meus direitos. Por que fazer isso comigo, quando eu era uma namorada tão legal? Nosso relacionamento apresentava um saco de erros e eu sentia como se tivesse carregado todo o peso sozinha. Sempre fui positiva e animada. De repente, passei a mostrar um desânimo de doer. Nada, nem o sol perfeito da Barra da Tijuca me fazia sorrir. Dava vontade de abrir a janela do meu quarto e gritar, mesmo que me achassem louca. Eu não merecia, não merecia mesmo. Mas qual garota merece ser traída sendo legal com um mentiroso? Em alguns momentos, pensei que talvez fosse somente culpa minha. Tadeu não gostava de mim. Sem amor, ele não me devia maiores explicações. Alimentei uma relação errada, acreditando que, em um fim de tarde, eu viraria princesa na vida daquele cara.

Nem tudo na minha vida se mostrava trágico. Apesar dos últimos e péssimos acontecimentos, precisava de uma comemoração pessoal. Queria estrear o carro novo, presente dos meus pais. O amarelo lindo e a ideia de poder sair dirigindo me alegravam. A novidade mostrava uma forma de os meus pais não se sentirem culpados por suas longas, repetitivas e comuns ausências. Eles viajavam o mundo, desde a aposentadoria do meu pai, há cinco anos. Um sonho da minha mãe abraçado por ele. Os dois não paravam em lugar nenhum, pulavam de país em país, como uma espécie de viajantes moderninhos, se hospedando nos melhores hotéis e aproveitando uma rotina totalmente sem rotina. Minha mãe adorava contar suas histórias inesquecíveis, da sua jovem alma, que amava mudar de cidade como quem troca de roupa.

Eu, apesar de encontrar com eles muito menos do que gostaria, me considerava sortuda por nascer da barriga de uma mulher tão libertária, louca e determinada. Sentia saudade, mas não me achava no direito de reclamar a presença deles. Enquanto isso, tocava a vida com a ajuda financeira do meu pai, morando no nosso apartamento. Também não sentia vontade de acompanhá-los, primeiro porque me sentia atrapalhando aquela lua de mel dos cinquentões e, depois, era latente uma enorme necessidade de permanecer no Rio de Janeiro, como se precisasse viver algo muito especial na minha cidade que eu não sabia o que era.

Nos dois últimos meses do ano, meus pais aterrizavam as malas no Rio de Janeiro para comemorar Natal e *Réveillon* em família. Bastava passar as festas e lá estavam eles com mapas, passagens, acertos e voo marcado para algum lugar que sempre surpreendia. Nessas horas, eu podia gastar meu verbo, falar algo muito importante e nenhum dos dois escutava. Só conseguiam falar dos macacos raros que conheceriam, das trilhas secretas abertas para visitação, dos olhos arregalados de um bicho raro, dos cheiros de países distantes, das ervas perfumadas e das borboletas de asas enormes que pousariam na janela do hotel... Meus pais me assustavam com tamanha vontade de ver o mundo. Nos últimos anos, viajaram para a costa do México, para as Ilhas Caraíbas — minha mãe disse que Barbados parecia o paraíso —, conheceram a cidade italiana de Ronda, localizada 739 metros acima do nível do mar, na beira de um penhasco, e estavam agora na Tailândia, comemorando mais um ano de casados. Minha mãe tentaria voar na Tailândia, só não me contou como faria isso.

Assim eu passava dez meses morando em um apartamento de frente para o mar, na Barra da Tijuca, com Nil, nossa empregada desde os meus 5 anos, que logo virou minha familiar mais próxima, uma espécie de mãe com carteira assinada, cuidando de mim, da minha saúde, do meu bem-estar e ajudando a tirar dos meus pais qualquer culpa pelo abandono descarado.

A distância também fez com que eu aprendesse a tomar decisões sem telefonar para os meus pais. Até porque, muitas vezes, ao conseguir falar com eles, minha mãe gastava longos minutos contando do pó mágico que descobrira para a pele ou do tecido lindo e perfeito para um vestido de festa. Com tão pouco tempo para falar de mim, aprendi a me virar. Para piorar, quase sempre eu não tinha a menor ideia de onde eles estavam. Por isso, sem maiores cobranças, larguei a faculdade de Administração. Não queria administrar nada além dos meus dias e dos meus sentimentos. Meu pai e minha mãe, quando souberam, aceitaram o abandono do curso de maneira muito plácida para o meu gosto. Quando quisesse, o estudo seria retomado, assim pensava minha mãe, psicóloga, apoiada pelo meu pai. Todo jovem passa por uma fase de descaminho, dizia meu tio. Enquanto eu não aparecesse drogada e prostituída, estava tudo certo para a família. O máximo da repreensão passava pelo excesso de bebida; mesmo assim, menos que os amigos.

Logicamente, aprendi a me defender, a cuidar de mim e a manter a vida. A manutenção da casa seguia através de um contrato entre meu pai e uma administradora. As despesas de rotina, como energia, condomínio e outras, eram pagas todo mês com um dinheiro depositado religiosamente na conta dessa empresa, que recebia um extra para administrar esses pagamentos. Com uma mesada na minha conta, eu vivia confortável e tranquila quando o assunto se referia a bem material. Não podia sair gastando, sobrava pouco, mas vivia bem e tinha mais do que a maioria da minha idade gostaria de receber, apesar de eu não ser milionária. O melhor de tudo era não sofrer crise emocional por causa da solidão familiar. Com o passar dos dias, fui me acostumando com a situação e achava graça dos meus amigos morrerem de inveja pela independência.

Naquela noite, dirigiria meu carro, com aquele cheirinho delicioso de novo, andaria pela cidade tentando esquecer os problemas e sentindo o quanto existe de vida no mundo. Confesso que, apesar de me sentir bem com meus amigos, não estava muito animada para encontrá-los. Como não queria ficar em casa, sair sozinha aparecia como opção, sem ninguém para me consolar achando que eu precisava de consolo, quando queria apenas escutar uma música, ver pessoas dançando, sem dar explicação sobre assunto nenhum e ter a certeza de que os dias passariam.

Desci balançando a chave do carro novo, sorrindo para o espelho do elevador, mexendo nos cabelos, para mim sempre desalinhados, arrumando a blusa colorida e puxando a calça jeans para acertá-la no corpo, enquanto olhava se as unhas dos pés estavam bonitas naquele pink. Cheguei total. Dei pulinhos de alegria, fazendo caras de estrela *pop* e me achando o máximo por poder sair sozinha e sem destino certo. Uma loucurinha boa, em um momento totalmente meu e inesquecível.

Dirigir um carro novo parece um primeiro beijo, você está completamente envolvida no ato, não se acostumou ainda com os detalhes e está nas nuvens. Entrei no carro sentindo a força do compasso de espera da minha vida. Respirei fundo. Queria mais, queria minha vida de volta e dias felizes. Queria muito viver um grande amor, fosse lá como fosse um grande amor. Algumas vezes não tinha ideia, só sabia que seria lindo.

Enquanto me distraía sozinha, fazendo curvas, passando a marcha, pensei no meu futuro ex-namorado. Seus atos foram tão grosseiros, tão sem sentido, tão baixos. Sem perdão. Haveria conversa, eu avisaria sobre o fim, mas não continuaria acreditando nele depois de uma traição confirmada. Estava triste e, o pior de tudo, me sentindo uma qualquer. Fora maltratada, estava sendo alvo de comentários e me tornara um dos assuntos mais comentados na nossa rede social. Se eu fosse especial, Tadeu teria mais cuidado comigo?

Quando lembrava do Tadeu, meu pensamento parava em Tito, meu melhor amigo, o cara mais legal do mundo, que, independentemente de qualquer distância, qualquer ausência, sempre amaria. Eu estava tão isolada do mundo que nem para Tito tive coragem de ligar. Precisava estar sozinha mesmo. Eu, aliás, devia desculpas para o cara que mais me defendia. Me faltavam palavras para pedir qualquer perdão. Pelo menos naquele dia, queria pensar. E enquanto fiquei rindo, pensando no sorriso contagiante de Tito, vi o estacionamento me chamando e encerrei meu momento de reflexão.

Na porta da boate, respirei fundo e lá fui eu. Tinha me divertido dirigindo o carrinho novo, estava entusiasmada e fui direto para a pista de dança, sem imaginar como seria aquela noite. Queria olhar um pouco as pessoas dançando, vigiar a diversão alheia e depois voltar para casa mais leve. Passados alguns minutos, me senti estranha, como se a boate inteira soubesse da minha solidão e estivesse observando os detalhes dos meus movimentos. Me senti ridícula, como se tivesse novamente 15 anos e usasse aqueles enormes vestidos de babados quando todo mundo estava de calça jeans, camiseta e fazendo o estilo rock. Para não ser notada, parei entre o bar, cheio de bebidas bonitas, e a pista de dança. Hora de distrair, olhei na direção de uma garrafa de vodca espelhada com muitos pedacinhos de vidro e fiquei assistindo a cenas de um vídeo de surfe, que estava passando no telão. As pessoas dançavam com braços levantados e gargalhadas descaradas ecoavam no fundo do meu ouvido, com os flashes pipocando na escuridão.

Meu corpo estava ali, mas não fazia parte da festa. Um coroa dançando com os braços soltos para o alto, dando sorrisos estranhos e rebolando os quadris em direção contrária ao balanço das pernas estava mais enturmado do que eu. Não falei com ninguém, mesmo tendo passado por pessoas conhecidas. De longe vi um colega da faculdade, uma garota da academia e uma amiga de uma conhecida do prédio. Fiquei na minha, olhando a diversão dos outros e tentando não travar nenhum papo-cabeça comigo mesma. A fase não era das melhores e eu estava muito decepcionada, mas achava bem sem graça ficar deprimida. Na verdade, não estava em depressão, não queria morrer, não estava me achando a pior pessoa do mundo... Me sentia apenas em pausa, como se na TV estivesse passando um programa de humor, com piadas bobas.

Quando tocou um remix de "Viva la Vida", do Coldplay, fiquei refletindo em que momento exatamente errei. Quando disse não, querendo dizer sim? Quando disse sim, buscando um não? Não tinha a menor ideia do que aconteceria com a minha vida no futuro. Concluí, emocionada, que costumava escolher os caras errados, aqueles que nada têm a ver comigo, os péssimos no trato e que não fazem minha vida andar para a frente, destruindo minha paz. Isso eu precisava mudar imediatamente. Abaixo os errados, fora os blefes, adeus aos que mentem, tiram onda de pegador e só me querem para colocar em álbum de conquistas.

De repente, sei lá por que, pensei na minha avó, que me deixou no ano passado, em um momento triste para toda a família. Eu a adorava e sinto muito a sua falta, ainda mais por não ter meus pais por perto. Se estivesse viva, eu não teria tanta solidão familiar. Sei que pensar na avó falecida dentro de uma boate não é o mais apropriado, mas assim estava eu, quando uma das luzes iluminou um rosto. Minha atenção parou meu pensamento. Esqueci o ex-namorado, o carro novo, a solidão, minha avó e esqueci até quem eu era. Não consegui decifrar aquela imagem e o meu cérebro nunca tinha visto nada igual. Indecifrável. Muita calma nessa hora, ou muita hora nessa calma. Cheguei a limpar os olhos com a mão, como as pessoas fazem nos filmes. Estaria eu ficando maluca? Só podia. Ninguém acreditaria, mas, naquele momento, enquanto pensava que minha vida estava uma merda, me vi dançar na pista. Eu mesma. Eu na pista de dança. Exatamente assim. Eu estava na minha frente pela primeira vez, sem nenhuma introdução ou maiores explicações, congelada ali, enquanto todos sacudiam seus corpos sem censura.

Fiquei parada, me vendo dançar feliz da vida. Nossa... Como estava bonita, bem tratada e cheia de charme. Como se estivesse no shopping com a Gwyneth Paltrow e ela tivesse dado vários palpites nas minhas roupas. Demorei a raciocinar sobre a cena e, nos segundos iniciais, só consegui admirar o meu visual. Quando o susto inicial passou, se é que passou, pensei imediatamente ter encontrado uma irmã gêmea. Pelo jeito da moça, ela tinha se dado melhor nos encontros com a sorte do que eu. Os cabelos eram supertratados, a pele macia como uma seda, o olhar brilhante e um semblante de realização, me fazendo refletir sobre as vezes em que culpei minha aparência física pelos não acertos. Ali, me vendo, ou vendo alguém tão parecida comigo, com aquele astral tão vencedor, imaginei que eu poderia ter conseguido muito mais do que fiz até ali. Ainda tive tempo de reparar e babar com o vestido muito chique, justo, azul-escuro, com um decote em "V" na frente e duas faixas que subiam pelo ombro e desciam até o meio das costas, em que o vestido recomeçava. Os brincos e o anel, também perfeitos, tinham brilhos. Nunca me imaginara tão bonita. Mas eu estava ali, na minha frente, inacreditavelmente linda, uma explosão de mim mesma.

Capítulo 2

Desconhecida

O QUE VOCÊ FARIA NO MEU LUGAR? Sai para dançar, tentando esquecer a traição do seu ex-namorado e todas as burradas que ele fez em uma mesma noite, e lá se vê linda e maravilhosa dançando. Perceber que seu rosto não é único no universo não é algo corriqueiro. Ah, claro, eu tenho uma igual a mim, me passa o sal! Nããããoo! Tudo tinha mudado daquele segundo para sempre. Alguém igual a mim usava um corpinho igual ao meu e parecia curtir a vida de maneira bem mais produtiva. Algum detalhe da minha história tinha se perdido e estava fora do meu próprio contexto. Como agir? Devia me apresentar para mim mesma? Oiê, sou a Thizi, tenho 20 anos, moro na Barra da Tijuca, larguei Administração, tô pensando em fazer faculdade de Moda, sua roupa está linda, meus pais estão na Tailândia, ou seriam nossos pais? Confuso? Alguma vez meu universo foi prático, simples e igual ao de todo mundo? Nunquinha.

Na hora, pensei em ligar para o Tito e contar para o meu melhor amigo sobre a descoberta alucinada, mas tinha quase certeza de que não seria atendida. Desde a traição do Tadeu que o clima com meu grande parceiro piorou. A confusão tinha ido além do controle e eu não tinha cara para dizer nada. Importante para mim, Tito seria a última pessoa que eu gostaria de magoar. Especial. Ele, o ser especial da minha vida, o máximo dos máximos, estava decepcionado comigo, sem que eu tivesse culpa direta no cartório. Lembrei do sorriso de Tito, de sua maneira otimista de perceber os sentimentos e de como me olhava. Eu estava realmente passando por uma crise de abstinência do meu melhor amigo. Onde estaria ele?

O mais estranho foi ninguém perceber duas iguais no mesmo recinto. Ou será que alguém deveria se preocupar com duas pessoas idênticas? Afinal, gêmeos convivem por aí em toda parte. Ninguém olhou para mim e depois para ela, chocado com a nossa semelhança. Nossa... Minha cabeça não sabia nem como processar aquela imagem. Honestamente, tirando o visual arrumado da moça, nós éramos as mesmas. Resolvi dar um tchauzinho, mas a garota não reparou. Um cara falou alguma gracinha, a vi sorrir. O indivíduo era lindo. Um desses que a gente tem certeza: se fizesse teste para uma novela, pegaria fácil o papel de protagonista. Ela parecia não estar muito aí e o tratou apenas como um amigo querido. Devia ter um grande amor que não estava ali. Alguém parecia ter mais sorte na vida do que sua própria eu.

Não me pergunte mais informações sobre aquela garota. Não tinha a menor ideia. Só sabia da nossa total semelhança física, sem tirar nem colocar nada. O que teria acontecido? Imaginei imediatamente minha mãe com duas filhas separadas na maternidade. Ou quem sabe meus pais tivessem me adotado e jamais tiveram coragem de dizer? Ou talvez a garota fosse uma miragem? Ou um espírito? Tá, ela era muito real para ser um espírito. Alguma mentira existia na história da minha vida...

Comecei a me sentir um lixo, sem saber detalhes sobre meu próprio passado. Uma vida igual à minha e tudo tão diferente. Ironia demais! Enquanto olhava a minha igual dançando, um idiota veio falar comigo, alisando meu braço. Cara saidinho demais, meio grudento, então sem chance. Eu ali, tentando entender a minha vida, e o cara, cheirando a álcool, se metendo no meio dos meus pensamentos? Como podia ser capaz de invadir a vida alheia, sem ter noção, na hora errada? Qual seu nome? Você vem sempre aqui? Mora onde? Será que aquele doido não tinha entendido que eu tinha acabado de encontrar comigo mesma? Eu tinha assunto mais sério para resolver. Ainda por cima, ele estava muito bêbado e chato. Se fosse outro dia, juro que tentaria ajudar, mas não estava querendo perder tempo. Meu sorriso amarelo deve ter mostrado minha falta de animação para conversas. Quando vi, o indivíduo não estava mais do meu lado. Alívio.

Aquela moça continuava dançando. Pensei rapidamente no meu passado. Em que segundo, em quais detalhes alguém na minha casa falou em uma irmã gêmea e eu não reparei? Era quase um fato confirmado: minha mãe tinha outra filha. Senti-me culpada de não lembrar dos momentos em que dividimos atenção no berçário. Eu vivia sentindo culpa por não sentir culpa das coisas e mais culpa ainda quando não me lembrava dos acontecimentos. Minha memória, um horror; perdia compromissos e irritantemente lembrava duas horas depois. Sabe o que é estar placidamente deitada no sofá e dar um pulo no ar, seguido de um grito e a conclusão: perdi a prova extra de Matemática? A vida toda fui uma fraude de lembranças. Então, como lembrar de uma irmã? A vida tinha sido boa para ela até ali. Onde quer que morasse, quem quer que a tenha criado, ela parecia melhor do que eu.

De repente, enquanto devaneava, a desconhecida pareceu falar com o amigo, deu passos na minha direção, passou por mim, girou e seguiu para o banheiro. Se existisse claridade ali, seria mais fácil ela me identificar e a gente descobrir logo a chocante situação. Eu só conseguia pensar em uma possível mentira dos meus pais e na reação da garota igual.

Por que alguém idêntica a mim tinha que aparecer no mesmo tempo e quase no mesmo espaço? Como jamais tive a intuição de sua presença no mesmo sistema solar? Precisava chegar perto dela, constatar que nem nos parecíamos tanto assim e sair do recinto com a confirmação de ser apenas um equívoco mental.

O pequeno banheiro feminino da boate favoreceria o encontro. Até hoje não entendo por que os proprietários desses lugares induzem você a beber todo o líquido do mundo, se os bares das boates, sempre grandes, bonitos, não têm nenhuma estrutura para fazer xixi. Aí ficam aquelas filas enormes na porta do banheiro, com aquelas patricinhas travando suas perninhas, como se a qualquer momento fossem fazer nas calças.

Para minha sorte, o banheiro não estava cheio. Uma fila encostava na parede e liberava caminho para quem quisesse apenas se olhar

Novamente, pensei em ligar para Tito. Estava me sentindo insegura, indefesa, vazia, cheia de dúvidas e com um desejo de me esconder no primeiro buraco escuro. Nada vinha sendo fácil nos últimos dias. Senti vontade de chorar. Precisava de colo. Meu melhor amigo estava fazendo a falta do ano e não sabia nem a metade do drama que eu estava vivendo. Ser traída ficou pequeno diante da descoberta de não ser a única versão de Thizi no universo. Se não bastasse minha vida pessoal estar uma bagunça, agora um novo item consumiria meu pensamento. Ainda tinha que entender por que a segunda opção de mim era tão desaforada. Eu só podia estar ficando maluca.

Sentei no meu carro novo, com o astral completamente diferente de quando cheguei à boate. Tinha ficado cara a cara com uma garota que, sem dúvida, carregava segredos meus. Uma cena estranha, nem com cem anos eu esqueceria. Como eu a encontraria novamente? O que mudaria? Meu futuro daria no mesmo lugar? Seria difícil acordar no dia seguinte como se nada tivesse acontecido.

Tito mais uma vez rondava meu pensamento. Meu melhor amigo. O cara mais importante da minha vida. Segurei o telefone, mas o medo me impedia de colocar o código de acesso para chamá-lo. Para meu desespero, sem eu ter feito nada de maneira direta, Tito continuava muito magoado comigo. Só podia mesmo sentir sua falta e esperar. Esperar era o verbo mais difícil de conjugar naquele momento e o mais necessário. Que o tempo trouxesse respostas e libertasse meus pensamentos cheios de dúvidas, perguntas, receios e reclamações. O destino, que estava me devendo satisfação, resolveu me testar sem meu consentimento.

no espelho, lavar a mão ou falar ao telefone. A igual a mim estava se olhando no espelho. A bolsa, linda, pequena e dourada, estava aberta em cima da pia e ela passava um batom Chanel, num rosa perfeito. Parei ao seu lado e confirmei meu susto inicial: ELA ERA A MINHA CARA! Igual a mim. Uma desconhecida com um corpo muito conhecido. Xerox. Cópia. Não me lembro de ter vivido outro susto tão grande na vida. Uma replay de mim com gol aos 47 do segundo tempo.

Fiquei séria, olhando para ela, e não consegui esconder minha surpresa. Precisei apertar meu lábio inferior no superior para não me sentir tão patética. Minha replay retocou o olho com o lápis, calmamente, com uma placidez irritante, e de repente girou o pescoço na minha direção. Estava me vendo. Não me pergunte o que estava pensando. Não consegui decifrar sua postura. Eu me senti completamente horrorizada com a sensação de me ver duplamente naquele espelho. Me vi única no espelho antes de sair de casa e agora é como se tivesse me multiplicado em duas. Mas aquela garota agia por conta própria, sem que eu pudesse me intrometer, dizer sim ou não.

Alguns segundos naquela cena, uma música ácida começou a tocar na boate e senti um ar de desprezo e deboche. Como alguém igual a mim podia me olhar com ar de superioridade? Enquanto eu pensava absurdos, sentia falta de ar e me transformava em um horrendo ponto de interrogação humano, ela disse:

— Você é uma idiota!

Arregalei os olhos e desastrosamente perdi meu eixo. Como assim, eu, uma idiota? Foi exatamente isso que ela disse. Idiota! "Você é uma idiota!" Quem aquelazinha pensava ser para, na primeira vez que falava comigo, me chamar daquele jeito? Ai, que sensação nojenta a igual a mim me chamando de idiota. Minha fase não andava das melhores, quase concordei, mas foi muita ousadia usar aquele termo. Péssima cena, pior do que previ. Nada de abracinho amigo, olhos emocionados e gritos de euforia ou saudade do nosso tempo de berçário. O que, em que tempo, eu tinha feito para receber tanto rancor de volta?

— Como assim, idiota? — enchi o peito para encará-la.

— Você é uma idiota, querida.

Antes que eu pudesse compreender aquele momento, a minha igual jogou a maquiagem dentro da bolsa per-fei-ta e saiu me deixando bem acompanhada dos piores ruídos que um banheiro pode gerar.

Arghhhh... Fiquei querendo me bater, ou bater nela. Ai, que raiva. Eu estava novamente sozinha com aquele "idiota" latejando na minha têmpora. O som da boate ao longe, minha cabeça girando, vozes invadindo o banheiro em um comboio de meninas que perdeu a oportunidade de ver meu encontro, literalmente, comigo mesma. Respirei fundo, tentando me refazer do susto e saí do banheiro sem ter coragem de me olhar novamente naquele espelho. Eu só podia estar ficando louca.

Quem poderia ser aquela garota? De onde ela me conhecia? Eu nunca tinha visto aquela indivídua, nada fizera para ela e fui xingada sem nenhuma cerimônia. Vamos combinar... Eu, uma garota do bem, incapaz de aprontar com qualquer pessoa e reconhecida pelos meus amigos por ser super gente boa, verdadeira, amiga e querida, ser chamada de idiota assim? Só não revidei a grosseria porque ela parecia minha xerox e eu ficaria com a arrepiante sensação de xingar a mim mesma.

O intrigante do encontro foi não ter sentido nenhuma reação de surpresa por parte dela ao dar de cara comigo, como se soubesse que em algum lugar existia alguém igual a ela. Impossível encontrar alguém no meio da rua que é a sua cara e perguntar se a cópia poderia lhe dizer que horas são. Ou eu estava muito atrasada e o avanço dos clones tinha superado minhas expectativas, ou não sabia algo muito importante sobre o meu passado. Ela sabia de algo que eu certamente desconhecia, mas precisava descobrir para o bem de minha sanidade mental.

Olhei ao redor da pista de dança. Outro desconhecido segurou meu braço como se fosse íntimo e me soltei sem dar a mínima para o cara. Eu só queria achar a mim mesma na boate e olhar novamente para a desconhecida tão conhecida. Ou seria uma conhecida desconhecida? Depois de rodar entre pessoas com sorrisos tatuados na boca, constatei que ela não estava mais por ali. Após me sentir duas, eu parecia estar sozinha mais uma vez, sem nenhuma outra igual a mim por perto.